SEASONS OF YOU

외전 1

마세리 장편소설

시절 연애

외전 1

SEASONS OF YOU

엘릭시르

차례

제1장
델리만쥬 같은 여자애

내가 이씨 가족에게 처음 관심을 가진 건 일곱 살 무렵이었다. 정원에 길게 드리우던 햇살, 아침부터 사람들이 수군대던 목소리, 늦겨울 한강 물처럼 뿌연 색깔의 하늘. 그날의 기억은 어제처럼 생생해서 그림으로 그릴 수도 있다.

나는 여느 때처럼 냉기가 채 가시지 않은 할아버지 정원에서 혼자 놀고 있었다. 겨울비가 그친 자리에 흙냄새만 가득한 정원에 RC카가 시끄러운 소리를 내며 내게 달려왔다. 요란하게 돌진하던 몬스터 트럭은 내 운동화에 퍽 부딪혀 엎어졌다. 나는 컨트롤러를 잠시 내려놓고 뒤집힌 자동차를 바로 세웠다. 할아버지가 사준 그 RC카는 출시 당일에 받은 신형이었다. 커브도 잘 돌고 가속 버튼까지 있어서, 나는 일주일 넘게 그 모델만 갖고 놀았다.

다시 컨트롤러의 액셀을 당기자 몬스터 트럭이 부르릉, 신나는 엔진소리를 냈다. 자동차는 언제 바닥을 뒹굴었냐는 듯 시원하게 정원을 달렸다.

첫번째 관문은 정원의 거대한 향나무였다. 자갈이 있어서 매끄럽지 않은 길이라 바퀴가 큰 몬스터 트럭이 덜컹거리면서 간신히 빠져나왔다.

두번째 관문은 연못이었다. 옆으로 돌아갈 수도 있지만 몬스터 트럭은 드리프트가 됐다. 나는 잉어가 뛰노는 물구덩이를 향해 액셀을 세게 당겼다. 부웅, 몬스터 트럭이 연못 위를 날았다. 저 연못에 빠져서 망가진 RC카가 벌써 수십 대지만, 이 모델은 달랐다. 역시나, 이번에도 성공이다.

멋지게 허공을 가르는 몬스터 트럭이 처음에는 신기해서 방방 뛰었다. 그러나 이제는 일주일 전처럼 큰 감흥이 없었다. 결핍을 모르고 살아온 사람이라면 누구나 그렇듯 나 또한 빨리 권태를 느끼는 편이었다. 몬스터 트럭도 예외는 아니었다. 다만 이걸 뛰어넘을 만큼 획기적인 장난감이 아직 출시되지 않아서 컨트롤러를 붙잡고 시간을 죽이는 중이었다.

계속 똑같은 코스를 도는 데 따분해진 나는 몬스터 트럭의 방향을 바꿨다. 이제 RC카는 심각한 대화를 나누는 두 사람을 향해 돌진했다.

"……자기야. 니노스 유치원이 원래 방학이 길잖아. 알면서 또 왜 그래."

"5주면요, 사모님. 한 달이 넘어요. 일곱 살짜리를 제가 하루종일 어떻게."

"어떻게는 뭘 어떻게야. 자기가 24시간 졸졸 쫓아다니면서 케어해야지."

"아휴…… 사모님."

"그러니까 내가 진작에 필리핀 시터 다시 붙여야 한다고 말했잖아."

"애가 자지러지는데 어떻게 그래요."

"자기가 회장님한테 확실하게 말씀을 드리라고, 응? 입주 시터가 또 그만뒀으니까 이제는 정말 방법이 없다, 나도 힘들다, 죽는소리를 하란 말이야."

몬스터 트럭이 장씨 아줌마의 신발에 툭툭 부딪혔다. 들이박고, 들이박고, 들이박고. 몇 번을 반복한 뒤에야 장씨 아줌마가 나를 돌아봤다.

"현진아, 잔디 망가져! 그만해, 그만!"

짜증스럽게 소리친 아줌마가 다시 숙모에게로 고개를 돌렸다.

"사모님, 종일반 있잖아요. 현진이 거기 잘 다녔는데, 왜."

"나 미치겠네. 애를 안 키워본 사람이 이렇게 답답해요. 자기야, 조홍초 가는 애들은 다섯 살에 파닉스 다 떼고 들어가. 리딩은 기본이고. 지금이라도 현진이 영어 안 시키면 사립초 적응 못해. 그럼 또 회장님한테 나만 욕먹을 거 아냐, 나만."

"그래도 잘 다니던 애를…… 이렇게 갑자기 유치원을 옮기면."

"갑자기가 아니고, 지금도 늦었다니까!"

"그렇다고 애를 저한테 떠넘기시면 어떡해요!"

"자기 지금 나한테 소리 질렀어?"

"막말로요, 이제 와 영어 유치원 간다고 재가 적응하겠어요? 한국말도 잘 안 하는 애가 영어를 하겠냐고요."

"왜 못해? 우리 은서도 니노스 다니면서 티처랑 프리토킹 다 했어."

"은서는 경우가 다르죠. 사모님이 끼고 가르쳤을 것 아네요."

"아니, 본인 장손은 눈에 흙이 들어가도 절대 유학 못 보내시겠다잖아. 뭐 다른 방법 있어? 있냐고."

몬스터 트럭이 나무에 퍽 부딪혔다. 나는 멍청하게 엎어진 RC카를 가만히 쳐다봤다. 위이이이잉, 바퀴가 혼자 씽씽 돌았다. RC카는 지가 뒤집힌 줄도 모른다.

바보 같아. 순식간에 재미가 없어졌다.

"그러지 말고 자기가 현진이 신경 좀 써, 응? 내가 섭섭하게 안 하잖아."

"제가 뭐 아쉬워서 이러는 게 아네요. 막말로 돈으로 될 일이면 시터가 왜 죄다 그만두냐고요. 회장님이 매일 사람 불러다 우리 장손, 우리 장손 하시는데 그걸 누가 견뎌요."

"그래도 회장님이 자기한텐 심하게 안 하시잖아, 응? 우리끼리 좀 돕고 살자."

"저는요, 현진이 업고 다니느라 허리며 어깨며 다 망가져서 아직도 몸이 쑤셔요."

"그럼 애를 데려온 사람이 돌봐야지 누가 케어해. 지 부모한테 핏덩이 뺏어오면서 자긴 하나도 책임 안 지려고 했어?"

"사모님! 현진이 들어요."

"아우, 몰라. 7년이면 나도 할 만큼 했어. 둘이 쿵짝이 맞아서 갓난애 데려와놓고 왜 나더러 돌보래!"

"현진이 친아들처럼 키우시겠다고 회장님 앞에서 눈물 콧물 쏟은 건 기억 못하시고……"

"자기야, 나는 우리 애들 뒷바라지만으로 지긋지긋한 사람이야. 우리 승주도 이제 외고 가는데 내가 지금 일곱 살짜리를 어떻게 케어해. 그러지 말고 자스민인지 안젤라인지 다시 데려와."

"사모님."

"잠깐만, 나 전화 들어온다."

"사모님!"

"으응, 김 프로. 자기 어디야? 스크린 갈 거야? 어디, 양평? 지금 두물머리 오라고? 자기야, 나는 부른다고 막 나갈 수 있는 사람이 아니라니까 그래…… 기다려봐."

숙모가 핸드폰을 붙들고 소곤거렸다.

"아버님이 찾으시면 나 저기, 승주 S대 준비반 설명회 갔다 그래. 알았지?"

급히 지하 차고로 달려가던 숙모가 날 발견하고는 생글생글 웃었다.

"현진이 장 여사랑 잘 놀고 있어, 응?"

내 어깨를 두드리는 손에서 화장품 향기가 확 풍겼다. 냄새가 너무 독해서 잠깐 숨을 참아야 했다.

"아줌마."

나는 이마를 싸매고 있는 장 여사에게 다가가 옷자락을 붙잡고 흔들었다.

"아줌마."

몇 번을 부르자 날카롭게 그늘진 시선이 내게 꽂혔다.

"아줌마, 저 배고파요."

"……현진아. 너 점심 먹은 지 얼마 안 됐잖아. 도대체 식탐이 왜 이렇게 심하니, 삐쩍 마른 애가."

"배고파요."

"너 또 다 토해놓으려고 그러지?"

"안 토할게요."

"잘 먹지도 않으면서 계속 배고프다고 하고. 아줌마한테 자꾸 먹여달라고 하고. 네가 아직도 아기인 줄 알아? 내년이면 초등학교 들어가는 애가."

나는 고개를 숙이곤 발끝으로 잔디를 괴롭혔다. 툭툭 건들면 사각형의 잔디 옷이 정원에서 벗겨질 것만 같았다.

"일부러 먹고 토하고, 하루종일 아줌마 귀찮게 하고. 계속 그러면 아줌마 이제 너 못 봐. 아줌마가 그냥 없어졌으면 좋겠어? 그럼 현진이 혼자 지낼 수 있어?"

나는 바짓자락을 꽉 움켜쥐었다. 장씨 아줌마가 사라진다는 건 내게는 꽤 무서운 일이었다.

"너 때문에 회장님이 얼마나 역정내시는지 알아?"

"진짜 배고파서 그런 건데."

"아휴…… 내가 미쳐. 미쳐, 그냥!"

가슴을 퍽퍽 두드린 장씨 아줌마가 내 팔목을 틀어쥐고 빠르게 걸었다. 아줌마를 쫓아가느라 내 팔이 빠질 것만 같았다.

"이 실장! 이 실장 어딨어? 아줌마, 이 실장 못 봤어?"

"아까 일용 아줌마 체했다고 손 따주고 있던데요."

"쯧쯧쯧. 아주 오지랖이 태평양이야, 그 여자는."

장 여사가 길게 혀를 찼다. 주방에 있던 다른 아줌마가 말했다.

"이 실장님 방금 B동 가셨어요. 애들 밥 먹인다고."

"내 이럴 줄 알았다니까. 맨날 지 새끼들 챙기느라 바쁘지. 설거지 다 하고 갔어?"

"그럼요, 이 실장님 손 빠르잖아요."

"아주 B동에 없기만 해봐."

그러곤 급히 방향을 바꾸는데, 걸음을 따라가기가 힘들었다. 장 여사는 할아버지 집을 빙 돌아서 다른 건물로 들어섰다.

정원의 반대편, 일하는 사람들이 오가는 공간. B동이라고 부르는 별관은 나도 처음 들어가보는 건물이었다. 현관문을 열자마자 김치 냄새, 빨래 냄새, 정확히 정체를 알 수 없는 복잡한 냄새들이 풍겨왔다. 나는 멈칫했지만 장 여사는 아랑곳없이 성큼성큼 걸었다.

"이 실장."

현관에 들어서자마자 곧바로 주방이 보였다.

눈이 시리게 새파란 형광등.

그 밑에 자그마한 식탁.

거기서 내가 목격한 광경은 평생 잊지 못할 것이다.

내 또래 여자애랑 남자애가 주방 아줌마 무릎에 앉아서 꺄르륵, 웃고 있었다. 김에 싼 밥을 아기 새처럼 날름날름 받아먹으면서……

어째서인지 나는 그 세 사람에게서 시선을 뗄 수가 없었다. 저 주방 아줌마는 나도 이미 잘 아는 사람이다. 우리가 밥을 먹을 때면, 뒤에서 두 손을 모으고 식탁 위를 살피느라 바쁜 주방의 일꾼. 할아버지 서재의 병풍이나 내 방의 에어컨처럼 한번도 특별하다고 생각해본 적 없는 존재였다. 그랬던 주방 아줌마가 저 아이들과 있는 순간에는 완전히 달랐다.

품안의 병아리 같은 아이들을 내려다보는 눈빛에선 말로 형용할 수 없는 따스한 온기가 묻어났다. 부드럽게 접힌 눈가와 즐거운 듯이 올라간 입술 끄트머리. 그런 모습에서 나는 눈을 떼지 못했다.

부엌 구석에서 아주 행복해 죽겠다는 듯이 웃고 있는 세 사람. 그들에겐 타인의 눈에 보이지 않는 어떤 울타리가 쳐져 있었다.

온몸에 다정함을 두른 그 생경한 모습이 내 눈에는 꼭 하늘에서 떨어진 천사의 무리 같았다. 나는 그 낯설고 묘한 분위기에 완전히 사로잡혔다. 대체 뭐지……? 저애들은 뭐가 저렇게 즐거운 거야. 저 밥이 그렇게 맛있나? 주방 아줌마가 김에 싸준 밥이?

침범할 수 없는 성역을 훔쳐보는 작은 악마가 된 것처럼 아주 이상한 기분이었다. 벼락을 맞은 듯 그 자리에서 굳어 있는데, 장 여사가 그들의 공간에 도끼를 던졌다.

"이 실장 여기 있어?"

갑작스러운 방해꾼의 등장에 세 사람의 시선이 동시에 우리에게 모여들었다. 화기애애하던 분위기는 찬물을 들이부은 듯 단숨에 가라앉았다.

"지금 뭐하고 있어? 이 실장 혹시 바빠?"

"아, 제가 회장님 점심 차리느라 저희 애들이 아직 밥을 못 먹어서요."

"나희 여덟 살이라며. 학교도 혼자 다니는 애가 지 손으로 밥을 못 차려 먹어? 냉장고에서 그냥 반찬 꺼내다 먹으면 되는데."

그러자 아기 새처럼 볼이 빵빵하던 여자애가 입안의 밥을 꿀꺽 삼켰다. 그애는 빳빳이 긴장한 얼굴로 슬그머니 주방 아줌마의 무릎에서 내려갔다.

"저희 애들은 저 없으면 물건 절대 안 만져요. 뛰어다니지 마라, 문 함부로 열지 마라, 아무것도 만지지 마라, 제가 얼마나 단단히 가르쳤는데요."

"아니, 벌써 3시잖아. 애들이 여태 점심을 못 먹었으면 얼마나 배고프겠어, 이 시간까지. 걱정돼서 그러지."

"이제 익숙해서 괜찮대요, 저희 애들은."

주방 아줌마가 어색하게 웃으며 여자애 머리를 쓰다듬었다. 장 여사의 시선이 그애들한테 향하자 겁먹은 여자애가 남자애 팔을 끌어당겼다. 떨떠름하게 아줌마 무릎에서 내려온 남자애가 멀뚱멀뚱 나를 응시했다.

"왜, 회장님 벌써 시장하시대요? 입 심심하시면 수정과라도 내올까요?"

"회장님 말고, 현진이가 배고프대. 이 실장이 얘 간식 좀 챙겨줘. 나 얘 때문에 골이 아파서 미치겠어."

"그 선생님은요?"

"시터 짐 싸서 나갔어. 더 못하겠대."

"둘 다요? 아이고……"

"그렇게 욕을 처먹었는데 더 있고 싶겠어? 문제나 안 만들면 다행이지. 됐고, 이 실장이 알아서 현진이 간식이나 챙겨줘."

난처해하던 주방 아줌마가 무릎을 굽히고 나와 눈을 맞췄다.

"현진이 배고파? 아줌마가 뭐해줄까. 고구마 케이크 있는데 그거랑 두유 줄까?"

"두유 비리다고 싫어해. 많이 먹이지 마. 어차피 다 토해. 먹지도 않을 거 괜히 달라는 거야."

"어머, 애가 속이 안 좋은 거 아녜요? 점심도 많이 안 먹던데."

"그냥 습관이야, 습관. 회장님이 찾으시면 사모님 학원 상담 가셨다 그래. 사우나라도 다녀와야지, 나 진짜 얘 때문에 속병 나서 못살겠어."

장 여사가 푹 한숨을 내쉬었다. 힘주어 내 등을 떠밀어 나를 주방 아줌마 손에 맡기고는 그대로 돌아섰다.

"아, 아줌마! 아줌마!"

"현진아. 아줌마 좀 제발 그만 불러. 너 때문에 아줌마 죽겠다, 죽겠어."

뒤를 돌아보지도 않고 나가면서 하는 소리가 그랬다.

졸지에 나는 모르는 곳에 남겨졌다. 말도 터본 적 없는 주방 아줌마와 알지도 못하는 애들 사이에 홀로. 낯선 여섯 개의 눈알이 나를 향하자, 발바닥에 불이 붙은 것처럼 숨이 콱 막혀오기 시작했다. 어색해서 꼼짝도 할 수가 없었다.

"나희야, 동생 데리고 방에 들어가."

"응!"

주방 아줌마 말 한마디에 여자애가 얼른 남자애 손을 잡고 쪼르르 주방 어딘가로 사라져버렸다. 뭐야, 로봇도 아니고. 할아버지가 키우는 개보다도 말을 잘 듣는 애였다.

"현진아, 속이 아야 하니?"

아야는 무슨…… 내가 앤가.

"매실 줄까? 매실차 마실래?"

그놈의 매실은 할아버지나 좋아하지. 나는 고개를 저었다.

"아줌마랑 고구마 케이크 먹으러 갈까? 아님, 너비아니 있는데, 그거 먹을래? 현진이 좋아하는 두부 구워줄까?"

"저거 먹을래요."

"응?"

내가 손가락질한 곳을 본 아줌마가 순간 당황했다.

"저거 우리 찬희 먹던 거야. 현진아, 아줌마랑 본관 가자. 아줌마가 치즈 계란찜에다가 LA갈비 구워줄게."

아줌마가 내 손을 잡으려 했다. 나는 냉큼 몸을 돌리고 손을 뒤로 숨겼다.

"현진이 놀랐니? 아줌마가……"

"저도 먹을래요. 저거."

"그, 저거 간장 계란밥인데."

"간장 계란밥 주세요."

"그, 그래. 그럼 식당에 가서 먹자. 여기는 아줌마랑 아저씨들 있는 데니까, 할아버지 계시는 데 가서……"

아줌마가 현관문을 가리켰다. 그러거나 말거나. 나는 여자애가 기대고 있던 의자에 올라가 앉았다. 이 실장이라 불린 아줌마가 난감하게 날 쳐다봤다.

"현진아, 왜 여기서 그래. 회장님 계시는 집에 가자, 응?"

애초에 이 집에 내 고집을 꺾을 수 있는 사람은 없었다. 이 아줌마는 아직 그 사실을 잘 모르는 모양이다.

"아이참……"

나를 끌어내지도 못하고 설득에도 실패한 아줌마는 곤란한 듯이 빠르게 눈만 깜빡거렸다. 방금 그 여자애랑 비슷한 갈색 눈이었다. 하얀 얼굴에 갈색 머리, 갈색 눈동자. 좀전의 남자애도 비슷하게 생겼었다. 찍어낸 것처럼 꼭 닮은 걸 보니 세 사람은 가족이 분명했다. 나희, 찬희가 저 아줌마의 딸과 아들인 모양이지?

"가만 보자, 반찬이…… 여기 현진이 먹을 만한 반찬이 없는데, 어떡하나."

냉장고를 여닫고, 찬장도 이리저리 둘러보고, 가스 불을 켠 아줌마가 부산스럽게 움직였다.

그동안 나는 주위를 둘러보았다. 여기저기 걸린 행주, 보조 주방 뒤쪽에 널어놓은 빨래 같은 게 눈에 들어왔다. 내 것보다 조금 작아 보이는 애들 옷이 한가득 걸려 있었다.

"현진이 깍두기 먹을래?"

안 먹어요. 그렇게 말하려는데 아줌마가 먼저 밥그릇과 김치를 내려놓았다.

"우리 애들은 좋아하는데."

그래……? 그럼 나도 한번 먹어볼까? 슬쩍 보니 그렇게까지 벌겋지도 않았다. 맨밥에 계란프라이. 밥그릇을 물끄러미 들여다보고만 있자 아줌마가 민망한 듯이 웃었다.

"우리 애들은 간장 계란밥을 제일 좋아해. 특히 우리 찬희가. 우리 나희는 맨밥에 김 싸주는 거 좋아하고."

우리 찬희, 우리 나희. 아줌마는 애들 이름을 입에 담을 때마다 부드럽게 웃었다.

밥에 간장을 조금 넣고 참기름을 두르는데 고소한 냄새가 진동했다. 계란프라이를 잘게 다져서 밥과 슥슥 비비는데, 정성스러운 손길이긴 했지만 솔직히 먹고 싶은 비주얼은 아니었다. 수저를 들고 싶은 마음이 안 생겼다. 심드렁한 내 표정을 읽었는지 아줌마가 난처해했다.

"어휴, 너무 뭐가 없네. 현진이는 두부 좋아하는데. 두부도 없고 어쩌나."

한참 두리번거리던 아줌마가 작은 통을 들고 오더니 밥그릇 위에 뿌렸다.

"뭐예요?"

"참깨."

"참깨가 뭔데요?"

밥상에서 자주 보던 것인데도 물었다. 할아버지와 밥을 먹는 식탁에선 이것저것 물어볼 만한 분위기가 아니었다.

"참깨는 깻잎 씨앗이야. 고소해서 맛있어. 우리나라 사람들이 좋아하는 참기름도 다 참깨로 만드는 거야."

아무 맛도 없는데. 참깨 한 알을 씹고 있는 내 표정을 읽고는 아줌마가 덧붙였다.

"아줌마가 현진이 좋아하니까, 더 맛있어지라고 참깨 많이 뿌리는 거야."

뭐야. 웃기고 있네. 누굴 애로 알아? 고작 씨앗에 불과한 걸 무슨 마법 가루처럼 위장하고 있어.

"현진아, 할아버지 집에 가서 밥 먹을래? 아줌마가 맛있는 거 해줄게. 소시지랑 먹을 거 많으니까……"

한숨을 쉰 나는 숟가락을 들었다. 간장 계란밥을 조금 먹어봤다. 못 먹을 맛은 아니었다. 하지만 방금 그애들처럼 막 실실 웃음이 나오는 그런 엄청난 맛도 아니었다. 걔들은 대체 뭐 때문에 그렇게 즐거워하고 있었던 거지?

"현진이도 김 싸줄까?"

도시락 김 포장을 뜯은 아줌마가 김에 밥을 조금 넣고 싸서 입에 갖다댔다. 나는 아, 하고 받아먹었다. 아줌마의 딸과 아들이 했듯이 덥석.

"어휴, 잘 먹네. 현진이 배고팠어?"

이상한 일이었다. 장씨 아줌마도 밥을 먹여주긴 하지만 젓가락이나 숟가락으로 주지 이렇게 손으로 직접 주진 않았다. 누가 손으로 준 음식을 입으로 받아먹는 건 생전 처음 있는 일인데, 나는 늘 그랬던 애처럼 익숙하게 계속 입을 벌렸다.

내가 왜 이러지? 아무 맛도 없는데, 근데 그애들은 이걸 왜 그렇게 맛있게 먹었을까? 고민하며 심각하게 밥알을 씹는데, 아줌마가 턱을 괴고 날 주시했다.

"세상에, 남자애가 눈이…… 현진이는 어쩜 이렇게 예쁘게 생겼니? 속눈썹도 길고, 코도 오뚝하고. 아주 왕자님이네, 왕자님."

자주 듣는 말이라 별스럽지 않았다.

"꼭꼭 씹어 먹어. 꼭꼭. 밥도 너무 잘 먹네. 어쩜 이렇게 착하고, 순하고. 현진이가 아줌마 아들이면 좋겠다."

주방 아줌마한테서는 참기름 냄새가 났다.

"석박지가 아주 시원하이 좋다. 요지 하나 갖고 온나."

"네, 회장님."

할아버지가 주방 아줌마에게서 숭늉을 받아들고 꿀꺽꿀꺽 마셨다. 조용하던 아침식사의 끝을 알리는 행위였다.

"쯧."

이를 쑤시면서 할아버지가 손을 까닥했다. 그러자 뒤에서 대기하던 비서가 들고 있던 종이를 건넸다. 식사 직전까지 할아버지가 보던 내 IQ 검사지였다. 위에서부터 아래로, 검사지가 닳도록 읽고 또 읽으면서 할아버지가 흐뭇하게 웃었다.

"봐라, 아인슈타인이라 칸다. 승필이 니도 어릴 때 이래 똑똑했나."

"IQ 검사는 따로 안 해봐서 모르겠습니다, 회장님."

"우리 현진이도 니처럼 S대 안 가겠나."

"충분합니다."

검사지를 내려놓은 할아버지가 가락에 맞춰 노래하듯 말했다.

"김 사장도 S대. 박 사장도 S대. 승필이도 S대. 우리 권진에는 S대 안 나온 놈이 내 자식들뿐이다."

"아버지. B대, C대 나온 놈들도 S대만큼 합니다."

"그래도 S대는 S대다. B대, C대가 어데 S대하고 같나?"

식탁 밑에서 핸드폰을 하느라 정신없는 은서 누나를 바라보며 할아버지가 혀를 찼다.

"니는 못 갔어도, 승주는 S대 보내야 않겠나."

작은아버지는 C대를 중퇴하고 외국에서 대학을 졸업했다. 이를 나무라듯 하는 소리였다.

"아버님, 현진이처럼 머리가 비상한 애들은요. 외국에 있는 영재학교 다니는 게 좋대요."

숙모가 생글생글 웃으며 말했다.

"아인슈타인 나온 대학교에도 영 지니어스를 위한 아카데미가 있다고 하고요, 미국에도 GATE 프로그램이라고 우리나라보다 훨씬 선진화된 영재교육이……"

"쯧쯧쯧, 니는 아직도 그 소리고."

"제가 입시 상담 가서 들어보면요, 현진이 같은 똑똑한 애들은 한국에서 주입식 교육으로 다 망친대요."

"됐다. 미국 가서 마약하고, 도박하고. 한두 번 봤나."

할아버지가 듣기도 싫다는 듯 고개를 저었다. 다들 식사를 끝낸 상태라 이제 식탁에는 손을 움직이는 사람이 장 여사밖에 없었다. 할아버지가 내 쪽을 쳐다보며 픽 웃었다.

"장 여사야. 아를 그리 끼고돌면 어쩌노. 내년에 현진이 국민학교 드가서도 니가 먹여줄 기가."

"아유, 그럼요. 제가 할 수 있는 데까진 다 해야지요. 우리 큰 도련님인데요. 현진이 많이 먹어, 응?"

장 여사가 두부찜이 올라간 숟가락을 내 앞에 들이밀었다. 나는 아까부터 입안에 있던 갈빗살을 크게 씹는 것으로 거절을 대신했다. 그러자 장 여사가 이번에는 아무것도 묻지 않은 내 입가를 냅킨으로 꼼꼼히 닦았다. 그 모습을 흐뭇하게 바라보던 할아버지가 옆으로 눈을 돌렸다.

"부사장."

"예, 회장님."

"입찰 어찌 됐노."

작은아버지가 마시던 물컵을 내려놓고는 허리를 꼿꼿이 세웠다.

"오사리 놈들 아직도 버팅기드나?"

"아무래도 그…… 시에서 관여하다보니까."

"시에서 와, 뭐라카노."

"저희 공장이 부지도 넓고, 평택만큼 사업장 라인을 빼려면 상수관 이설부터 여러 방면으로 협조를 받아야 하는데, 입찰이 삼파전으로 가니까 저쪽에서도……"

"변명은 됐고. 그래서 부사장은 자신이 있나, 없나. 그걸 묻는 기다."

"확실한 건 TF 팀장한테 보고를 받아봐야 알 것 같습니다."

"팀장만 알면 영무 니는 회사에 뭐하러 가노. 공 치러 출근하나?"

할아버지의 꾸중에 식탁이 고요해졌다. 한참 뒤 싸늘한 침묵을 깨고 숙모가 말했다.

"아버님이 우리 부사장을 응원해주셔야 더 잘하죠. 아침

댓바람부터 이렇게 문책하시면 기가 죽어서 일이 손에 잡히겠어요? 지금이라도 이이한테 전권을 주시면……"

"어멈은 좀 싸무라!"

날카로운 질책에 숙모가 흠칫했다. 씩씩거리던 작은아버지가 눈을 부라렸다.

"아버지. 제가 하릴없이 공 치러 회사 가는 게 아니고요, 요즘은 골프 경영 시댑니다. 부지 입찰 관련해서도 시장이랑 라운딩 돌면서 의논하고요, 비즈니스가 예전처럼 막……"

"니 짐 골프 경영이라 캤나. 골프 경영? 별 미친 소릴 해쌌다."

"지금은 아버지가 회사 운영하시던 때랑 다르다고요. 남들이 들으면 무속 경영, 풍수 경영한다고 비웃어요!"

"쯧쯧쯧쯧. 점마 저 여즉 정신을 못 차릿다. 어멈은 대체 집구석에서 뭐하노. 니도 골프 대회 준비하나?"

"아버님, 저이 한번만 믿어주세요."

"둘이 아주 잘 만났다, 잘 만났어. 영무 니는 이참에 회사 관두고 어멈이랑 손잡고 프로 데뷔해라."

드르륵. 신경질적으로 의자를 밀고 일어선 할아버지가 주방을 빠져나가며 말했다.

"현진이 마~이 무라. 니가 우리 권진의 기둥이다, 기둥. 내는 믿을 게 우리 장손뿐이다."

할아버지가 사라지자 숙모가 크게 한숨을 내쉬며 이마에 손을 올렸다. 작은아버지가 물컵을 쥔 손을 부들부들 떨었다.

"당신은 집구석에서 대체 뭘 하는 거야. 집안일하는 여자가 얼마나 밖을 싸다니길래 아버지가 골프 대회 나가란 소릴 다 하셔!"

"싸다녀? 자기 지금 말 다했어?"

"못했다!"

"내가 우리 승주, 은서 뒷바라지하느라 얼마나 고생하는지 자기가 알기나 해?"

"야, 애 핑계 좀 작작 대라. 승주 학원이 미사리에 있냐? 은서 발레 연습실이 양수리 모텔촌이야? 너는 어떻게 여자가 정도를 모르냐? 등신 같은 년이 진짜."

"기막혀. 당신 설마 나 뒷조사하고 다녀?"

"너는 앞조사만 해도 다 나와, 이 미친년아."

"놀고 있네. 자기가 나한테 그런 소리 할 자격 있어? 나는 누구처럼 밖에서 애 싸지르고 다니진 않아. 이 발정난 똥개만도 못한 새끼야."

“야, 천박하다, 천박해. 어휴. 사람이 수준이 이래서. 상종을 못하겠다, 너는.”

“네 수준은 그렇게 고상하니? 고상해서 허구한 날 아가씨들한테 성병 옮아오니?”

“야. 야!”

“드러워서 너랑 겸상도 하기 싫어, 인간아!”

“잘 먹었습니다.”

여태 한마디도 없이 밥만 먹던 승주 형이 일어나서 식당을 나갔다.

“승주야, 주스 마시고 가! 아줌마, 비타민 주스. 빨리.”

“주스가 잘도 넘어가겠다. 어휴, 내 팔자. 아버지가 말릴 때 파혼했어야 했는데!”

작은아버지도 짜증을 내며 식당을 나가버렸다. 여태 식탁 아래로 핸드폰을 만지던 은서 누나가 이쪽은 쳐다도 안 보고 킥킥거렸다.

“엄마 남친 너무 잘생겨서 아빠가 질투하는 거 아냐?”

“별소릴 다 해, 얘가. 너 빨리 학교 갈 준비나 해.”

“이 시간에 학교는 무슨 학교야. 나 더 잘래.”

“그리고 권은서. 할아버지랑 밥 먹을 땐 엄마가 핸드폰 보지 말라고 했지."

"아, 그러니까 아침에 나 부르지 말라고!"

"아침식사는 가족이 다 같이 하는 거라고 할아버지 늘 그러시잖아."

"존나 꼰대 같아, 씨발."

"권은서!"

은서 누나가 쿵쾅거리며 방으로 올라갔다. 숙모가 화를 참듯 제자리에 한참 서 있었다.

"내가 사는 게…… 사는 게 아니야, 정말."

숙모가 끙끙 앓듯 한숨을 내쉬었다. 식당에 있던 모두가 조용히 입을 다물고 숙모 눈치만 살폈다.

"김 실장, 이따가 우리 은서 좀 깨워줘요. 나 피부과 예약 있어서 지금 나가야 해."

"예, 사모님."

돌아서는 숙모를 장 여사가 붙잡았다.

"사모님, 벌써 나가시게요? 오늘 회장님 출근하시는 날인데. 인사하고 가시지요."

"됐어. 이미 눈 밖에 났는데 뭐. 아버님 나 보면 또 잔소리나 하시지."

"그래도 이렇게 일찍 나가세요?"

"아침에 때려야 고주파가 잘 들어간대. 자기도 같이 안 갈래?"

"저요?"

"그래. 주름이 자글자글하다, 자기도. 원장한테 시술받고, 마사지 받고 그러면 좀 나아."

"새로 온 시터가 아직 현진이랑 어색해서……"

장 여사가 머뭇거리며 나를 돌아보았다.

"그러니까 시터랑 친해질 시간을 줘야지. 어색하다고 자기가 계속 껴 있으면 시터가 현진이랑 언제 친해져."

"오늘 대청소하자고 말도 꺼내놨는데……"

"매니저들 있잖아. 자기가 뭐 집안일하는 사람이야?"

그 말에 장씨 아줌마는 묘하게 기뻐하는 기색이었다. 눈빛을 교환하던 두 사람은 할아버지가 사라진 복도를 돌아봤다.

"얼른 가자. 아버님이 괜히 부르시기 전에."

"네, 사모님."

그렇게 두 사람이 식당을 떠났다. 홀로 남은 나는 한참 질겅이던 갈빗살을 그제야 그릇에 뱉어냈다.

숙모와 장씨 아줌마는 오후가 되어도 돌아오지 않았다. 평소처럼 시터를 따돌리고 심심해진 나는 별관을 어슬렁거리다가 주방 아줌마를 뒤따라갔다.

"현진아, 아줌마 이제 저녁하러 가야 하는데……"

어느새 나는 주방 아줌마 무릎에 앉아서 요술 점토를 만지고 있었다. 이나희의 학교 준비물이라고 했다.

"할아버지 집에 같이 가자. 응?"

아줌마가 나를 무릎에서 내려놓으려고 할 때마다 나는 식탁을 잡고 버텼다.

"싫어요."

"거기 현진이랑 놀아줄 사람 많아."

"으응, 싫어……!"

나는 고개를 흔들었다. 한숨을 푹 쉰 아줌마가 주방 안쪽을 향해 목소리를 높였다.

"나희야. 이나희."

그러자 부름에 기다렸다는 듯이 쪽문이 열렸다. 저번에 본 남자애가 눈을 비비며 나왔다.

"엄마, 누나 낮잠 자."

그런데 그 남자애 손에 익숙한 장난감이 들려 있었다. 포드 미니카. 바퀴가 하나 빠진 걸 보니 확실했다. 언젠가 내가 정원에 버려둔 장난감이었다.

"저거 내 건데."

사실 찾지 않은 지 오래였다. 내가 안 갖고 노는 장난감은 청소하는 아줌마가 한번씩 모아다가 버리는데, 그중에는 포장도 채 뜯지 않은 새것도 많았다. 그러니 망가진 장난감 따위를 내가 찾을 리 없지 않은가.

"찬희야, 그거 형 거래."

"내가 주운 건데……"

"형한테 돌려주자. 얼른."

아줌마의 말에 남자애가 갑자기 심각해졌다. 우물쭈물하다가 미니카를 내게 내밀었다. 썩 내키지 않는 얼굴이었다. 잘 굴러가지도 않는 거. RC카도 아니고 이깟 것은 관심도 없었다.

"내가 몬스터 트럭 보여줄까?"

나는 충동적으로 그애한테 말을 건넸다. 갑자기 왜 그랬는지 모르겠다. 멀겋고 순한 인상 때문인가? 게다가 저 남자애가 나보다 어리다는 사실에 만만해서 그랬던 것 같다. 아줌마가 가면, 나 혼자 심심하니까.

"몬스터 트럭이 뭔데……?"

"찬희야, 현진이가 너보다 한 살 많아. 그러니까 형이라고 불러."

문 뒤에 숨어서 고개만 내밀고 있는 남자애한테 아줌마가 말했다.

"형아, 몬스터 트럭이 뭔데?"

반짝거리는 눈을 보니 꽤 궁금한 모양이었다. 나는 단숨에 아줌마 무릎에서 뛰어내려왔다.

"따라와. 형이 보여줄게."

"이거는 점프 트럭. 누르면 불 나오고 소리도 나. 이건 파이어 트럭인데 로봇으로 변신할 수 있고 폴리스랑 합체도 돼. 칼도 있어. 빨간 거는 파이어 트럭, 파란 거는 폴리스. 파이어 트럭엔 사다리도 있어. 물 채우면 여기서 물도 나와."

"진짜? 우와."

이찬희는 이런 장난감은 생전 처음 본다는 듯이 눈이 휘둥그레져서 감탄만 연발했다. 턱이 빠질 듯한 그 열렬한 반응에 내가 더 신이 났다. 내 방의 온갖 장난감을 다 갖고 와서 보따리장수처럼 이찬희 앞에 펼쳐놨다. 이제는 잘 갖고 놀지도 않는 것들이지만, 어떻게든 이찬희의 흥미를 끌려고 하나하나 설명하느라 입이 마를 정도였다.

"형아, 진짜 파이어 트럭에서 물 나와?"

"보여줄까?"

"응!"

나는 잽싸게 트럭에 물을 채워왔다. 나이 먹고는 유치해서 잘 만지지도 않던 거지만, 이찬희에게 보여줄 생각에 가슴이 다 두근거렸다.

"우와!"

물을 쏘는 소방차에 이찬희는 넋을 놓았다. 그 반응을 보고 뿌듯해서 나는 세 번이나 물을 채워왔다. 정원을 완전히 가로질러서 뛰어다니는데도 전혀 힘들지 않았다.

"형아, 나도 해봐도 돼?"

"응. 여기 버튼 눌러봐. 소리 나."

"우와."

한참 소방차를 만지작거리던 이찬희가 불쑥 고개를 들었다.

"형아, 몬스터 트럭은 뭐야?"

"기다려봐."

드디어 그 녀석을 보여줄 차례가 왔다. 나는 아까 내팽개쳤던 컨트롤러를 주워서 전원을 켰다. 부우웅, 자기에게로 쏜살같이 달려오는 몬스터 트럭을 본 이찬희는 깡충깡충 뛰며 좋아했다.

"우와……! 우와!"

"너 자동차 좋아해?"

"응!"

그 대답에 나는 어릴 때 타고 놀던 포르쉐 전동차가 생각났다. 얘한테 딱 맞을 것 같았다. 내 방에서 열심히 전동차를 끌고 내려오는데, 갑자기 장 여사가 나타났다. 밖에서 숙모와 어울리다가 예상보다 귀가가 늦어졌는지 허둥지둥하는 얼굴이었다.

"현진아, 오늘 언제 토했어? 회장님이 보셨어?"

"안 했어요."

"뭐? 정말이야? 토 안 했어?"

"안 했다니까요. 그리고 할아버지 아까 외출하셨대요."

"근데 전동차 가지고 어디 가니? 너 요즘 그거 안 타잖아."

"탈 거예요."

여기서 이럴 때가 아닌데. 그사이에 이찬희가 주방 뒤편으로 사라져버리면 어떡하지? 이상한 조바심이 들었다.

"현진아, 어딜 가냐니까. 저녁 먹어야지!"

"안 먹어도 돼요!"

"아니, 재가 왜 저래."

장 여사를 뒤로하고 나는 얼른 별관 정원으로 갔다. 하지만 노을이 내려앉은 정원은 이미 텅 비어 있었다.

"이찬희……!"

고요한 잔디밭에 혼자 서 있으니 허무하기 짝이 없었다. 그새 사라졌어. 같이 놀기로 했으면서! 속이 쓰렸다. 전동차를 내팽개친 나는 그 길로 별관에 달려갔다.

"이찬희! 이찬희! 형이 자동차 갖고 왔어. 빨리 나와서 이거 타봐!"

급하게 현관문을 두들기는데, 등뒤에서 장 여사의 목소리가 들려왔다.

"현진아, 너 여태 이 실장네 애들이랑 놀았니?"

"네. 이찬희랑요."

이렇게 말하면 찬희를 불러줄 것이다. 장 여사는 내가 원하는 걸 전부 갖다주는 사람이니까.

"현진이, 찬희랑 노는 거 재밌어?"

"네."

나는 열심히 고개를 끄덕였다. 아니나 다를까, 장 여사는 곧장 들어가서 찬희를 데려왔다. 정원에는 가지 말고 별관 근처에서만 놀라고 했다.

"이찬희, 너 갑자기 어디 갔었어? 내가 스포츠카 갖고 왔는데."

"우리 누나가 불러서……"

어쩐지 이찬희에게선 전에 없던 달콤한 냄새가 났다. 누나한테 다녀왔다고?

"왜?"

기분 나쁜 여자애다. 왜 갑자기 제 동생만 쏙 빼어가고 난리야? 여기 나도 있는데. 셋이 같이 놀면 되지.

"나 아직 오늘 숙제 안 해서…… 근데 형아랑 노는 게 더 재밌어."

전동차를 타고 앞뒤로 꿈쩍거리던 이찬희가 배시시 웃

었다.

"형아, 내일도 나랑 놀 수 있어?"

수줍게 묻는데 순간 가슴이 뜨거워졌다.

뭐야. 너도 같은 생각이었어? 쪼그만 게…… 이찬희, 나도 너랑 놀고 싶었어. 우리 둘이 재밌게 놀고 있었는데, 네가 말도 없이 사라져서 무서웠단 말이야.

"형아랑 노는 거 재밌어."

나도. 나도 너랑 노는 거 재밌어.

날은 어둑한데, 내 가슴속에는 환한 태양이 떴다. 이 코딱지만한 어린애가 대체 뭐라고. 저녁을 먹지 않았는데도 배가 불렀다. 이런 기분은 태어나서 처음이었다.

그날부터 나는 이찬희하고 놀았다. 이찬희는 여섯 살인데 유치원에 안 다닌다고 했다. 마침 나도 옮긴 유치원의 방학 기간이라 놀아줄 사람이 없었다. 새로운 보모가 오긴 했지만, 늘 그랬듯 이번에도 본 척 만 척했다.

이번 보모는 아무리 불러도 반응 없는 나에게서 20분 만에 떨어져나갔다. 숨어서 친구랑 전화통화 하느라 나에겐 관심조차 없었으니, 피차 다행인 일이었다.

찬희에게 몬스터 트럭의 컨트롤러를 주고, 나는 다른 RC카를 운전했다. 두 대의 자동차는 앞다투어 정원을 달렸다. 둘 다 운전에 몰두해 있던 그때, 갑자기 어디서 달콤한 냄새가 풍겼다. 동시에 이찬희의 몬스터 트럭이 멈춰 섰다.

"엄마다. 엄마!"

무슨 탐지기라도 달린 건가? 이찬희가 뛰어간 출입문 방향에서 주방 아줌마와 여자애가 진짜로 올라오고 있었다. 여자애는 아줌마 손을 꼭 붙잡고, 아줌마 얼굴만 올려다보면서 걸었다.

꿀이라도 발라놨나. 제 엄마 얼굴에서 눈을 떼질 않네. 아주 마마걸이 따로 없었다.

"찬희야, 너 왜 밖에 나와 있어? 엄마가 방안에만 있으라고 했잖아."

"아줌마가 형아랑 놀라고 했어."

"아줌마? 누가?"

"장씨 아줌마요."

장 여사. 내가 대신 대답했다. 그 순간 여자애의 시선이 잠깐 내게로 향했다가 다시 주방 아줌마에게로 돌아갔다. 어째서인지 아줌마는 당혹스러운 기색이었다.

"찬희야, 형이랑 싸우면 안 돼. 현진이 형이 너보다 나이가 더 많으니까 형한테 대들고 그러면 안 되는 거야. 알았지?"

"응! 엄마, 형아가 나 이거 줬어."

찬희가 주머니에서 배틀 딱지를 꺼냈다.

"뭘 이렇게 많이…… 현진아, 이거 너 안 쓰는 거야? 네가 찬희 준 거 맞아?"

"네."

내 방에 널리고 널린 게 배틀 딱지다. 터닝메카드는 나도 좋아하지만 한참 모으다가 어느 순간 흥미가 떨어졌다.

"찬희야, 형한테 장난감 달라고 조르고 그러면 안 돼."

"응!"

"둘이 싸우지 말고."

"응!"

"네."

우리가 앞다투어 주방 아줌마와 대화하는 동안, 여자애는 말 한마디 하지 않았다. 인사도 없이 내 옆을 쓱 지나가는데 그애한테서 불량식품 냄새가 났다. 진한 단내에 나는 습관적으로 인상을 썼다.

내가 뒤통수를 노려보거나 말거나, 그애는 그저 제 엄마한테 껌딱지처럼 달라붙어서는 별관으로 쏙 들어가버렸다.

"야, 재 몇 살이야?"

"우리 누나?"

"응."

"여덟 살."

뭐야. 진짜네. 진짜 나보다 나이가 많잖아.

심지어 커다란 가방을 메고 있었다. 초등학교에 다니는 모양이었다. 이유를 알 수 없이 가슴이 무거워졌다. 초등학교에 다니는 여자애와 나 사이엔 건널 수 없는 강이 흐르고 있다. 감히 범접할 수 없는 무언가를 만난 것처럼 눈앞이 아득해졌다.

그래서 날 무시하는 건가? 자기는 벌써 초등학생이라 이거지? 재도 아직 유치원조차 졸업 못한 남자애랑 어울려 놀 생각은 없겠지만, 그렇다고 제 동생이랑 나를 같은 선상에 두는 건 불공평했다.

이찬희는 정말 코흘리개잖아. 나는 저 정도로 어린 꼬마는 아니란 말이야. 네 동생하곤 다르다고.

"형아, 형아 자동차 어딨어? 나 지금 두 바퀴 돌았어."

남은 심란해 죽겠는데 옆에서는 신이 났다. 이찬희는 어느새 다시 컨트롤러를 들었지만 나는 도저히 그럴 기분이 아니었다.

"야, 너희 누나도 여기 살아?"

"응."

나는 당연한 것을 물었다. 바보도 아니고 누가 그걸 몰라서 묻겠어?

"이름이 뭐야?"

"나희. 우리 누나, 이나희."

이번에도 다 아는 걸 물었다. 내가 등신도 아니고 이미 몇 번이나 들은 이름을 모를 리가 없잖은가? 그러니 이쯤 하면 제 누나를 좀 불러온다든가, 나한테 소개를 시켜준다든가 하는 당연한 반응이 돌아와야 하는데……

"아싸. 나 세 바퀴!"

이찬희는 몬스터 트럭 조종에만 푹 빠져 있었다. 나를 쳐다도 보지 않았다.

뭐야, 얘는 대체 왜 이렇게 눈치가 없어? 나도 이나희가 누군지 알고, 나이도 알고, 네 누나인 것도 알아. 내가 모를

리가 없잖아. 몰라서 물어본 게 아닌 걸 뻔히 알면서 왜……

답답하게 자동차 경주를 이어가고 있는데, 갑자기 현관문이 열렸다. 순간 나는 버튼이 눌린 인형처럼 획 고개를 돌렸다. 예상대로 그 여자애가 빼꼼 고개를 내밀고 있었다.

"이찬희."

여자애가 새초롬하게 제 동생을 불렀다. 이찬희 옆에 서 있는 나는 이번에도 못 본 척 무시하곤, 별다른 말도 없이 안으로 쏙 사라졌다. 동시에 이찬희가 컨트롤러를 내려놓았다.

"형아, 누나가 나 점심 먹으래."

"뭐?"

저건 잘도 알아듣네. 눈치는 쥐뿔도 없는 주제에.

"나 점심 먹고 올게, 형아."

이미 오후였다. 나는 진작에 할아버지와 함께 점심을 먹었다. 그렇지만…… 나도 너희랑 같이 있으면 안 돼? 여기에 사람이 둘 있는데, 쟤는 왜 너만 부르는 건데. 저 여자애는 대체 왜 나한테 말을 안 거는 거야? 저 몹쓸 행동이 이상하다고 생각하는 사람은 나뿐인 거야? 진심으로? 그리고 이찬희. 너는 나랑 노는 게 재밌다면서. 그런데 왜 네 누나를 나한테는 소개 안 해주는 건데……

나는 눈으로 많은 말을 했다. 하지만 이찬희는 제 누나의 말은 독심술하듯 척척 알아듣더니, 내 말은 하나도 못 알아들었다.

"빨리 먹고 올게, 형아. 많이 돌지 말고 두 바퀴만 돌아. 알았지?"

답답한 남매였다. 멀어지는 이찬희의 뒷모습을 바라보다가 나는 휙 몸을 돌렸다. 나를 돌덩이처럼 없는 사람 취급하는 여자애는 저애가 생전 처음이었다.

이제 나는 식사 시간만 빼고 틈만 나면 이찬희와 놀았다. 별관 정원이 우리의 놀이터였다. 오늘도 할아버지와 점심을 먹고 바이올린 레슨 전까지 이찬희와 RC카를 조종했다.

"야, 이찬희. 너 언제부터 우리집에 살았어?"

"몰라."

"작년부터지?"

"아닌데. 여름 두 번 보냈는데."

"진짜? 그럼 1년 넘었어?"

애를 코밑에 두고 1년이나 몰랐다니…… 아깝다. 이미 지나간 시간이지만 더 빨리 친해지지 못한 게 아쉬웠다.

내가 이씨 남매를 진작 알아채지 못한 건 두 사람이 생쥐처럼 다니기 때문이었다. 이찬희는 거의 별관에만 있고, 이나희는 밖을 꽤 돌아다니는 편인데도 워낙 조용했다. 발소리도 없는 재미없는 여자애였다.

"형아, 지금 몇 시야?"

"2시 10분."

"아싸, 이제 우리 누나 오겠다!"

이찬희가 바보처럼 헤실거리며 웃었다. 아주 제 누나라면 사족을 못 쓰는 애다. 5분 간격으로 내게 시간을 물으며 목이 빠져라 누나를 기다렸다. 덕분에 덩달아 나까지 그애가 오는 시간을 꿰고 있었다.

버스 한 정거장 거리의 초등학교에 다닌다는 그애는 2시 무렵이면 집에 온다. 아무리 늦어도 3시였다. 바이올린 레슨이 4시에 시작하기 때문에 선생님이 오기 전에 이나희를 마주치는 게 요즘의 일상이었다.

"우리 누나 빨리 왔으면 좋겠다."

흥, 오든가 말든가. 치근덕거리는 여자애도 귀찮지만 나를 무시하는 여자애도 싫었다. 말도 안 걸고. 일부러 날 모른 척하고. 아주 괘씸하기 짝이 없었다. 유치원 여자애들이 그렇게 했다면 고마웠을 텐데…… 이게 대체 무슨 마음인지 나도 모르겠다.

아무튼 나도 이나희한테는 관심 없다. 그런 도도한 여자애 따위는. 그리고 이찬희가 저렇게까지 제 누나를 보고 싶어하는 건 남매간의 우애 따위가 아니라 콩고물 때문이었다. 내가 레슨을 끝내고 오면 이찬희는 늘 입에 막대사탕을 물고 있거나, 알약처럼 생긴 뭔가를 들고 있었다. 이나희가 사온 불량식품이다. 그애는 학교에 갔다 올 때면 빈손으로 돌아오는 법이 없었다.

오늘도 마찬가지였다. 갑자기 어디선가 출처를 알 수 없는 버터 향이 떠돌았다. RC카 바퀴를 바꿔 끼우는 데 집중하던 이찬희도 그 냄새를 맡았는지 불쑥 고개를 쳐들었다. 가뜩이나 똥강아지처럼 생긴 게 눈을 크게 뜨고 좌우로 눈알을 굴리는 꼴이 영락없는 미어캣이었다.

"우리 누나다."

이찬희가 애지중지하던 자동차를 내팽개치고 일어섰다.

"뉴나!"

뭐야……? 갑자기 혀가 반 토막이 난 이찬희가 저따위로 소리치며 달려갔다.

역겹게. 뉴나 같은 소리 하고 있네. 내가 비웃거나 말거나, 이찬희가 다급히 뛰어간 곳에는 역시나 그애가 있었다. 제 몸만한 책가방을 메고, 양 갈래로 머리를 묶고, 촌스러운 멜빵 치마를 입은 여자애.

한빛초등학교 1학년 3반 12번 이나희. 달랑달랑 들고 있는 신발주머니에 그렇게 쓰여 있다. 만두가 들었는지 볼이 빵빵한 그애는 멀뚱히 내 쪽을 쳐다보기만 하고 한 발자국도 다가오지 않았다. 와중에도 달콤한 냄새는 폴폴 풍겼다.

알 만하다. 또 불량식품이나 사왔겠지. 이나희는 잔뜩 경계하는 눈으로 날 보면서 제 동생에게 뭐라고 숙덕거렸다. 뭐 때문인진 몰라도 이찬희가 혼나는 것 같았다. 참 나, 꼴에 누나라고. 둘 다 찐빵같이 생긴 게 제 동생을 혼낼 땐 엄숙한 표정을 짓는 게 웃겼다.

"웅, 뉴나. 근데에…… 형아가 나한테 먼저 놀자고 해서…… 웅웅. 근데에 형아가 나 소방차 준다고 해서…… 웅. 알겠어."

이찬희는 금세 시무룩해져서 고개를 푹 숙였다. 내가 보기엔 가증스러운 연기였다. 여섯 살 남자애가 얼마나 앙큼한지 정말 모르는 걸까? 저거 다 가짜인데. 뉴나는 무슨 뉴나……

그런데 제 동생의 밉살스러운 연기가 먹혔는지 이나희가 푹 한숨을 내쉬며 몸통만한 책가방을 앞으로 메고는 그 안을 뒤적였다. 안에서 두툼한 갈색 봉투가 나왔다. 거기 또 뭐가 들었는지 이씨 남매는 한동안 봉투를 둘러싸고 부스럭거렸다.

"현진이 형한테? 웅…… 웅웅. 알겠어. 웅, 뉴나."

제 누나한테서 뭔가를 받아든 이찬희가 썩 내키지 않는 얼굴로 내게 다가왔다.

"현진이 형."

"뭐."

"이거 우리 누나가 형 주래."

"그게 뭔데?"

"델리만쥬."

델리만쥬?

"우리 누나는 지하철 혼자 탈 수 있는데, 거기서 파는 거야. 우리 누나가 나 먹으라고 사온 거야."

말끝마다 '우리 누나' 타령이다. 그깟 누나 하나 있다고 나한테 자랑하고 싶어서 아주 안달이 났다.

“나 주려고 우리 누나가 사온 건데, 형아도 갖다주래.”

어이가 없었다. 지 먹으라고 사온 건데 뭐. 내가 언제 달라고 했어? 내가 먹고 싶다고 했어? 지하철도 혼자 타는 똑똑한 누나가 저만 먹으라고 사다준 이 엄청난 빵을 내게도 기꺼이 하사한다는 식이었다. 그런데 빵은 눈치도 없이 단내를 풀풀 풍겼다. 그걸 내려다보는데 속이 부글부글 끓었다.

“이찬희!”

“응, 누나!”

이나희의 부름에 후다닥 달려간 이찬희가 한참 뭔가 얘기를 듣더니 다시 내게 왔다.

“우리 누나가 형아한테 하나 더 주래.”

나는 낯선 음식을 원래 안 먹는다. 달콤한 냄새는 나지만, 이건 불량식품이 분명했다.

내가 이걸 대체 왜 먹어야 해? 거절하려는데 저 멀리서 이나희가 멀뚱멀뚱 나를 쳐다보는 게 걸렸다. 재가 먹나 안 먹나, 그런 얼굴이었다.

난감해서 나는 뒤를 돌아봤다. 새로 온 보모는 여전히 향나무 아래서 남자친구와 통화중이었다. 저 통화는 할아버지나 장 여사가 나와야 끝이 난다.

나만 쳐다보고 있는 똥강아지 남매 때문에 결국 델리만쥬를 한입 먹었다. 뭐야, 냄새만큼 맛있지도 않잖아. 고작 밀가루 설탕 빵 주제에 냄새랑 맛이랑 다르잖아. 속은 기분이었다. 이 향기를 설명하려면 이거보다 세 배는 맛있어야 했다. 내가 억지로 하나를 다 먹어치우자 이나희가 살짝 웃었다.

뭐지? 가서 말 걸어볼까? 이거 냄새만 맛있고 별로 맛없어. 나한테 왜 줬어? 넌 왜 웃었고?

하나를 더 먹자 이나희가 환하게 웃었다.

아, 이거구나. 지가 준 걸 먹으면 이나희가 좋아하는구나! 답을 알았다. 가슴에 얹혔던 무거운 돌덩이가 쑥 내려가는 기분이었다. 이대로라면 순조롭게 저애랑 대화를 트고 친해질 수 있을 것 같았다.

델리만쥬를 다 먹고 가서 말을 걸어볼까? 아니면 이나희가 나한테 말을 걸 때까지 기다려볼까? 잠깐 고민하는 사이 그애가 획 몸을 돌리더니 주방 아줌마와 똥강아지 남매가 사는 곳, 별관으로 사라졌다.

뭐야, 빵까지 줬으면서 말을 안 걸겠다고? 나한테 말을 걸 목적으로 빵을 준 게 아니었어? 믿을 수가 없었다. 정말이지 이런 일은 처음이었다.

이윽고 내 의심은 확신이 되었다. 이나희는 나를 싫어한다. 여태 저애가 부끄러워서, 아니면 나처럼 심하게 낯을 가려서 말을 안 거는 줄 알았다. 하지만 델리만쥬를 건넬 용기가 있다면 말도 건넬 수 있는 거잖아? 그게 어려워? 빵도 줬으면서? 제 동생 주려고 지하철에서부터 소중히 안고 온 빵이라면서. 그걸 나한테 나눠줬으면서 '안녕?' 인사 한마디 하는 게 어렵냐고.

안녕. 그렇게 먼저 말을 걸어주면 나도 대꾸할 수 있는데. 그럼 내 이름도 알려주고…… 다 할 수 있는데…… 무시당했다. 유치원을 두 군데 다녀봤지만, 그 어디서도 이런 일은 없었다. 코앞에서 나를 못 본 척하고, 일부러 말도 안 걸고. 심지어 여자애가! 여자들은 백이면 백, 다 나를 좋아했다. 여태껏 예외는 한 명도 없었다. 귀찮을 정도로 먼저 말을 걸고 나를 만지려고 했다. 보모 누나도, 선생님도, 아줌마도 다 마찬가지였다. 그랬기에 이런 일이 나한테 생겼다는 게 너무 충격적이었다.

나를 무시한 여자애는 이나희가 처음이다. 기분이 정말 이상했다. 잠들기 전까지 자꾸만 그 상황이 떠올랐다. 이나희가 나한테 적선하듯, 그것도 직접 줄 가치도 없다는 듯 멍청한 제 동생을 통해서 빵만 몇 개 던져주고 가버린 게 생각할수록 괘씸했다. 화가 났다. 가방에 델리만쥬나 넣고 다니는 주제에. 달콤한 냄새나 풍기고 다니는 주제에……!

생긴 건 엄청 귀여우면서 표정은 늘 뚱한 이나희. 동생과 엄마하고는 조잘조잘 잘만 떠들면서 내가 다가가면 입을 다물어버리는 나쁜 여자애. 착해 보였는데. 나는…… 네가 착한 줄 알았다고.

귀엽게 생겼는데 하나도 귀엽지 않았고, 착해 보였지만 하나도 착하지 않았다. 결정적으로 그애한테서는 언제나 달콤한 냄새가 난다.

이나희는 델리만쥬 같은 여자애다.

내가 단단히 삐친 걸 눈치라도 챈 듯 며칠 뒤에 이나희가 먼저 다가왔다. 품에 안은 종이봉투를 부스럭거리면서 대뜸 물었다.

"너 팥붕 먹을래, 슈붕 먹을래?"

그게 이나희가 나에게 건넨 첫마디였다. 싱겁게도 자기소개나 인사 같은 건 따로 없었다.

"빨리 골라. 너 팥붕이야, 슈붕이야?"

꽤 중요한 문제인 듯 이나희의 표정이 심각하기 짝이 없었다.

팥붕은 뭐고 슈붕은 또 뭐지. 뭔진 몰라도 슈붕은 어쩐지 여자애들 것 같다. 슈슈의 인형 가게, 슈슈의 미용실처럼. 그렇다면 내게 선택지는 하나였다.

"나…… 팥붕."

내 대답에 이나희는 매우 심란한 눈으로 종이봉투 안을 들여다보았다. 배가 거무스름한 빵 한 개, 노르스름한 빵이 두 개 남아 있었다. 이나희가 어깨까지 들썩이면서 긴 한숨을 내쉬었다.

"휴. 나도 팥붕 좋아하는데……"

"맞아, 우리 누나 팥붕 좋아하는데……"

제 누나가 준 물고기 빵을 입에 문 이찬희가 옆에서 그애 말을 따라 했다. 어찌나 눈치가 보이는지 내가 뭘 잘못한 줄 알았다. 팥붕을 좋아하는데 나더러 뭐 어쩌라는 거야.

고개를 떨구고 있던 이나희가 결심한 듯 내게 물고기 빵을 내밀었다.

"알았어. 너 팥붕 먹어."

아, 한 개 남은 검은 게 팥붕이었구나. 난 팥붕이 아니어도 되는데. 팥붕 따위 얼마든지 양보할 수 있다. 사실 팥붕이니 슈붕이니 안 먹어도 그만이다.

"너 붕어빵 처음 보지?"

"응."

"붕어빵 맛있어. 겨울 다 끝나서 이게 올해 마지막이야. 빨리 먹어봐."

이름도 이상했다. 붕어빵. 이깟 걸 나한테 먹이겠다는 이나희의 눈빛이 심히 진지했다.

지금 이 팥붕을 안 먹으면 저애와 친해질 수 없다. 하지만…… 단내는 나는데 꺼림칙했다. 망설이다 김이 모락모락 올라오는 붕어빵을 한입 베어 물었다.

"맛있지? 그치?"

반강제로 고개를 끄덕였다. 재가 저런 눈빛으로 묻는데 맛없다고 할 수 있는 사람은 애초에 많지 않을 것이다.

"슈붕 나눠줄게. 둘이 먹어."

아니, 또 먹으라고? 내 대답은 듣지도 않고 이나희는 이미 붕어빵 하나를 갈랐다. 꼬리 쪽은 제 동생에게, 머리 쪽은 나에게 건넸다.

"슈크림 뜨거우니까 조심해."

갈라진 붕어의 뱃속에서 샛노란 크림이 흘러내렸다. 살짝 냄새를 맡자 익숙한 향기가 코끝을 스쳤다. 뭐야, 이건 슈붕이 아니라 델리만쥬잖아. 황금빛 크림 색깔도 비슷했다. 하마터면 위장한 델리만쥬에게 속을 뻔했다.

슈붕의 정체를 빌미로 말을 걸어보려는데, 이나희는 더 용건이 없다는 듯 획 돌아섰다. 향긋한 버터 냄새만 남기고서 또…… 어이가 없어진 나는 입을 떡 벌리고 그 뒷모습을 노려보았다.

붕어의 탈을 쓴 이 몹쓸 델리만쥬나 이나희나 똑같네. 다정한 척 달콤하게 사람을 속이려는 게, 둘 다 나빴다. 괘씸해서 나는 들고 있던 빵을 콱콱 씹어먹었다.

제2장
다정한 씨앗에서 피어난 장미

봄방학이 끝나고 유치원이 개학했다. 아니, 유치원이 아니라 교육 센터라고 했다.

"형아, 니나노 유치원 안 가?"

"니나노가 아니고 니노스라니까. 그리고 유치원이 아니고 교육 센터야. 난 유치원 졸업했어."

"아무튼. 니나노스 거기 안 가?"

"휴."

어린애들은 정말 귀찮다. 궁금한 게 생기면 그게 해결될 때까지 집요하게 캐묻는다. 이찬희도 다르지 않았다.

"형아, 니나노스 왜 안 가?"

"오늘 센터 안 가는 날이야."

"우와, 진짜?"

"어."

"우리 누나는 오늘 학교 갔는데……"

걔는 당연히 갔겠지. 나는 뺑친 거니까.

센터는 빼먹었다. 할아버지가 출근하시는 날만 어쩔 수 없이 가고, 나머지는 거의 안 가는 중이었다.

니노스에 다니기 싫었다. 선생님부터 애들까지 다 영어를 쓰는 것도 짜증나는데, 다른 애들이 귀찮게 계속 말을 걸어서 싫었다. 이상한 활동이 많아서 모르는 애들과 어울려야 하는 것도 최악이었다. 그놈의 감각 통합 교육인지 뭔지. 나이를 일곱 살이나 먹고 애들이랑 밧줄로 꽁꽁 묶는 일 따위를 시켜대니 센터에 가고 싶을 리가 없었다.

내가 센터에 안 가면 장 여사는 몇 번 달래다가 곧 포기했다. 숙모는 애초에 나에게 관심이 없었다. 별관 근처에 있으면 할아버지 눈에도 안 띈다. 할아버지만 뭐라고 안 하면, 간섭할 사람은 아무도 없었다.

"현진이 계속 별관에 놔둬도 되는 거래요? 시터 선생님도 신경 안 쓰는 것 같고, 애를 저렇게 방치하면……"

"못 본 척해. 사모님도 손놓고 있는데 우리가 왜 나서?"

"그래도…… 아직 어린앤데."

"챙긴다고 괜히 나서봤자 귀한 장손, 남의 손 탄다고 회장님 난리 셔."

누군가는 나를 걱정하는 듯했지만 나는 이찬희와 있는 게 좋았다.

나처럼 혼자인 이찬희. 얘랑 놀고 있으면, 남들이 말하는 것처럼 부모 없는 딱한 처지로 느껴지지 않는다. 돌봐줄 어른이 없는 건 이찬희도 마찬가지니까. 둘이서 오후까지 놀다가 나는 악기 레슨을 받으러 가고, 이찬희는 제 누나를 기다렸다.

"형아, 오늘 바이올린 하는 날이야?"

"어."

월수금은 바이올린, 화목은 피아노, 토요일은 플루트였다.

"바이올린 재밌어?"

"별로."

바이올린은 기억력, 창의력 발달에 좋다고 했다. 그러나 사실은 내가 귀찮게 굴까봐 장 여사가 이것저것 계속 교사를 불러다 레슨을 시키는 거다. 어쨌거나 나는 바이올린, 플루트 따위의 휘두를 게 있는 악기를 꽤 재밌어했다. 덕분에 진도도 빨랐다. 적어도 피아노보단 훨씬 나았다.

"우리 누나도 피아노 배우고 싶대."

"피아노 재미없어."

"형아 피아노 잘 친다고 그러던데, 우리 누나가."

"뭐?"

내가 피아노 치는 소리를 들었나? 근데 왜 나한테는 말을 안 하고 쟤한테 얘기하지? 쟤가 뭘 안다고. 진짜 웃기는 여자애네.

이나희에게 관심을 끄려고 해도 이찬희가 자꾸만 불을 지폈다.

"야, 너희 누나 언제 와? 지금 2시 30분 넘었어."

"우리 누나 '경찰과 도둑' 하고 있을걸. 형아, 나 소방차 빌려도 돼?"

"어. '경찰과 도둑'이 뭔데?"

"놀이터에서 노는 거. 형아, 나 몬스터 트럭 운전해도 돼?"

"어. 너희 누나도 놀이터에서 혼자 놀아?"

"아니. 우리 누나 친구 되게 많아. 형아, 나 포클레인 빌려도 돼?"

"어. 친구 몇 명인데?"

"몰라. 엄청 많아. 형아, 포클레인 안 켜져."

"건전지 확인해봐. 야, 근데 너희 누나 남자애들이랑도 친해?"

"형아, 나 포클레인."

"남자애들이랑 친하냐고."

"포클레인 빨리 켜줘."

"씨……"

이찬희는 약삭빨랐다. 내가 제 누나와 친해지려는 걸 눈치채고 이렇게 교묘하게 굴었다. 짜증이 났지만 아쉬운 사람은 나였다. 이나희가 학교에서 돌아오면 이찬희도 방에 틀어박혔고, 이나희가 학교에 가지 않는 날이면 이찬희도 제 누나랑 노느라 아예 밖에 나오지 않았다. 그러니 내가 하루빨리 이나희와 친해져야 셋이 같이 놀 수 있는 것이다.

이즈음의 나는 종일 이나희에 대해서 생각했다. 안 그럴 수가 없었다. 매일 이찬희를 보고, 주방 아줌마를 보고, 또 이나희를 마주치니까. 가끔 먹을 걸 던져주면서 나랑 눈이 마주칠 때면 휙 돌아서는 이나희 때문에 애가 탔다.

대체 왜 저애는 나한테 관심이 없는 거지? 다른 여자애들은, 아니 나이를 막론하고 여자들은 모두 나랑 얘기하고 싶어서 난리인데.

'그렇게 속이 타면 먼저 말을 걸든가.'

누군가는 그렇게 생각하겠지만, 그건 유치원 입학 이후부터 줄곧 특별 관리 대상이었던 나에게는 결코 불가능한 일이었다. 유치원 선생님의 말에 따르면 나는 숫기가 없다못해 사회성이 심각하게 많이 모자란 애였다. 한때는 그 문제로 클리닉에도 다녔다. 그런 내가 먼저 말을 걸 수 있을 리 없지 않은가? 그것도 나한테만 퉁명스러운, 초등학교에 다니는 여자애한테 말이다.

날 투명 인간으로 대하는 이나희만큼이나 나도 그애 앞에 선 입을 딱 다물고 딴청부리기 일쑤였다.

"너희 누나, 남자애들이랑 진짜 친해?"

"응. 남자친구 많대. 누나가 엄마한테 그랬어."

"뭐?"

충격이다. 남자친구? 남자친구라고? 심지어 남자친구가 많아? 뭐야, 이나희 완전……!

"현진아, 저녁 먹으라고 아줌마가 몇 번이나 불렀는데, 못 들었어?"

"안 먹어요!"

정체를 알 수 없는 배신감에 나는 잠까지 설쳤다. 그애가 밉다. 친구도 많고, 남자친구도 많으면서 나만 모른 척하는 이나희가 너무너무 밉다.

✿

날이 점점 더워지면서 나와 찬희는 물싸움을 시작했다.

할아버지가 안 계신 오후 무렵, 우리가 물총을 갖고 놀 때면 정원에 즐거운 비명소리가 가득했다. 이찬희는 나보다 더 물싸움에 미쳐 있어서 그 좋아하는 밥도 안 먹고 물총을 쏘아댈 정도였다. 질리지도 않나? 이래서 애들은 놀아주기 힘들다니까.

하루는 흠뻑 젖은 이찬희가 내 물총을 만지작거렸다.

"형아, 나 이거 빌려주면 안 돼?"

"뭐, 울트라 소닉?"

"응. 우리 누나 오면 보여주려고……"

"알았어."

제일 좋아하는 물총이지만 냉큼 대답했다. 이제 나는 이나희와 말을 틀 수만 있다면 모든 장난감을 찬희에게 다 갖다 바쳐도 아깝지 않았다. 그만큼 내겐 이씨 남매가 간절했다.

"야, 이찬희. 벌써 3시야."

"진짜?"

"어. 너희 누나 왜 안 와? 또 늦어?"

"몰라. 근데 누나가 기다리지 말라고 했어."

참나. 그놈의 '경찰과 도둑'이 그렇게 재밌어? 이제 내가 놀아주니까 제 동생은 안중에도 없다 이거지? 얼굴도 모르는 바보들이랑 놀이터에서 '경찰과 도둑'을 하고 있을 이나희의 모습이 상상됐다. 초등학생이 별거야? 초등학교가 별거냐고. 나도 내년에는 학교에 간단 말이야.

"형아, 이 물총도 빌려주면 안 돼? 우리 누나 노란색 좋아하는데……"

"썬더 건? 알았어."

이찬희가 제 누나 핑계로 내게 얍삽한 꼼수를 부린 지도 벌써 오래되었다. 오늘은 나를 이나희에게 소개해주지 않을까. 내일은 이나희를 불러주지 않을까. 그러나 기대는 번번이 무너졌다. 반복된 실망과 얄미움에 나도 내 잇속을 차리는 계산을 하게 되었다.

"형아, 물싸움하자. 내가 가서 물 채워올게."

"싫어."

"어? 물싸움 싫어……? 왜? 왜 싫어?"

"지겨워."

나는 이찬희의 눈치를 살폈다. 많이 놀란 듯 턱이 빠져라 입을 벌리고 있었다.

"이제 물싸움 재미없어."

집요하게 따라오는 시선을 피하면서 나는 슬그머니 덧붙였다.

"우리 둘이서만 하니까……"

"그럼 우리 누나한테 같이하자고 할까?"

"음, 그래. 뭐 그러든가."

고민하는 척 대답했지만 가슴이 심하게 뛰었다. 빨리 이나희를 불러와. 찬희야, 제발. 제발, 이찬희!

"아, 맞다. 우리 누나 물싸움 싫어하지, 참. 나한테 그만하라고 했어."

푸시시, 달아올랐던 가슴이 빠르게 식었다.

"근데 우리 누나 비눗방울은 좋아할 것 같아. 비눗방울 총 같은 거."

그 말을 듣자마자 나는 방에 있던 비눗방울 총을 모조리 쓸어왔다.

"우와! 형아, 이건 뭐야?"

"로켓 버블. 비눗방울 막 나오는 거."

"우와아……!"

말하자면 나는 악어, 이찬희는 악어새였다.

"이찬희, 점심 먹어."

"누나!"

그렇게 이찬희 옆에 찰싹 달라붙어서 열심히 착한 척을 하고 나서야 나는 마침내 이나희를 소개받을 수 있었다.

"현진이 형이 누나랑 놀고 싶대."

뭐야, 내가 언제 같이 놀고 싶다고 했어? 그런 말은 안 했잖아. 왜 없는 소리를 떠들고 난리야. 그런 의미로 옆을 획 째려봤다. 눈치 없는 이찬희는 내 얼굴이 빨개진 것도 모르고 헤실거렸다. 현관문 뒤에 있던 이나희는 나를 멀뚱히 쳐다보다가 문을 닫고 다가왔다. 한 발자국씩 그애가 가까워질 때마다 가슴이 쿵쿵 뛰었다.

뭐라고 하지? 열심히 할말을 생각하는데, 딱풀을 발라놓은 것처럼 입술이 움직일 생각을 안 했다. 그사이 코앞까지

다가온 이나희가 갑자기 자기 바지 주머니를 뒤적거렸다.

"너 초록색 먹을래, 노란색 먹을래?"

뭐?

"아, 너는 이런 거…… 안 먹으려나."

"먹는데."

뭔지도 모르고 불쑥 그렇게 대답했다. 아니, 이나희와 이찬희 남매가 먹는 걸 나라고 못 먹을 리가 없잖아. 나는 지들하고 다르단 거야, 뭐야. 기분이 확 나빴다.

"근데 그게 뭔데?"

"신호등."

"신…… 신호등?"

그건 좀 먹기 힘들 것 같은데…… 아니, 이씨 남매는 신호등을 씹어먹어? 대체 어떻게? 찐빵 남매의 비범함에 긴장한 나머지 나는 마른침을 넘겼다. 너무 놀란 티는 내지 말아야 했다. 어, 나도 신호등 가끔 먹어. 너희는 어디 신호등 먹는데? 사거리? 자주 먹는 척하려면 어떻게 해야 하지. 이마에 땀이 살짝 맺힐 때쯤 이나희가 손을 내밀었다.

"골라. 초록색 아님, 노란색?"

작은 손바닥 위에는 구깃구깃한 비닐이 있었다. 사탕. 나한테 사탕을 주려는 거였다. 꼭 저 같은 것만 갖고 다닌다, 이나희는.

“파란색은 찬희가 먹었고 빨간색은 내가 먹어서, 지금 신호등은 초록색이랑 노란색만 남았어.”

“파란색이 제일 맛있는데. 내가 먹었지롱. 우리 누나가 나한테 줬다.”

이찬희가 얄밉게 옆에서 거들었다. 제 누나가 옆에 있다고 아주 기세등등했다. 꼴 보기 싫었지만 그보다는 이나희가 중요했다.

“초록색은 멜론이고, 노란색은 바나나 맛이야.”

이나희는 신호등 사탕이 무슨 맛인지 내게 진지하게 설명했다.

“바나나 좋아하면 노란색 먹어. 근데 약간 신맛 나. 달긴 한데 신맛 나서 신호등은 노란색보다 초록색이 더 맛있어.”

“그럼…… 나 초록색.”

내뱉자마자 잘못됐다는 걸 알아챘다. 내가 듣기에도 기어들어가는 목소리였다.

지난번 팔붕에 이어서 기껏 건넨 말이 이번엔 초록색 사탕 달라는 말이라니. 한심하다. 애는 역시 유치원생이구나. 내 동생이랑 비슷한 수준이네. 나를 그렇게 오해해도 할말이 없을 대사였다.

비닐을 바스락거린 이나희가 설탕이 박힌 초록색 알사탕을 꺼냈다. 당연히 내 손에 주는 줄 알았는데. 대뜸 내 입에 밀어넣었다. 나도 모르게 얼떨결에 그걸 받아먹고 말았다.

"초록색 맛있지?"

"응."

"멜론맛 나지?"

내가 고개를 끄덕거리자 그애가 살며시 웃었다. 눈이 반달이 되고 고른 치아가 보였다. 하얀 앞니 두 개가 엄청 컸다. 순간적으로 어떤 동물이 생각났다. 전에 유치원에서 본 햄스터가 이렇게 생겼던 것 같은데……

"너 멜론 좋아해?"

"응."

별것도 아닌 그 물음이 어째서인지 듣기 좋았다.

너 멜론 좋아해? 응, 나 멜론 좋아해.

"초록색 맛있지?"

"응."

햄스터를 닮은 이나희. 이나희의 손은 주방 아줌마를 닮았다.

이나희의 손은 달다.

"누나, 셋이 물싸움하자!"

"으, 쏘지 마. 옷 젖잖아."

이나희는 물총을 보자마자 질색했다. 그 즉시 나는 진심으로 물싸움에 흥미가 떨어졌다. 물총은 어린애들이나 갖고 노는 거지 사실 나랑 이나희 수준에는 유치했다.

대신 우리는 비눗방울을 갖고 놀았다. 버블 건은 혼자서는 별 재미가 없었는데 셋이서 노니까 달랐다. 이찬희가 버블 건을 쏘아대자 처음에는 관심 없는 듯했던 이나희의 눈이 휘둥그레졌다.

비눗방울이 잔디밭 정원에 떠다니는 햇살을 머금고 무지갯빛으로 반짝였다. 나와 이나희는 쏟아지는 비눗방울 속으로 동시에 뛰어들었다. 그애는 자신의 온몸을 감싸고 있는 비눗방울을 황홀한 눈으로 바라보며 까르르 웃음을 터뜨렸다. 팡팡 터지는 방울이 재밌는 듯 연신 손을 휘적거렸다. 요

지경처럼 커다란 비눗방울을 잡으려고 까치발도 했다.

버블 건에서 터져나오는 비눗방울 하나로 여긴 더이상 별관 정원이 아니었다. 우리는 별세계에 떨어진 요정이 된 것처럼 시간 가는 줄도 모르고 신나서 뛰어다녔다.

"누나, 나 배고파."

너무 웃고 떠드느라 배가 다 고플 지경이었다. '진짜' 허기를 느껴본 건 나도 처음이었다. 목도 마르고, 뭔가 먹고 싶었다.

"찬희야, 너 지금 배고파?"

"응."

제 동생이 풀썩 주저앉았는데 이나희가 갑자기 날 돌아보았다.

"너는?"

툭 날아든 질문에 순간 나는 굳어졌다. 뭐라고 해야 하지? 어째서인지 솔직하게 말하기가 부끄러웠다.

내가 배고프다고 하면, 네가 먹을 걸 갖다주게? 이나희 네가 왜. 나는 네 동생도 아닌데.

입이 쉽게 열리지 않던 그때, 뱃고동이 울렸다.

꼬르륵, 꼬르륵, 연달아 나는 소리에 창피해서 빰이 달아올랐다.

“들어가자. 엄마가 아까 떡볶이 해놨어.”

곧장 몸을 돌린 이나희는 널브러진 장난감을 정리하고 당연하게 나와 제 동생을 챙겼다. 나는 어쩐지 생경한 기분으로 앞장선 그애의 뒤를 따랐다.

이나희는 나와 이찬희를 별관 주방 식탁에 앉히고는 익숙하게 국자와 앞접시를 꺼냈다. 식탁 가운데는 이 실장 아줌마가 해놓았다는 떡볶이가 한 냄비 가득 있었다. 떡볶이를 국자로 퍼올리면서 그애가 나를 흘끔댔다.

“근데 너도 떡볶이 먹어?”

아니, 얘는 왜 자꾸만 저런 질문을 하지? 나는 떡볶이도 안 먹는 사람이란 거야, 뭐야. 이찬희는 저렇게 잘만 집어먹는데 내가 못 먹을 건 또 뭔데. 나는 뭐 외계인이야?

그런데 솔직히 말하면…… 떡볶이는 생전 처음이었다. 갈비찜에 떡이 들어간 건 먹어봤는데, 저렇게 새빨간 음식은 살짝 겁이 났다.

"너는 떡볶이 같은 거 안 먹지?"

"먹는데."

"진짜? 너도 떡볶이 좋아해?"

나는 작게 고개를 끄덕였다. 저렇게 무서울 정도로 빨간 음식을 과연 내가 먹을 수 있을까. 확신이 들지 않았다.

"나도 떡볶이 엄청 좋아하는데."

공통점을 찾았다는 듯이 이나희가 수줍게 웃었다.

"너는 떡이 좋아, 어묵이 좋아?"

"떡."

"진짜? 그럼 너 떡 많이 줄게. 나는 어묵이 더 좋아."

어묵엔 양념이 많이 묻어 있었다. 그나마 떡이 양념을 털기 쉬워 보여서 그렇게 말했을 뿐인데, 이나희는 내 접시에 떡을 한가득 덜고서야 국자를 내려놓았다.

"잘 먹겠습니다."

"잘 먹겠습니다!"

이씨 남매는 동시에 소리치곤 떡볶이를 먹기 시작했다. 나도 살짝 떡을 베어 물었다. 뭐야, 케첩 맛이네. 주방 아줌마가 애들 용으로 만든 듯 보기보다 맵지 않았다.

그러나 문제는 내가 매운맛에 아주, 아주 약하다는 것.

"쓰읍, 하……"

입에서 불이 났다. 슬쩍 젓가락을 내려놓자 나를 빤히 쳐다보고 있던 이찬희가 물었다.

"형아, 매워? 나는 하나도 안 매운데."

나 보란듯이 어묵을 찹찹 집어먹으며 그러는 것이다. 눈치라곤 쥐뿔도 없는 주제에, 이찬희는 가끔 남의 속을 긁을 정도로 얄미운 소리를 했다.

"너 매운 거 못 먹지?"

갑자기 이나희가 밥그릇에 물을 담아왔다. 그러더니 내 그릇에 놓인 떡을 하나씩 물에 넣어 흔들어대기 시작했다.

뭐야…… 내가 애야? 쟤는 무슨 아기들한테나 하는 짓을 나한테 하고 있어? 이찬희도 별 유난을 다 본다는 듯 눈을 동그랗게 뜨고 제 누나와 나를 응시했다.

형으로서 양념을 털어낸 하얀 떡을 먹을 순 없었다. 나도 자존심이 있는데. 그런데 이나희는 내 마음도 모르고 씻은 떡을 젓가락으로 콕 찍어서 내 입술 앞에 갖다댔다. 순식간에 벌어진 일이었다.

당황한 나는 거절할 틈도 없이 반사적으로 입을 벌렸다. 양념을 다 털었는데도 혀가 얼얼했다. 매워서 대충 씹고 꿀꺽 삼켰다.

"이제 안 맵지?"

차마 이걸 맵다고 할 수가 없었다. 나도 남잔데. 하는 수 없이 고개를 끄덕였더니, 이젠 아주 골대에 골 넣듯 자기 맘대로 떡을 내 입에 막 처넣었다.

아니, 네 거나 먹지 왜 자꾸만 나한테…… 어이가 없었다. 나는 또 왜 쟤가 주는 걸 다 받아먹고 있는 거야. 슬슬 짜증이 날 만도 한데 이상하게 짜증이 안 났다. 왜 짜증이 안 나는 걸까. 대체 왜.

"떡볶이 맛있지?"

이나희가 배시시 웃으면서 내 입가를 엄지로 닦아주었다. 하나부터 열까지 전부 내가 싫어하는 짓을 하는데, 저애가 하는 행동은 어째서인지 하나도 싫지 않았다. 싫기는커녕, 오히려……

"이거 매워, 안 매워?"

"안 매워."

"또 줄까? 어묵도 먹을래?"

"응."

"목 안 말라? 물 줄까?"

"응."

아까부터 엉덩이를 들썩거리던 이나희가 정수기로 눈을 돌리며 자리에서 일어났다. 나는 급히 옷을 붙잡았다.

"왜? 물 갖다줄게."

"안 마실래."

"목마르다며."

"목 안 말라."

나는 손에 힘을 꽉 주고 이나희의 옷을 끌어당겼다. 그애는 금방 정수기를 포기하고, 떡을 씹는 나를 빤히 쳐다봤다.

또 무엇 때문일까. 봉긋한 뺨이 슬쩍 올라가며 이나희가 씩 웃었다.

"너 진짜 예쁘게 생겼다."

"……"

"가까이서 보니까 더 예쁘네……"

주방 아줌마를 닮은 이나희.

이나희에게선 다정한 냄새가 난다.

그날부터 우리는 둘에서 셋이 되었다. 이나희와 조금 친해진 나는 그애한테서 재밌는 부분을 여러 가지 발견했다.

우선 이나희는 굉장히 어른스러운 아이였다. 제 동생보다 고작 두 살 많으면서 열 살은 더 먹은 애어른처럼 굴었다. 어른들 틈에서 자란 나보다 더했다.

그런데 그애는 잠이 많았다. 학교에 다녀와서는 낮잠을 꼭 자야 한다고 했다. 그런 부분은 완전 어린애가 따로 없었다. 얼마나 잠꾸러기인지, 학교에 안 가는 날에는 우리가 깨우지 않으면 10시 넘어서까지 잤다.

"넌 유치원 안 가?"

내가 식탁에 늘어놓은 장난감을 멍하니 쳐다보던 이나희가 반쯤 뜬 눈을 비비면서 물었다. 하품하는 얼굴에는 여전히 졸음기가 가득했다.

"하암, 우리 학교는 오늘 개교기념일인데……"

"유치원 졸업했어."

눈을 끔뻑이는 게 이나희가 못 들은 것 같았다. 나는 다시 한번 정확하게 말했다.

“나 유치원은 졸업했어. 작년에.”

“거짓말.”

옆에서 눈을 세모꼴로 뜬 이찬희가 얄밉게 덧붙였다.

“형아 니나노 유치원 아직 다니잖아.”

“거긴 유치원 아니야. 센터야.”

“유치원이잖아.”

“센터라고.”

낯 뜨겁게 유치한 말싸움을 이어가던 그때였다. 이나희가 갑자기 목소리를 무섭게 내리깔고는 제 동생을 불렀다.

“이찬희.”

“응, 뉴나.”

지레 겁먹은 이찬희가 상체를 꼿꼿이 세웠다. 이미 군기가 꽉 잡힌 모습이었다.

“너 누나가 아침에 일어나면 뭐하라고 했어.”

“씻고, 양치질.”

“그리고 뭐하라고 했어.”

“빵 먹고 책 읽으라고.”

“그리고.”

“한글이랑 구구단……”

"다 썼어?"

"……"

"너 구구단 3단 다 외웠어?"

아니, 이찬희가 저렇게 할일이 많은 애였다고? 처음 알았다. 듣자 하니 유치원도 안 다니는 애가 하루 일정이 나보다 더 바빴다.

어쩐지. 놀아줄 사람이 없는 건 우리 둘 다 마찬가지인데, 이찬희는 심심하단 말을 안 하는 게 이상했다. 늘 놀자고 찾아가는 쪽은 나였다. 시간을 죽이느라 나만 따분해서 몸서리쳤다. 그간 제 누나가 내준 숙제가 너무 많아서 쟤는 심심할 틈이 없었던 것이다.

"책은 다 읽었어? 누나가 『토끼와 자라』 이번주에 도서관 갖다준다고 말했잖아."

이찬희가 고개를 푹 숙였다. 그동안 나랑 노느라 책 읽을 시간이 있을 리가 없었다. 이찬희의 일탈에 일조한 나도 덩달아 혼나는 기분이었다.

"초등학교 가면 매일 시험 본단 말이야. 시험 다 틀리면 나머지공부 해야 해. 너 혼자 남아서 나머지공부 할 거야?"

동생의 기강을 잡는 이나희 모습이 어찌나 근엄한지 아주

임금님 저리 가라였다. 초등학교에 다니면 저렇게 똑똑해지는 건가? 아니, 모든 초등학생이 저렇진 않겠지. 이나희만 특별한 거다.

"넌 유치원 안 가니까 집에서 공부해야 한다고 엄마가 얘기했잖아."

"형아도 유치원 안 가고 놀기만 하는데……"

입이 댓 발 나온 이찬희가 중얼거렸다. 갑자기 나는 왜 끌어들여? 이찬희 진짜 웃기는 애네. 황당하고 창피해서 얼굴이 달아올랐다. 다행히 솔로몬처럼 현명한 이나희는 제 동생의 눈가림에도 표정 한번 흐트러지지 않았다.

"들어가서 책 읽고, 구구단 써."

부엌의 방을 가리키며 이나희가 무서운 선생님처럼 말했다.

"이찬희. 빨리."

"힝…… 나만……!"

뭐가 그렇게 억울한지 이찬희는 눈물이 그렁그렁한 얼굴로 나를 노려보고는 팩 몸을 돌렸다.

아니 저게 진짜. 나랑 단둘일 때는 형님 취급이더니, 제 누나 앞에선 형도 뭣도 없었다. 남자들끼리 쌓은 우정은 얄팍하기가 종잇장보다도 더했다.

"찬희야, 숙제 다 하면 오늘 놀이터 데려가줄게."

"놀이터?"

기가 팍 죽어 있던 이찬희가 갑자기 눈을 반짝이며 달려왔다.

"누나, 진짜? 진짜지?"

"응. 엄마한테 물어보고 올게. 엄마가 가도 된다고 하면 놀이터 가자."

"아싸! 나 숙제 빨리할게!"

이찬희는 신이 나서 방으로 들어갔다.

이씨 남매가 대체 어딜 가려는 거지. 이 근처에 놀이터가 있다고? 나도 같이 가도 되나…… 물어볼까 말까 고민하는 사이, 이나희가 식탁에 귤을 굴리면서 나를 빤히 쳐다보았다.

"너는 왜 유치원 안 가?"

"유치원이 아니고 센터라니까……"

이나희에 대해 한 가지 더 알게 된 것은, 저애가 엄청난 먹보란 사실이었다. 나보다 말랐는데 간식을 굉장히 좋아해서 늘 먹을 것을 들고 있었다.

"알았어. 너는 그 센터에 왜 안 가는데?"

이찬희 다음은 내 차례구나. 나는 추궁하는 눈을 자연스럽게 피했다.

"별로 재미없어."

"재미없어도 가는 거야."

"……"

"재미없어도 가야 하는 거야."

내가 센터에 가든 말든 이나희 네가 무슨 상관인데. 네가 내 누나야? 내가 네 동생이냐고. 억울한데도 말대꾸가 속에서만 맴돌았다.

"센터 몇 시에 끝나?"

"3시."

"그럼 센터 다녀와서 셋이 놀자."

"나 4시에 피아노 하는데."

"그럼 피아노 끝나고 같이 놀자. 나도 찬희랑 낮잠 자야 해."

"피아노 끝나면 저녁 먹는데……"

센터에 가기 싫어서 변명을 자꾸 늘어놨다. 하지만 이나희에겐 먹히지 않았다.

"저녁 먹고 놀면 되지."

귤을 까느라 사람은 쳐다도 안 보면서 그애가 가볍게 덧붙였다.

"나랑 찬희랑, 우리는 여기에 계속 있을 거야."

별것도 아닌 말이었다. 우리는 여기에 계속 있을 거야. 그러니까 남는 시간에 같이 놀자. 그런데 내겐 다르게 들렸다.

'우리는 항상 네 옆에 있을 거니까.'

그저 말뿐인 약속인데도 이나희 입에서 나와서인지 엄청나게 믿음직스러웠다.

이씨 남매는 사라지지 않는다. 그 사실만으로 갑자기 확 안심이 되었다. 늘 나를 쥐고 흔들었던, 나조차 정체를 알 수 없던 불안이 조금씩 가라앉기 시작했다. 그애가 껍질을 벗겨 낸 귤을 반으로 쩍 갈라서 나한테 건넸다.

"저녁에 같이 놀자, 현진아."

뭐야, 이나희가 내 이름을 알고 있었어? 그 놀라운 사실에 가슴이 다 두근거렸다. 매일 찬희와 주방 아줌마한테 들었을 텐데도 직접 저 입으로 내 이름을 불러줬다는 사실에 불쑥 용기가 샘솟았다.

"나도 놀이터에 같이 가도 돼?"

"너 내일 센터 갈 거야?"

이나희가 귤을 오물대면서 다른 손으로는 새 귤을 집으며 물었다. 난 귤을 안 좋아하는데 저애가 어찌나 맛있게 먹는지 나까지 입에 침이 고였다.

“네가 센터 안 가니까 우리 찬희도 요새 공부 안 한단 말이야.”

“센터 갈게.”

“알았어. 어른한테 가서 허락 맡고 와.”

“어른한테?”

“응. 한남동 어린이 공원 가도 되냐고. 미술관에서 10분 거리에 있고, 5시 전에 집에 올 거라고 말씀드려. 나희 누나랑 같이 간다고.”

나희 누나. 저애를 누나라고 부른 적은 아직 한번도 없었다. 물론 그럴 생각도 없었다. 그런데 입에서 굴려보니 어감이 퍽 좋았다. 나희 누나. 나희 누나.

나랑, 나희 누나랑. 우리가 같이.

“거기 길 건너면 슬러시 파는 데 있다? 우리 슬러시도 사 먹자.”

그게 뭔지는 모르겠지만 이나희가 웃는 걸 보니 나도 기분이 좋아졌다.

좋아. 내가 허락만 받으면 나랑 이씨 남매랑, 우리 셋이서만 간다는 거지? 집밖에 어른 없이 나가는 건 처음이었다. 예상치 못한 모험에 심장이 막 두근거렸다.

누구한테 허락을 받아야 할까. 어른들의 얼굴이 차례로 눈앞을 스쳤다. 숙모, 할아버지, 보모, 장씨 아줌마. 그중에 내가 조르면 반드시 허락할 사람…… 장씨 아줌마한테 물어봐야지. 별관을 뛰어나가다 말고 나도 모르게 그애를 돌아봤다.

"나희 누나."

"응?"

그냥 불러보고 싶었어. 내가 웃기만 하자 이나희가 "현진아, 왜?" 하면서 갸웃했다.

불러놓고 아무 말 안 하면 이상해 보이려나. 재는 역시 유치원생이구나, 그렇게 생각하려나. 다행히도 쓸데없는 질문이 하나 떠올랐다.

"귤을 왜 그렇게 식탁에 굴리는 거야?"

"몰라. 우리 엄마가 이렇게 하던데. 껍질 잘 까진다고."

양손에 하나씩 귤을 잡고 굴리면서 이나희가 대답했다.

참, 엄마라면 눈을 못 떼는 마마걸이었지. 그래서 주방 아줌마가 하는 모든 행동을 다 따라 하나보다.

“다녀와, 현진아.”

“응!”

나는 별관 건물을 빙 둘러서 달렸다. 숨이 차서 피맛이 나는데도 조금도 힘들지 않았다. 내 마음에 따듯한 물을 한가득 들이부은 이나희 때문이다.

셋이서만 떠나려던 그날의 모험은 실패했다. 장씨 아줌마는 보모와 함께 가는 조건으로 놀이터행을 허락했다. 그나마 다행인 것은 보모가 나에게는 관심이 조금도 없다는 점이었다.

“……어, 재벌 손주. 애는 예쁜데 말을 안 해. 그래서 귀찮진 않은데 할아버지가 겁나 지랄해. 그거만 빼면 뭐, 개꿀이지.”

보모는 친구와 통화하며 멀리서 내 뒤를 따라왔다. 덕분에 우리는 어른이 없는 것처럼 떠들면서 언덕을 내려갔다.

“애들아, 우리 놀이터 가서 ‘경도’ 하자.”

“응, 누나!”

신난 이찬희가 토끼처럼 폴짝폴짝 뛰었다.

"'경도'가 뭐야……?"

조심스레 묻자 이씨 남매가 동시에 날 돌아보며 대답했다.

"경찰과 도둑."

"경찰과 도둑."

아, 경찰과 도둑. 남자친구들이랑 하느라 집에도 늦게 오던 그거? 얼핏 듣기론 잡기 놀이였다. 그게 셋이서 할 수 있는 건가? 그때 내 속을 읽은 것처럼 이나희가 대답했다.

"놀이터 가면 애들 더 있을걸? 걔네랑 같이하자."

지금 설마…… 모르는 애들이랑 다 같이 잡기 놀이를 하자는 건 아니겠지? 만약 그렇다면 나는 이대로 집에 갈 거다. 내가 왜 센터에 안 가는데. 어떻게 나더러 처음 본 애들이랑 어울리라는 거야.

배신감에 머릿속이 하얘졌다. 이나희 쟤는 내가 있는데 왜 모르는 애들이랑 놀 생각을 해? 속으로 씩씩대며 할말을 고르는데, 언덕 위에서 차 소리가 들렸다. 그와 동시에 이나희가 허공에서 달랑대던 내 손을 잡아챘다.

"이쪽으로 붙어."

나를 제 쪽으로 끌어당기는 악력은 그리 세지 않았다. 하지만 나는 팔랑거리는 나비처럼 그애한테 가서 찰싹 달라붙었다.

우리 셋은 과할 정도로 안전하게 갓길에 붙어서 있었다. 자동차가 지나가는 건 찰나였다. 그러나 그 순간은 마치 누군가 일시정지 버튼을 누른 것처럼 길게만 느껴졌다. 내 손을 꽉 붙잡은 이나희 때문이었다.

심지어 그애는 차가 완전히 지나간 후에도 내 손을 놓지 않았다. 뭐지? 내 손을 왜 계속 잡고 있는 거야? 이상하다고 생각하는 건 나 혼자만이 아니었다.

“누나, 현진이 형아 손잡는 거 싫어해.”

“싫어도 밖에서는 누나 손 잡고 다니는 거야.”

이나희가 근엄하게 말했다. 남매 사이에 어찌나 서열이 꽉 잡혀 있는지, 이찬희는 제 누나가 저렇게 말하면 더이상 왈가왈부하지 못했다.

그런데 몇 발자국 가다 말고 이나희가 멈춰 서더니, 날 빤히 들여다보면서 물었다.

“너 손잡는 거 싫어?”

아니. 하나도 안 싫어. 그런데 어쩐지 솔직하게 말하기가 창피했다. 나는 입을 여는 대신 고개를 살짝 저었다.

너무 소심하게 조금 저었나? 못 알아들었으면 어떡하지.

다시 세게 고개를 흔들려는 찰나, 이나희가 내 손을 놓았다. 손가락이 쑥 빠져나가서 다시 잡을 틈도 없었다. 뭐야. 이러는 게 어딨어. 밖에서는 손잡고 다니는 거라며. 나는 분명히 안 싫다고 했는데……!

처음부터 저 손을 안 잡아봤다면 모를까. 있다가 없으니 허전했다. 휑히 빈 손바닥에 스치는 바람이 유독 차가웠다.

"싫으면 이거 잡아."

이나희가 제 티셔츠 옷자락을 눈짓했다. 나는 세차게 고개를 내저으며 목소리를 냈다.

"안 싫어. 손잡는 거, 안 싫어."

착한 그애는 왜 내숭을 부렸느냐고 날 비웃지 않았다. 그저 다시 손을 내밀 뿐이었다. 나는 N극만을 기다렸던 자석의 S극처럼 냉큼 그 손을 붙들었다.

손도 꼭 저 같은 이나희.

부드럽고 따듯한 이나희.

놀이터에 도착할 때까지 나는 그 손을 한번도 놓지 않았다.

이미 놀이터에는 고학년으로 보이는 초등학생 셋이 그네를 타고 있었다.

"잘됐다. 같이 '경도' 하자고 해야지."

당장 저들한테 말을 걸려는 이나희를 겨우 말렸다. 그러면 나는 집에 간다고, 모르는 애들이랑은 같이 못 논다고, 거의 애원했다.

"알았어. 그럼 셋이서 하자."

이나희가 당장 저 모르는 애들한테 가서 말을 걸 기세라 진땀이 다 났다. 우리집에서는 생쥐처럼 살금살금 다니는 애가 어찌나 대범한지 완전 장군감이었다. 이찬희가 그토록 제 누나를 우러러보는 데는 다 이유가 있었던 것이다.

"내가 경찰이고 너희가 도둑이야. 저기 동그라미 친 데가 감옥. 밖에 있는 사람이 갇힌 도둑 땡 해주면 감옥에서 풀려날 수 있어."

이것도 게임이라고 나름의 규칙이 있었다. 이나희가 열심히 설명했지만 사실 귀에 들어오지 않았다. 게임 같은 건 아무래도 상관없었다. 내게 중요한 건 이나희와 같은 편이냐,

아니냐였다.

"나희 누나, 나도 경찰 하면 안 돼?"

"안 돼. 우린 세 명이라 경찰만 두 명이면 재미없어."

착하게 물었는데 단번에 거절당했다.

"그럼 현진이 네가 경찰 할래? 내가 찬희랑 도둑 할게."

아니. 네가 도둑이면, 나도 너랑 같이 도둑 하고 싶은데.

"내가 20까지 셀 동안 너희는 도망가. 놀이터 벗어나기 없기. 이제 숫자 센다. 하나, 둘, 셋, 넷……"

이찬희는 신나서 미끄럼틀 뒤로 숨었다. 반면 나는 설렁설렁 걸어다녔다. 이나희한테서 도망쳐야 한다는 것부터가 별로 의욕이 안 생겼다. 나는 쟤한테 하염없이 잡히고만 싶은데. 눈치라곤 눈곱만큼도 없는 이찬희가 날 채근했다.

"형, 빨리 숨어! 빨리!"

어쩔 수 없이 원통 미끄럼틀 안에 기어들어갔다. 거기 앉아서 이씨 남매가 쫓고 쫓기는 걸 구경했다.

이나희는 제 동생을 쫓고, 이찬희는 안 잡히려고 기를 쓰고 도망 다니고. 신나서 비명을 지르던 둘이 어느 순간 조용해졌다. 이나희가 보이지 않아 두리번거리는데, 갑자기 미끄럼틀을 타고 사람이 내려왔다.

퍽! 교통사고처럼 내 등에 부딪힌 누군가가 나를 확 끌어안으며 소리쳤다.

"잡았다!"

그애였다. 뒤에서부터 가두듯이 날 양손으로 꽉 끌어안은 채로 이나희가 연신 소리쳤다.

"현진이 나한테 잡혔어!"

생각지도 못한 타이밍에 갑자기 나타난 그애한테 잡혔다. 너무 놀란 나머지 심장이 쿵쾅쿵쾅 뛰었다. 그 순간부터 나는 게임에 확 빨려들었다. 경찰과 도둑이 이런 거구나. 이나희가 그토록 미쳐 있는 이유를 나도 깨달았다.

"이제 현진이가 경찰이야. 20까지 숫자 세고 잡아."

"하나, 둘, 셋, 넷, 다섯……"

천천히 숫자를 세는 내내 내 눈은 이나희만 좇았다. 달이 차면 날이 어두워지듯이, 아침이 오면 해가 떠오르듯이 그건 내게 너무도 당연한 일이었다.

하지만 우리는 둘이 아니라 셋이었다. 내 눈은 이나희를 좇는 데만 바빠서 그 사실을 간과하고 말았다.

"형아, 왜 누나만 잡아?"

내가 그애를 잡아서 감옥에 넣고, 이찬희가 제 누나를 풀어주고, 나는 다시 이나희를 쫓고…… 거의 한 시간을 그 짓만 반복했다. 결국 뭔가 이상하다는 걸 눈치챈 이찬희가 울분을 토했다.

"형아가 나는 안 잡고 누나만 쫓아다니잖아!"

따돌리려는 의도는 없었지만 결과적으로는 그랬다. 그게 엄청 서러웠는지 이찬희는 자길 따돌린다며 어린애처럼 엉엉 울었다.

"찬희야, 울지 마. 누나가 슬러시 사줄게. 응? 이제 슬러시 먹으러 가자."

제 동생이 울자 이나희는 그 옆에 꼭 붙어앉아서 끌어안고 다독였다. 어이가 없었다. 울면 저렇게 다정하게 달래주는 거였어? 차라리 나도 울어버릴걸.

그렇게 우리의 첫번째 놀이터 습격은 허무하게 끝이 났다.

"슬러시 무슨 맛 먹을지 골라."

놀이터에서 조금 걸어서 큰길을 건너자 문구점이 있었다. 그애가 말했던 대로 슬러시 파는 곳이었다. 노란색, 파란색, 주황색, 보라색 그리고 콜라맛이 있었다. 이찬희는 당연하게 파란색을 골랐다. 그러고 보니 쟤는 선택지가 있으면 늘 파랑을 골랐다. 꼴에 저도 남자라고.

“현진이도 파란색? 아니면 너도 노란색 먹을래? 혹시 망고맛 좋아해?”

이나희는 노란색을 고를 모양이다. 나는 “응” 하고 고개를 끄덕였다. 그애가 천 원을 내자 주인아저씨가 백 원을 거슬러줬다. 이나희가 동전 하나를 주머니에 챙겼다. 그 모습이 무척 꼼꼼해 보였다.

“감사합니다.”

“안녕히 계세요.”

이씨 남매가 거의 동시에 그렇게 말했다. 우리는 나란히 종이컵 하나씩을 들고 문구점을 나왔다. 이나희가 사준 노란색 슬러시를 내려다보면서 나는 뱉지 못한 말을 곱씹었다.

나도 좋아해. 망고맛. 아니…… 사실은 난 네가 먹는 건 뭐든 다 좋아. 아니, 그냥 난 너랑 같은 거면 돼. 그게 콜라맛이든 내가 모르는 보라색 맛이든 상관없어.

그렇게 말하고 싶었다. 하지만 나는 익숙하지 않은 이 상황이 전부 어색했다. 이런 식으로 남한테 얻어먹는 게 처음이었다. 생경한 상황에 낯이 뜨거워서 아무 말도 못하고 횡단보도의 불이 바뀌기만을 기다렸다.

“형아, 아저씨한테 왜 인사 안 해?”

이찬희가 빨대를 쪽쪽 빨면서 내뱉은 말을 그냥 무시해버렸다. 그랬더니 이나희한테 소곤거리는 것이다.

"누나, 형아는 아저씨한테 인사 안 했어."

일러바치는 본새가 얼마나 얄미운지 한 대 때려주고 싶었다. 저게 나랑 같이 RC카 조종하던 이찬희가 맞나? 언제는 나랑 둘도 없는 사이인 척, 피를 나눈 형제인 척하더니, 지금은 이나희 옆에 붙어서 아주 간신배가 따로 없었다.

"현진아, 어른한테 인사하는 거야."

"모르는 사람인데."

"모르는 사람이라도 어른하고 마주쳤으면 갈 때는 인사하고 가는 거야."

이나희가 갑자기 정색했다. 부드러운 갈색 눈에서 시베리아 벌판 같은 냉기가 끼쳤다. 사실 별로 무섭진 않은데…… 그런데 왜일까. 지겹게도 다정하기만 하던 애가 저러니 이상하게 목뒤가 서늘했다. 나는 자연스레 이찬희를 원망했다. 제 누나 뒤에 숨어서 모른 척 빨대만 씹고 있는 배신자를.

이나희의 침묵을 견디지 못한 나는 결국 문구점으로 몸을 돌렸다.

"안녕히 계세요."

주인아저씨한테 인사를 하고 나왔다. 기어들어가는 목소리였는데도 나를 보고 있던 이나희가 잘했다는 듯이 등을 두드려주었다.

"앞으로는 어른들한테 꼭 인사해, 현진아."

그러고는 슬그머니 내 손을 잡았다. 손끝에서부터 뻗친 온기가 불시에 심장까지 타고 올라왔다. 다시 평소처럼 다정해진 이나희 때문에 나는 도무지 정신을 차릴 수가 없었다.

물풍선처럼 말랑하고 따듯한 저 손이 문제였다. 이걸 계속 잡을 수만 있다면 나는 생전 처음 보는 낯선 사람에게도 꾸벅이 인형처럼 하염없이 인사를 하고 다닐 수 있을 것만 같았다.

이게 대체 뭘까. 당근 주고, 채찍 주고, 당근 주고. 그런 전법인가? 이나희는 이렇게 사람을 길들이는 거야? 뭔가 억울한데, 나로서는 노련한 저애를 당해낼 재간이 없었다. 이미 천둥벌거숭이 같은 제 동생도 휘어잡지 않았나. 더군다나 나는 저항의 의지가 아예 없었다. 너무 쉽게 넘어가는 것 같긴 하지만, 저애가 멋대로 날 주무르는 게 싫지 않은 정도가 아니라 수줍어 죽겠으니 시작도 전에 게임이 끝난 셈이었다. 당하는 게 이리도 기꺼운데 왜 방어를 한단 말인가.

그 와중에 이찬희는 빨대로 슬러시를 휘저으며, 이나희에게 휘둘리느라 몽롱한 나를 몰래 비웃었다. 그러거나 말거나. 등신 취급을 당해도 상관없었다. 이나희의 다정을 받아먹을 수만 있다면, 갉아먹는 게 당근이든 내 자존심이든 아무래도 좋았다.

이나희한테 가꿔지는 게 싫지 않으니까. 나도 저애가 돌보는 다정한 정원에서 꽃으로 피어나고 싶었다. 그 정원에선 나 같은 가망 없는 종자도 힘차게 만개하리란 확신이 있었다. 이나희라는 거대한 태양이 품은 정원은 사시사철이 봄일 테니까.

"우리 다음에 또 놀이터 가자."

"응."

그러니까 이나희의 손이 닿은 오늘은 내게 최고의 하루였다.

다음날 나는 이나희와 약속한 대로 센터에 갔다. 할아버지가 회사에 출근하지 않는 날인데도 말이다.

그런 나의 선행을 칭찬하듯, 니노스에서는 마침 내가 좋아하는 활동을 주로 했다. 오전에는 영어 단어를 조합하는 블록 쌓기를 하고, 오후에는 승마클럽에 갔다. 내 헬멧과 조끼, 신발을 신고 전용 말을 탔다.

"안녕, 썬더."

썬더는 영호스 컵Young Horse Cup을 수상한 어린 말이었다. 오랜만이라 나는 썬더가 좋아하는 사과를 주면서 오랫동안 인사를 나눴다.

어쩌면 내게 간식을 더 받아먹으려고 일부러 툴툴거렸는지도 모르겠다. 썬더는 영리하니까. 썬더와 함께 마장 트랙을 걸으면서 나는 어제 놀이터에서 있었던 일들을 곱씹었다. 일부러 딴생각을 한 건 아니고, 시도 때도 없이 그애의 목소리가 떠올랐다.

"잡았다!"

"현진이 나한테 잡혔어!"

미끄럼틀을 타고 내려와서 나를 끌어안던 이나희.

"앞으로는 어른들한테 꼭 인사해, 현진아."

내 등을 얇게 두드려주던 나비의 날갯짓 같은 그애의 손길.

"혹시 망고맛 좋아해?"

슬러시처럼 달고 톡톡 쏘는 그 목소리.

"망고맛 좋아해?"

뭔가 물어볼 때마다 나를 살피던 시선.

좋아해? 좋아해. 좋아해……

썬더를 쓰다듬으면서도 나는 이나희 생각뿐이었다. 종일 그애 생각을 너무 많이 해서 이러다 머릿속에서 닳아 없어질까 무서웠다. 그래서 집으로 돌아가는 니노스의 새파란 버스 안에서는 일부러 썬더를 떠올렸다.

윤기 나고 부드러운 갈색 털을 가진 썬더. 빗질을 좋아하는 썬더. 착하고 속눈썹이 긴 썬더. 나를 위해 천천히 걸어주는 썬더. 사과와 각설탕, 당근 같은 달달한 간식을 좋아하는 썬더……

이나희는 썬더를 좋아할까?

"쯧, 집구석 아주 자알 돌아간다."

할아버지가 텅 빈 아침 식탁 자리를 보고 혀를 찼다. 그러곤 무릎에 앉아 있는 내게 생선 살을 발라주며 말했다.

"자식들 키워봐야 다 쓰잘데기 없다. 아들이고 며느리고……"

작은아버지는 일주일 넘게 외박중이고, 숙모도 괌인지 사이판인지로 골프 여행을 갔다. 두 사람이 없으니 은서 누나도 안 일어났고, 아침식사 자리에는 나와 승주 형뿐이었다.

집에서 큰소리가 나거나 말거나, 숙모와 작은아버지가 부부 싸움을 하든 칼 싸움을 하든, 나와는 상관없는 일이었다.

"현진이 뭐 그리 실실 웃나."

내 머릿속에는 오직 '오늘은 이나희랑 뭐하고 놀지?'가 전부였다. 그애를 떠올릴 때마다 가슴속에 나비 한 마리가 팔랑거리는 것만 같았다. 간질간질해서 자꾸만 웃음이 나오고, 이유를 알 수 없이 수줍어졌다.

밥을 입안 가득 물고 배시시 웃자, 할아버지가 어이없다는 듯이 따라 웃었다.

"맛있나? 든든히 무라. 사람은 아침을 잘 먹어야 공사가 무난한 기다."

나는 고개를 끄덕거렸다. 다 먹고 기다렸다가 할아버지와 승주 형이 자리에서 일어나자마자 주방 아줌마 곁으로 갔다.

"아줌마, 나희는요?"

"응?"

식탁을 치우던 주방 아줌마가 목소리를 낮춰 속삭였다.

"우리 찬희 말고…… 나희?"

"네. 나희 누나요."

이름에 마법이라도 걸었는지 주방 아줌마 입에서 '나희'라는 말만 들었는데도 몸이 배배 꼬이는 지경이었다.

이게 대체 뭔지 모르겠다. 이나희한테 너도 그러냐고 묻고 싶은데, 얼굴을 좀 보려고 해도 자고 있거나 학교에 가 있어서 답답했다. 어제 봤는데도 또 보고 싶고, 종일 같이 있고 싶었다.

"나희 누나 벌써 일어났어요?"

"일어났지, 그럼. 나희 아침에 친구들이랑 논다고 놀이터 갔어."

"네?"

이럴 수가. 제 동생만 데리고 놀이터에 갔어? 날 빼고? 일요일 아침부터 이럴 순 없었다. 급히 별관으로 달려가자, 이찬희가 씩씩거리면서 혼자 숙제를 하고 있었다.

"야, 이찬희. 나희 누나는?"

"몰라!"

신경질을 팍 내는 꼴을 보아하니 알 만했다.

"너 아직도 4단 못 외웠어?"

구구단을 외워야 일요일에 놀이터에 데려가겠다고 이나희가 제 동생에게 엄포를 놓았다. 일주일 내내 했던 말이라 나도 기억한다. 그런데.

"일주일 동안 그걸 못 외워?"

그러자 갑자기 나를 세차게 흘겨보던 이찬희가 연필을 쥔 채로 휙 엎드렸다. 더는 나랑 말하기도 싫다는 뜻이었다.

"야. 야, 이찬희."

쿡쿡 찔러도 반응이 없었다. 남자애가 쪼잔하기는 아주 일등이지. 결국 나는 별관을 나와서 출입문이 가장 잘 보이는 정원에 자리를 잡았다. 할아버지가 풀어뒀는지 연못가를 활보하던 앤디가 내게 뛰어왔다.

안드레아 왕자를 닮아서 앤디라고 이름 지은 이 강아지는 할아버지가 애지중지하는 사냥개였다. 사냥 능력은 없고 땅만 잘 파서 정원에는 거의 풀어놓는 일이 없었다. 할아버지가 오후에 절에 간다고 산행 전에 잠깐 풀어둔 듯했다. 나는 이나희를 기다리면서 앤디가 파놓은 구덩이를 다시 흙으로 덮었다.

"현진아, 흙 만지지 마. 더러워."

멀찍이 있던 보모 누나가 달려와서 내 옷을 털어줬다. 갑자기 날 신경쓰는 걸 보니 할아버지가 온 모양이다.

"내비둬라. 우리 현진이는 손에 흙을 묻히면 성공한다캤다."

예상대로 할아버지가 등산복을 입고 정원에 나타났다. 앤디가 쏜살같이 할아버지에게 가서 애교를 부렸다. 그 틈에 비서가 앤디의 목에 목줄을 걸었다.

"우리 현진이도 내년부턴 할애비랑 같이 절에 가꾸마. 알았나."

"네."

할아버지가 사라진 뒤에는 언제 그랬냐는 듯이 보모가 내게 관심을 껐다. 장씨 아줌마도 숙모와 함께 사이판에 가서 점심은 나 혼자 먹어야 했다. 언제부턴가 나는 뒷전이었다. 장씨 아줌마는 할아버지가 계실 때만 나를 돌보는 시늉을 하곤 숙모와 놀러 다니느라 바빴다.

오후에도 이나희는 집에 돌아오지 않았다. 나는 기다리다 못해 보모가 안 보는 틈을 타서 몰래 집을 빠져나왔다. 홀로 집밖에 나온 건 처음인데, 하나도 두렵지 않았다. 내 머릿속에는 빨리 놀이터에 가서 이나희랑 놀고 싶단 생각뿐이었다. 기다리면 집에 올 텐데 대체 왜 이렇게 조바심이 나는지 나도 모를 일이었다.

이나희한테 물어봐야지. 이나희, 너도 내가 종일 보고 싶어? 너도 쉴 새 없이 내 생각을 해? 안 하고 싶어도 자꾸만 내가 생각나고 그래?

나는 그래. 나는 네 생각을 자주 해. 네 생각을 너무 많이 해. 사실 나는 네 생각만 해……

넓은 언덕길을 척척 내려가는데, 어떤 아저씨가 불쑥 말을 걸었다.

"너 혹시 여기 사니?"

대답하기 싫어서 고개만 끄덕였다.

"그래? 저 집에 살아?"

우리집을 가리키며 아저씨가 얼굴을 들이밀었다. 반가운 표정인데 눈이 충혈되어 있어서 약간 섬뜩한 느낌이 들었다.

"너 세탁소 어딘지 아니? 아저씨 세탁소에 좀 데려다줄래?"

"네."

이번에는 대답했다. 모르는 사람이라도 어른이니까. 그렇게 해야 한다고 이나희가 그랬으니까.

게다가 세탁소는 내가 아는 길이었다. 미술관을 지나서 여러 갈래 골목이 있는데, 우리집으로 올라오는 큰길 옆 골목이 세탁소였다. 차 타고 가다가 세탁물을 들고 올라오는 우리집 아줌마, 아저씨들을 자주 봐서 확실했다. 그런데 오늘은 일요일이었다.

“세탁소 오늘 문 닫았을지도 몰라요.”

“너 참 똑똑하구나. 근데 아저씨는 세탁소에 가야 하거든. 근처에 볼일이 있어서.”

같이 걸으면서 아저씨는 나를 계속 칭찬했다. 잘생겼다, 귀티가 난다, 왕자님 같단 말도 서슴지 않았다.

“너 이름이 뭐니?”

“권현진이요.”

“그렇지? 맞지?”

마치 나를 알고 있는 것 같은 말투였다.

“이야, 얼굴이 아주 엄마 판박이네. 아저씨가 예전에 네 엄마 왕팬이었어.”

나는 아저씨가 무슨 소리를 하는지 도통 알아들을 수가 없었다. 엄마? 설마 엄마를 아는 사람인가? 집에서 엄마, 아빠 얘기는 일절 금지였다. 말만 꺼내도 할아버지가 화를 내서, 다신 얘기하지 말라고 장씨 아줌마가 신신당부했다. 어릴 때부터 그랬기에 내겐 당연한 일이었다.

"이수지, 최미희, 장희정 셋 중에 네 엄마가 제일 예뻤어. 아저씨네 반은 전부 다 네 엄마 팬이었다니까."

팬이었다…… 팬은 가수나 연예인한테나 어울리는 말인데. 혹시 우리 엄마가 연예인이었던 걸까? 내가 모르는 얘기만 하는 이 아저씨 때문에 정신이 없었다.

어느새 골목 앞이었다. 좁고 어둑한 골목의 모퉁이를 돌기 직전, 익숙한 목소리가 내 뒷목을 잡았다.

"권현진!"

그애였다. 평소와는 달리 악을 쓰는 듯한 외침에 나는 흠칫 놀라서 멈춰 섰다.

우다다다 언덕을 내달려온 이나희가 독수리처럼 내 팔을 낚아챘다. 그러곤 나를 제 뒤로 끌어당기고 아저씨를 향해 맹렬하게 짖어댔다. 아니, 캐물었다.

"아저씨 누구세요? 얘 내 동생인데요?"

맹세코 나는 처음 보는 얼굴이었다. 갑자기 이나희가 고슴도치처럼 가시를 세우고는 아저씨를 향해 빽 소리쳤다.

"아저씨 누구냐고요. 아저씨 뭐냐고요!"

"너 이 쪼그만 게 어디서 버르장머리 없이 어른한테 바락바락……!"

"여기 감시 카메라 다 있어요! 소리치면 어른들 바로 나와요!"

이나희가 빽빽한 가로등을 손으로 가리켰다. 이 길에 감시 카메라가 있다고? 나도 놀라서 아저씨를 따라 사방을 두리번거렸다.

"엄마아아!"

그사이 망설임도 없이 이나희가 소리를 지르기 시작했다. 그림자처럼 조용조용 다니는 저애의 행실로 보아선 믿을 수가 없는 짓이었다. 나만큼이나 당황한 아저씨가 욕설을 내뱉으며 황급히 골목으로 사라졌다.

나는 이나희 손에 이끌려서 언덕길을 뛰어올라왔다. 사실은 저도 무서웠는지 송아지 같은 눈이 촉촉하게 젖어 있었다. 대문 앞에 다다라서야 그애가 숨을 헐떡이며 나한테 소리쳤다.

"야! 너 모르는 사람 따라가면 안 돼!"

좀처럼 볼 수 없는 이나희의 박력 있는 다그침에 나는 기가 확 죽었다.

"따라간 거 아닌데……"

"모르는 아저씨 막 쫓아가면 안 된다고!"

"나 안 쫓아갔어."

내가 아저씨를 세탁소까지 데려다준 거지, 쫓아간 게 아니었다.

"야, 이 바보야!"

이나희가 답답한지 가슴을 두드렸다. 얼마나 흥분했는지 이마부터 목까지 벌게져서는 내 어깨를 잡고 흔들었다.

"정신 차려! 너 귀여우니까 저 아저씨가 막 데려가려고 그러잖아!"

"……"

내가 귀여운가?

온실 속 화초나 다름없는 나는 그 순간에도 뭐가 위험한지 모르고 그저 온 신경이 다른 데 꽂혔다.

귀여워? 내가?

'예쁘게 생겼다, 잘생겼다'는 말이야 귀가 따갑게 들었다. 하지만 귀엽다는 소리는 처음이었다. 나는 예민하고, 까다로운 애였다. 늘 그런 말을 들었다. 처음 만난 사람들은 내가 말이 너무 없어서 무슨 생각을 하는지 모르겠다고 했다. 며칠 지나서는 애가 낯을 너무 많이 가려서 힘들다고 했다. 결국에 나를 떠날 때는, 아이가 곁을 주지 않는다고, 정을 모른다고 했다.

사회성 발달이 정상이 아니니 검사를 받아보라고도 했다. 선생님이 장씨 아줌마한테 몰래 한 소리였지만, 나도 들었다.

"모르는 사람이 어디에 같이 가자고 하면 무조건 싫다고 하는 거야. 그리고 이상한 아저씨 만났다고 가서 엄마한테 꼭 얘기해. 알았어?"

"나 엄마 없는데."

순간 이나희가 굳어졌다. 안 그래도 큰 눈에서 눈동자가 이리저리 굴렀다. 얘는 아마 주방 아줌마를 말한 거겠지만, 나도 그걸 알면서도 말이 헛나왔다. 모르는 아저씨한테 갑자기 내 엄마 이야기를 들어서 그런지 나도 정신이 없었다.

"그럼 그…… 가족한테 얘기해. 엄마 말고……"

"가족 누구?"

우리 엄마가 누구인지 아냐고, 본 적 있느냐고, 그 아저씨한테 물어봤어야 했다. 그런데 숫기가 없어 낯선 아저씨한테는 묻지도 못한 주제에.

"나 아빠도 없는데."

애꿎은 이나희한테 화풀이를 하고 있었다.

그러니까 왜 나를 혼자 뒀어.

"너희 가족…… 아, 몰라. 아무나 따라가지 말라고. 아무튼 그거야…… 내 말은."

당황한 이나희가 횡설수설했다. 이마며 목이며 땀이 흥건했다. 평소에는 소리 한번 높이지 않는 애였다. 나 때문에 여기저기 뛰어다닌데다가, 내가 갑자기 엄마, 아빠를 찾아서 더 놀란 듯했다.

이나희가 나를 빤히 응시하더니 갑자기 꽉 끌어안았다.

"괜찮아."

식지 않은 열기와 아직도 쿵쿵 뛰는 맥박이 고스란히 전해졌다. 아까는 소리도 잘만 지르더니 이나희도 겁먹은 것 같았다. 나를 위로하려는 게 아니라 놀란 저를 위로하려고 곰인형 대신 날 끌어안은 꼴이었다.

"괜찮아, 현진아."

밑도 끝도 없이 뭐가 괜찮다는 거야. 별 내용도 없는 서툰 위로인데, 저애가 괜찮다고 하니까 갑자기 다 괜찮은 것 같았다. 어른도 아니면서 어른처럼 내 등을 토닥이는 손길에 어째서인지 나는 위안을 얻었다. 아마 나 또한 지금 누군가가 나를 꼭 안아주길 바랐던 것 같다. 나조차 몰랐던 내 마음을 저애는 대체 어떻게 알았을까?

"나도 없는 거 많아. 없는 거만 많아."

"……"

"그래도 붕어빵도 사먹을 수 있고, 놀이터에도 갈 수 있잖아. 그러면 괜찮은 거야. 알았지?"

나는 살포시 그애 어깨에 고개를 기댔다. 그러자 이나희가 화답하듯 나를 더 바짝 끌어안았다.

이나희는 강하다. 그리고 따뜻하다.

내가 사람이 아니라 눈 덩어리였다면 진작 뭉개졌을 텐데. 모양도 없이 흘러서 이나희한테 스며들었을 텐데. 그러지 못한 게 아쉬울 만큼 나는 이 온기가 좋았다.

우리는 손을 꼭 잡았다. 그애는 평소보다 훨씬 더 힘을 줘서 내 손을 잡았다. 그런데 불편하게 옥죄는 그 아귀힘과 온기가 좋아서, 나는 이나희 옆에 더 찰싹 붙어서 걸었다.

대문 계단을 올라가다가 이나희가 푹 한숨을 내쉬었다.

"어떡해. 붕어빵 깜빡했어. 찬희가 기다릴 텐데."

"이찬희 엄청 삐졌는데."

"개는 맨날 삐져."

"나도 삐졌어."

이나희가 무슨 소리냐는 듯이 나를 돌아봤다.

"누나, 왜 놀이터에 나 안 데려갔어?"

"찬희만 혼자 놓고 가면 불쌍해서…… 붕어빵 네 것도 사오려고 했어."

붕어빵인지 숭어빵인지 그깟 빵 조각은 아무래도 상관없었다.

"현진아, 화났어?"

"아니."

이것 봐, 네 얼굴만 봐도 바보처럼 웃음이 실실 나오잖아. 그런데 화날 리가 있어?

"다음에는 나도 데려가야 해, 누나."

"응."

그날 우리는 이찬희와 함께 구구단을 외우면서 놀았다. 4단을 검사하다가 갑자기 3단 문제를 내는 제 누나 때문에 당황한 이찬희는 결국 울었지만, 어쨌거나 재밌는 하루였다. 이나희와 있으면 공부도 재밌고, 줄넘기도 재밌고, 그냥 뭘 해도 재밌었다.

나는 잠들기 직전까지 또 그애를 생각했다. 세탁소 골목 앞에서 나를 제 쪽으로 낚아채던 급한 손길. 전혀 이나희답지 않게 억세게 대들던 목소리. 낯선 아저씨를 상대로 싸울 듯이 맹렬하게 번뜩이던 눈빛…… 다 나를 위한 거였다.

어느새 내 머릿속에는 '이나희의 방'이 생겼다. 눈앞에 없어도 나는 그애를 볼 수 있다. 어떤 눈으로 나를 쳐다보는지, 내 손을 잡을 때 나를 사랑스럽고 귀중하게 여기는 그 부드러운 힘과 온기마저도 생생하게 느껴졌다.

내 방 천장에 그려진 이나희가 마음속으로 옮겨왔을 때, 당시에는 알지 못했다. 네가 없이도 너를 그릴 수 있다는 게 무엇인지. 그리고 그게 얼마나 무서운 것인지도 나는 몰랐다.

그저 봄이 봄이고, 여름이 여름이듯. 아침에 태양이 빛나고, 달이 밤을 밝히는 것처럼. 가꾸지도 않는 들판에 장미가 피어나는 이유를 알 수 없듯이, 나는 그렇게 네가 좋아졌다.

속절없이 번져나가는 장미를 막을 수 있는 사람은 아무도 없었다. 들판의 주인인 나를 포함해서 말이다. 주방 아줌마가 뿌린 다정한 씨앗이 내 안에서 자라나기 시작한 것은, 그저 너무도 자연스러운 일이었다.

제3장

이씨 가족

요즘 내 일과는 일곱 살 어린이의 모범으로 꼽아도 될 만큼 건전했다. 아침에는 니노스 영어 교육 센터에 등원했고, 오후에는 바이올린 레슨에 적극적으로 참여했으며, 밥도 제때 잘 먹었다. 그렇게 바쁘게 하루를 보내고 나서 저녁 시간에 이씨 남매와 잠깐 만나서 놀다 잠드는 게 낙이었다. 나는 그 순간만 기다리며 하루를 살았다.

내 시간은 이나희를 만나는 그때를 중심으로 돌아간다. 그런데 약속 시간에 아무리 별관 주방을 어슬렁거려도 그애가 코빼기도 보이지 않는 것이다. 벌써 며칠째였다.

"찬희야, 나희 누나는?"

최대한 착하게 물었지만 입술이 댓 발 나온 이찬희는 나를 쳐다도 보지 않았다. 벌써 사춘기인지 요즘 나만 보면 태도가 저 모양이었다.

"나희 누나는 지금 뭐해?"

"우리 누나 자."

"7신데 벌써?"

"요즘 운동회 연습하느라 피곤하대."

그애가 다니는 초등학교는 곧 가을 운동회를 앞두고 있었다. 거기서 놋다리밟기인지 남의등밟기인지 하는 이상한 게임에 이나희가 1학년 대표로 뽑혔단다. 방과 후에 운동회 연습을 하느라 집에 오면 녹초가 되어서 저녁도 안 먹고 잠들기 일쑤였다.

"그거 좀 했다고 계속 자는 거야?"

"계주도 뛴대. 3반 대표로."

"연습을 매일 해?"

"응. 우리 누나 없으면 안 된대."

애가 너무 잘나도 문제였다. 초등학교를 6년이나 다녔던 권은서는 놋다리밟기 대표는커녕 청소 부장 한번 맡은 적이 없는데. 한빛초 가을 운동회의 운명이 고작 1학년 이나희의 손에 달렸다니……

뭔가 억울했다. 나는 그애가 잠든 방을 원망스럽게 노려봤다. 이건 반칙이잖아. 네가 하라는 대로 니노스도 잘 가고, 주방 아줌마도 안 괴롭히고, 레슨도 잘 받았는데. 저녁에 같이 놀자면서 지는 약속도 안 지키고.

밖에서 아무리 쿵쾅거려도 소용없었다. 한번 잠든 이나희는 절대 일어나지 않는다. 할아버지의 표현을 빌리자면, 잠귀신이 붙었는지 깨지도 않고 한나절을 자는 애였다.

"이찬희, 너 한빛초 운동회 가봤어?"

"아니."

얘는 구구단을 대체 언제 다 외우는 거야? 내가 식탁 옆자리에 앉았는데도 이찬희는 공책에서 고개 한번 들지 않았다. 얄미워진 나는 들으란 듯이 중얼거렸다.

"나희 누나 뭐하는지 궁금하다. 나도 좀 있으면 한빛초 운동회 갈 텐데……"

"형아가 거길 왜 가?"

"왜긴. 나도 한빛초 입학하니까 가지. 나 내년에 여덟 살이잖아."

이찬희 넌 일곱 살이고, 이 꼬맹아.

"너는 한빛초 오려면 아직 한참 더 기다려야겠네."

"……"

"나는 나희 누나랑 같이 학교 다녀야지."

아침저녁으로 이나희랑 등하교를 한다고 생각하면 조급해 할 것도 없었다.

"형아는 왜 자꾸 우리 누나 얘기만 해? 형아 누나도 아닌데."

툭 쏘아붙인 이찬희가 식탁에 엎드려버렸다. 놀이터에서부터 삐쳐서는 나한테 계속 저런 태도였다.

"야, 이찬희. 배틀 딱지 줄게. 터닝메카드 새로 나온 거야."

신형 RC카, 헬리콥터 장난감, LED 줄넘기. 전부 소용없었다. 한번 토라진 이찬희는 고개를 들지 않았다.

"찬희야, 이거 봐. 핸드폰이다?"

이상한 아저씨가 세탁소로 데려가려고 했던 사건 이후로 나는 핸드폰이 생겼다. 이나희가 뭐라고 말했는지 우리집 근처 언덕길 곳곳에 경호원이 배치되었다.

"너도 게임 해볼래? 엄청 재밌는데."

나는 일부러 요란한 소리를 내는 게임을 틀었다.

"핸드폰 너 줄게. 이거 너 가져."

드디어 혹했는지 이찬희가 얼굴을 들었다. 여전히 입술은 오리처럼 내밀고는 내가 건넨 핸드폰을 받았다.

우리는 다시 머리를 맞대고 놀았다. 다음날, 나는 니노스에 가지 않고 이찬희와 어울렸다. 오늘은 하교하는 이나희의 얼굴이라도 볼 작정이었다.

"다녀왔습니다."

운동회 연습 때문에 바쁘다는 그애는 얼굴이 아주 반쪽이 되어 있었다.

"우리 누나 왔다!"

나랑 종일 잘 놀더니 이찬희는 제 누나를 보자마자 쪼르르 달려가선 그러는 것이다.

"누나, 형아 오늘 유치원 안 갔어."

이찬희는 야비하기가 아주 놀부보다 더한 애다. 내가 흘겨보거나 말거나, 이찬희는 제 누나 소매를 잡고 흔들었다.

"누나. 우리 나가서 줄넘기하자, 응? 누나 요새 나랑 안 놀아줬잖아."

이나희가 집에 오면 잠만 자니까, 얘도 나 못지않게 답답했던 것이다.

"알았어."

현관에서 신발을 신고 셋이 나가려는데 순간 발뒤꿈치가 아파서 절뚝거렸다. 동시에 그애가 나를 돌아봤다.

"현진아, 왜?"

미세하게 찡그린 내 얼굴을 보고는 이나희가 재차 캐물었다.

"왜 그러는데. 발 아파?"

할아버지와 따로 사는 할머니가 계절이 바뀔 때마다 옷과 선물을 보내시는데, 이번에 온 겨울 운동화가 문제였다.

"아무것도 아냐."

발이 아프다고 하면 이나희가 같이 못 놀겠다면서 나를 들여보낼 것만 같았다. 며칠 만에 겨우 본 건데 이 기회를 놓칠 순 없었다.

똑바로 걸으려 했지만 그애가 보고 있어서 그런지 이상하게 더 아팠다. 새 신발을 신으면 늘 그랬기에 사실 대수롭지 않은 일인데 말이다.

"아야!"

이제는 숫제 쩔뚝거리는 나를 이나희가 신발을 벗기고 의자에 앉혔다.

"봐봐."

그러곤 멋대로 내 양말도 벗겨버렸다. 뭔가 부끄러운데, 나는 숨도 쉬지 않고 그애가 하는 대로 내버려뒀다. 이나희가 나한테만 집중하는 게 좋아서, 그래서 나도 모르게 더 아픈 척을 했는지도 모른다.

"현진아, 너 뒤꿈치 까졌어."

마치 제 살갗이 까진 것처럼 그애가 울상을 하고는 날 쳐다봤다.

이나희가 내 고통을 알아보자 신기하게도 한순간에 아픔이 싹 사라졌다. 나한테는 저 시선이 후시딘이고 손길이 마데카솔이었다.

이 집에서는 내 발뒤꿈치까지 들여다보는 사람이 없다. 다들 나한테 쓸 시간도 없고 관심도 없었다. 반면 이나희는 우리집에서 나를 가장 자세히 보는 사람이었다. 오직 이나희만이 그랬다.

이러다 나를 귀찮아하면 안 되는데. 장씨 아줌마처럼 성가시다고 나를 버리거나 보모처럼 지레 나를 포기해버릴까 무서웠다. 그럼에도 사람의 마음이란 참 간사해서, 나를 오래 쳐다봐주는 사람에게는 더 많은 걸 보여주고 싶어진다. 그래서 별거 아닌 상처인데도 저애한테 자꾸만 어리광을 부리게 된다.

"어떡해…… 엄청 아프겠다."

이나희가 후다닥 방으로 달려가서 뭔가를 들고 왔다.

빨간약, 연고, 반창고였다. 약을 바르는 제 누나 옆에서 같이 쪼그리고 앉아 있던 이찬희가 뾰로통하게 말했다.

"형아, 형아네 엄마한테 해달라고 해. 이거 원래 엄마가 다 해주는 거야."

순간 이나희가 제 동생의 명치를 팔꿈치로 쿡 찍었다. 내가 뭐라고 하기도 전에 그애가 엄중한 눈으로 이찬희를 쥐잡듯이 몰아갔다.

"이찬희. 구구단 5단까지 다 외웠어?"

"아니……"

"누나가 5단 오늘까지 외우라고 했잖아. 어제 내준 숙제는 다 했어?"

"아니……"

"누나가 오늘 숙제 다 끝내는 날이라고 했잖아. 너 빨리 가서 공부해. 저녁 먹기 전에 누나가 다 확인할 거야."

이찬희는 억울해하면서도 서슬 퍼런 제 누나 말에는 꼼짝 못했다. 잠시 후, 주방에서 구구단을 외우는 울먹임 가득한 목소리가 들려왔다.

이나희가 제 동생도 아닌 내 편을 들어줬다. 그 사실에 묘한 쾌감이 몰려왔다. 더는 이찬희가 밉지 않았다.

"나도 아빠 없어."

조용히 있는 내가 걱정되었는지 이나희가 연고를 바르다 말고 뜬금없이 말했다.

"나랑 찬희도 아빠 없어."

갑자기 저런 말을 왜 하는 거지? 설마 나를 달래주려고 하는 소린가? 하지만 나는 아빠도 없고 엄마도 없는데. 너한테 고작 아빠 하나 없다고 그게 나한테 위로가 될 것 같아?

내 속을 읽은 것처럼 이나희가 급하게 덧붙였다.

"너는 할아버지 있잖아. 우리는 아빠도 없고, 할아버지도 없어."

그렇지만 너는 이찬희가 있잖아. 이찬희한테는 네가 있고.

굳이 말로 하지 않아도 이나희는 내 마음을 다 안다. 제 동생 때문에 한없이 뾰족해진 나를 어떻게든 보듬으려고 사탕 물리듯 정을 내어줬다.

"재가 어려서 그래. 여섯 살이라서…… 아직 어려서 잘 몰라."

반창고를 꾹 붙여준 그애가 초조하게 내 눈치를 보았다. 제 동생을 용서해달라는 듯이. 대신 속죄하려고 일부러 내 앞에서 무섭게 이찬희를 혼낸 것이다.

이렇게 대단한 누나가 또 있을까. 뚱해진 내가 말이 없자 이나희가 애타는 얼굴로 연신 제 동생을 변호했다.

"우리 찬희는……"

'우리'라는 말에도 속이 화르륵 타올랐다. 이것 봐. 이찬희 한테는 얘를 이렇게 아껴주는 네가 있다고. 그런데 어떻게 내 처지랑 같다는 거야, 나는 아무도 없는데.

이나희는 사람을 응석부리게 만든다. 한없이 기대고 싶게 만든다. 이찬희가 가끔 제 누나한테 왜 되지도 않는 혀 짧은 소리를 내는지 알 것 같았다.

"걔는…… 아직 아기라서."

"나도 아긴데……"

불쑥 튀어나온 어리광에 이나희가 깜짝 놀란 얼굴로 나를 응시했다. 뻔뻔하게 그 시선을 받고 있자니 낯이 따끔따끔 했다.

얼어붙은 몸을 녹이려고 갑자기 불 앞에 서면 피부가 쩍쩍 갈라질 것 같듯이, 이나희 앞에 가면 내가 그랬다. 저애가 너무 따듯해서, 온기에 아무 면역이 없는 나는 가끔 아팠다. 나한테 갑자기 들이닥친 다정이 원망스러우리만치 간절해서. 찢어진 내 뒤꿈치에 들이부은 소독약처럼, 이나희의 저 헤픈 다정함은 나한테는 유일한 것이었으므로.

"나희 누나."

너는 자꾸만 날 어린애처럼 만들어. 모자란 나도, 바보 같은 나도, 너는 다 받아줄 것 같아서 너한텐 바보처럼 굴고 싶어져.

"누나, 우리 나가서 줄넘기하자."

"너 발 안 아파?"

"응. 운동화 다른 거 신으면 돼."

이나희랑 둘이서만 있으려고 얼른 뛰어가서 신발을 갈아신고 왔다. 밖에서 한참을 킬킬거리면서 노느라 나는 시간이 어떻게 가는지도 몰랐다. 그런데 아까부터 웅크리고 있던 그 애가 자꾸만 그러는 것이다.

"추워. 이제 추우니까 들어가자."

여자애들은 추위를 빨리 느끼나? 나는 하나도 안 추운데 이나희는 춥다고 난리였다. 이대로 별관에 가면 이찬희가 있을 텐데…… 이나희를 안 빼앗기려고 나는 잔꾀를 떠올렸다.

"누나, 내 방에 가서 블록 맞출래?"

우리집은 넓은 만큼 구조가 복잡했다. 여기서 평생 산 나는 눈 감고도 내 방을 찾아갈 수 있지만, 자주 드나들지 않은 사람은 어디가 어딘지 잘 모른다. 주방을 지나고, 가족 식사를 하는 식당과 긴 통로를 지나면 또 다른 현관이 나온다.

"여기 처음 와봐."

이나희가 사방을 두리번거리며 천천히 걸음을 뗐다.

"나 안에 들어가도 되는 거 맞아?"

"응. 시터 선생님이 내 방에서 같이 놀아도 된대. 할아버지도 오늘 늦게 와. 은서 누나랑 승주 형도 학원 가서 늦게 와. 우리집에 아무도 없어."

나는 아주 신이 났다. 반면 이나희는 걸음마하는 아기처럼 조심조심했다. 그렇게 경계하지 않아도 된다고 아무리 달래도 소용없었다.

"우리 엄마한테 허락 안 받았는데……"

역시 마마걸이다. 내 방에 내가 들어와도 된다는데, 네 엄마의 허락이 왜 필요해? 여긴 우리집인데. 하긴, 나와 이찬희한텐 한껏 어른인 척하는 이나희도 제 엄마 앞에서는 아기였다. 살얼음판처럼 걷던 그애는 결국 내 방 거실 입구에서 멈춰 섰다.

"이게 뭐야……?"

"할머니가 모으는 거. 우리 할머니가 도자기 좋아해서 집에 많아."

그애가 달항아리를 올려다보았다. 신기해하는 것 같기도, 어째서인지 겁을 먹은 것도 같았다. 별것도 아닌 고작 커다란 도자기 하나에 이나희는 짓눌린 사람처럼 얼어붙었다.

"누나, 내가 여기에 낙서한 거 보여줄까? 완전 웃겨."

나는 그애를 달래려고 옆에 있는 소파에 올라갔다. 달항아리에 손을 뻗자, 이나희가 흠칫 정신을 차렸다.

"현진아! 조심해, 깨져! 하지 마!"

"괜찮아. 깨뜨려도 안 혼나."

어차피 지하실에도 도자기가 가득했다. 달항아리를 끙끙대며 움직이는데, 이나희가 주춤주춤 뒷걸음질쳤다.

"안 돼, 그러면 안 돼…… 나 갈래."

그러더니 잔뜩 겁먹은 얼굴로 온 길을 돌아가기 시작했다.

"누나, 왜? 어디 가?"

"어른 허락 없이 여기 들어오면 안 돼."

"내가 허락받았다니까! 내 방에서 블록 맞추기로 했잖아, 누나! 나희 누나!"

이나희는 더 대답도 안 하고 쪼르르 도망가버렸다. 그러고서 대체 뭘 하나 따라가봤더니 주방 아줌마들 사이에서 멸치나 만지작거리고 있었다.

"나희야, 만지지 마. 비린내나."

"저 이거 해봤어요. 엄마가 전에 멸치 똥 따는 법 알려줬어요."

이나희는 멸치 내장을 버리고, 머리와 몸통을 한쪽에 분리해놨다. 애가 원체 똑똑해서 그런지 어른이 하는 일도 곧잘 따라 했다. 다들 나와 같은 생각인지 이나희를 칭찬하며 웃었다.

"어린애가 손도 참 야무지네."

"근데 저희 엄마는요?"

"이 실장은 장독에 고추장 푸러 갔어. 한참 걸려."

어른들과 도란도란 대화를 나누고 있는 이나희 때문에 나는 황당해서 말도 안 나왔다. 나를 무시하고 주방에 온 것도 모자라 여기가 제 자리라는 듯 일하는 사람들 사이에 자연스럽게 있었다. 어이가 없었다. 기가 차는 저 작태에 이가 뿌득뿌득 갈렸다. 나랑 블록 맞추기로 해놓고. 내 방에서 같이 놀기로 했으면서.

참다못한 나도 이나희 옆자리에 앉았다. 고개를 빳빳이 쳐들고 당당하게 멸치를 집었다.

"어머…… 현진아."

할말을 잊은 아줌마들이 다 같이 날 주시했다. 그러거나 말거나, 나는 이나희처럼 멸치를 다듬었다. 그래 봤자 뭘 하는지 모르기 때문에 멸치 머리를 떼고 몸통을 짓이기는 게 전부였다. 불쌍한 멸치 몇 마리가 내 손에서 뭉개졌다.

"어머머, 현진아!"

"현진이는 이런 거 하면 안 돼. 응?"

굳어 있던 아줌마들이 식겁해서 일제히 나를 말렸다. 내 손에서 강제로 멸치를 빼앗더니 의자에서 나를 내려놓았다.

"싫어! 싫어요! 누나 옆에 있을 거예요!"

내가 발버둥치자 당황한 주방 아줌마들이 이나희의 등을 떠밀었다.

"나희야, 가서 현진이랑 놀아."

"그래, 애들은 가서 놀아야지. 이런 거 하지 말고, 얼른. 응?"

"쉿, 사모님 오신다."

때마침 숙모와 장 여사가 외출할 채비를 하고 걸어나왔다. 나는 얼른 그들에게 달려갔다.

"숙모, 나희 누나랑 제 방에서 놀아도 돼요? 밖에 춥대요."

장갑을 매만지느라 바쁜 숙모 대신 장씨 아줌마가 대꾸했다.

"그래. 안에서 놀아, 안에서. 세상에, 벌써 이렇게 날이 추워지니."

"사실 이런 날에는 필드 말고 스크린 가야 해. 나는 골프를 옛날 스윙으로 배웠잖아. 퍼팅하다 허리 나간다니까."

"어우, 사모님 자세 너무 좋으시던데요."

"자기야, 그런 소리 하면 남들이 비웃어. 사람들이 나는 강북 골프라 그래. 회장님 골프라고, 목에 힘을 빡 주고 친다잖아."

"근데 저는 골프가 운동이 되는지 모르겠어요. 카트 타고 다니니까 재미는 있는데……"

"자기가 스윙을 제대로 못 배워서 그래. 골프가 전신 운동이야, 전신 운동. 박 프로 엉덩이 봐. 완전 돌덩이라니까."

두 사람이 킬킬대며 집을 나갈 때까지 다른 사람들은 숨소리마저 죽이고 있었다.

"가서 블록 맞추기 하자, 누나."

장 여사의 허락까지 보란듯이 받아낸 마당에 더는 거칠 게 없었다. 그런데 그애는 뭐가 그렇게 마음에 걸리는지 자꾸만 미적댔다. 가다가 주방을 돌아보고, 멈춰서 두리번거리고. 공양미에 팔려간 심청이도 얘보단 빨랐겠다.

"엄마한테 말하고 갈래."

정말 지독한 마마걸이다. 결국 이나희는 다시 주방으로 뛰어갔다. 그런데 이 실장 아줌마가 아직도 안 왔는지 주방에서 사람들이 소곤거렸다.

"……이 실장 모녀요. 언제까지 여기 사는 거래요? 지 엄마야 뭐 식모살이한다지만, 어린애가 남의 집에 기생하듯 얹혀사는 거 마음 편하겠어요?"

"나희 얌전한 거 봐요. 세상에, 여덟 살짜리가 얼마나 눈칫밥을 먹고 살았는지 애가 벌써 철이 다 들었어."

"저도 그 집 애들 보고 있으면 짠하더라고요. 여기저기 전전하다가 온 거라면서요?"

"그럼 쪽방도 감지덕지지 뭐. 나는 어린애가 어른들 눈치를 살살 보는 게, 너무 여시 같더라고."

"애들이 참 불쌍해요. 어떻게든 지 엄마 옆에 붙어 있으려고……"

지금 이게 이씨 가족 얘기인가? 이나희가 안절부절 주방으로 다시 들어가지 못하고 있었다. 뭘 모르는 나는 벌컥 가서 물었다.

"아줌마."

내가 등장하자 주방에 모여 있던 사람들이 다 같이 이나희의 표정부터 살폈다. 그애는 언제 당황했냐는 듯 평소처럼 예의 바르게 웃고만 있었다.

"이 실장 아줌마 오시면 나희 누나 제 방에서 블록 맞추기하고 논다고 전해주세요. 가자, 누나."

내 뒤에서 누군가 놀랍다는 듯이 속삭였다.

"현진이가 저렇게 길게 말하는 건 보다 보다 처음이네."

"그러게요, 말 잘하네."

나도 신기했다. 유일하게 이나희 일에만 적극적으로 목소리가 나왔다. 숙모에게 허락도 받았겠다, 이 실장 아줌마한테도 통보했겠다, 더는 저애도 거절할 이유가 없었다.

"누나, 내 방에 피아노도 있고 블록도 있어. 전기 기차도 열 대나 있어."

저애가 좋아하는 문학전집도 2천 권이 넘는다. 이제 내 방에 자주 놀러오라고 해야지. 내 방에서 같이 노는 게 재밌으면 앞으로는 더 많이 이나희와 놀 수 있겠지? 앞서가던 나는 신이 나서 방문을 벌컥 열었다.

"누나, 여기가 내 방……"

그런데 돌아보니 이나희가 울고 있었다. 어깨를 조금씩 들썩이면서 작은 손으로 젖은 눈가를 훔쳤다. 그 순간 누군가 만 개의 바늘로 내 심장을 콱 찌르는 것만 같았다.

쟤가 왜 울지? 소리도 없이 우는 이나희 때문에 머리카락이 쭈뼛 섰다. 운다. 이나희가 운다. 달래줘야 하는데…… 우는 걸 보고 싶지 않은데.

누나, 왜 울어? 울지 마. 아까 저 아줌마들이 한 말 때문에 그래? 신경쓰지 마. 나는 누나랑 찬희가 불쌍하다고 생각 안 해. 그러니까 울지 마……

속에서 맴돌기만 할 뿐, 나는 단 한 마디도 할 수가 없었다. 얇게 흐르는 그애의 눈물이 창살처럼 내 목을 찔렀다. 이나희가 우는데, 나는 멍청하게 서서 같이 아파하기만 했다.

그날 배웠다. 내가 아닌 타인의 슬픔이 나를 얼마나 고통스럽게 할 수 있는지.

누군가를 좋아하는 건 그 사람을 향한 현미경을 갖는 것이다. 상대의 미소와 눈물을 늘 현미경으로 들여다보면서 내가 열 배로 가져가는 것이다. 그러니 이나희를 좋아하려면 저 눈물이 내 가슴을 찌르는 고통도 견뎌야만 했다.

슬픈 예감이 들었다. 내 안에 피어난 여린 장미 때문에 어쩌면 나는 웃는 날보다 우는 날들이 더 많을지도 모르겠다.

"누나, 이 쿠키 먹어봐. 이건 전병."

나는 이나희의 기분을 풀어주려고 온갖 주전부리를 다 꺼내왔다. 작은아버지가 해외 출장길에 사온 초콜릿, 할머니가 보낸 백화점 과자 등등. 다행히 그애는 먹보답게 과자를 보고 금방 눈물을 그쳤다.

"이게 다 뭐야?"

내 방 냉장고에서 나온 간식을 보느라 귀엽게도 눈이 막 돌아갔다. 특히 하나씩 포장된 커다란 쿠키가 신기한지 만지작거렸다. 앞면은 미키 마우스, 뒷면은 초콜릿 코팅이 되어 있는 쿠키였다.

"먹어봐, 누나. 그거 맛있는 거야."

빤히 쳐다보긴 하는데 아무리 권해도 선뜻 먹진 않았다. 할아버지가 사는 우리집, 내 공간에 있는 이나희는 평소와 달랐다. 아무거나 다 만져도 된다, 다 갖고 놀아도 된다고 수차례 말했는데도 아까부터 옷자락 하나 스칠까 무서운 듯 꼼짝도 못했다.

저 고사리손으로 만졌다고 우리집 물건이 부서지기라도 할까봐? 웃기고 있네. 나비가 날갯짓하듯 사뿐거리며 움직이는 주제에 뭘 그렇게 조심하는 거야.

위축된 이나희 때문에 나까지 흥이 깨졌다.

"누나, 편하게 있어도 돼. 뛰어다녀도 안 들려."

눈치만 보던 그애가 잔뜩 기죽은 목소리로 물었다.

"현진아, 나 이거 하나만 먹어도 돼? 미키 쿠키……"

"먹어. 누나 이거 다 먹어도 돼."

"아니야, 하나만 먹을게. 하나면 돼."

늘 내게 먹을거리를 갖다주던 이나희였다. "맛있어, 먹어,

더 먹어" 하면서 내 입에 처넣을 땐 언제고, 내가 간식을 주려고 하니 얼떨떨한지 받기를 꺼렸다.

"미키 쿠키 고마워, 현진아. 우리 이제 블록 맞추자."

이나희는 정말 쿠키 하나만 챙기고 나머지는 관심이 없는 것처럼 블록에만 집중했다.

왜 안 먹는 걸까? 제 손안의 쿠키를 자꾸 힐끔거리면서도 먹지 않고 갖고만 있는 것도 이상했다.

"누나, 쿠키 왜 안 먹어? 빨리 먹어. 단것 좋아하잖아."

결국 마법의 성 블록을 맞추다 말고 내가 물었다. 그랬더니 주저하다가 그러는 것이다.

"우리 찬희 주려고……"

"……"

그랬다. 이나희는 뭐든 제 동생이 먼저였다. 이씨 남매는 따로 있어도 같이 있는 것 같았다. 기가 찬 것도 모자라 속에서 열불이 터졌다. 이찬희는 좋겠다. 한 것도 없이 그저 이씨 성을 달고 태어난 것만으로 저렇게 이나희의 보살핌을 받는다. 그저 가족이라는 이유 하나만으로 말이다.

"미키 쿠키 내가 다 줄게. 그러니까 누나도 먹어."

"아냐, 찬희랑 같이 먹을래."

그놈의 이찬희가 대체 뭐라고.

할아버지가 나에게 관심을 보인 건 지능 검사 결과지를 받고부터였다. 내가 미래 아인슈타인인지 하는 얘길 듣고부터. 언제는 내가 말도 안 하고 너무 예민하다고 클리닉에 데리고 다니더니, 어린 아인슈타인도 그랬다는 말을 듣고는 멈췄다.

할아버지에게 나는 아인슈타인처럼 똑똑해야만 손자 취급을 받는다. 그런데 이찬희는…… 한 달째 구구단도 못 외우는 멍청한 이찬희는.

"우리 찬희가 좋아하겠다. 미키도 좋아하고 초콜릿도 좋아하는데."

"……"

"쿠키 고마워, 현진아."

분하고 억울해서 짜증이 났다. 내가 너 먹으라고 줬지, 네 동생 먹으라고 줬어? 왜 자리에도 없는 이찬희를 챙기고 난리야, 내 앞에서. 나랑 단둘이 놀기로 했으면 너는 나만 생각해야 하는 거 아냐?

"기차 신기하다. 우리 찬희도 기차 좋아하는데."

이찬희는 제 누나가 이렇게 자길 생각해주는 걸 알기나 할까? 알지도 못할 텐데, 잘해줘봤자 무슨 소용이라고 저렇게 챙겨? 앞에서도 뒤에서도 사랑받는 이찬희가 질투났다.

애정과 관심이 샘물처럼 솟구치다 못해 철철 흐르는 이나희. 나도 네 가족으로 태어날걸. 내가 권현진이 아니라 이현진이었다면, 이나희의 사랑이 가득 담긴 저 미키 쿠키의 주인은 이찬희가 아니라 나였을 텐데……

"다음에는 찬희도 같이 네 방에 와도 돼?"

"어."

"주말에 어른들 안 계실 때 와도 돼? 찬희가 주말에 심심해해서……"

"어."

지가 이찬희 엄마야, 뭐야. 열받아서 더는 이나희와 말도 섞기 싫었다. 입술을 오리처럼 내민 나는 고개도 안 들고 혼자 블록을 맞췄다.

그때 갑자기 건반소리가 들렸다. 어느새 이나희가 내 방의 그랜드 피아노 앞에 서 있었다.

"미안. 내가 눌러서."

놀란 그애가 얼른 손을 뒤로 감췄다. 피아노를 살펴보다가 건반을 눌렀는데 생각보다 소리가 커서 놀란 모양이다.

"누나, 피아노 칠 줄 알아?"

도리도리도리.

"내가 피아노 가르쳐줄까? 누나도 쳐볼래?"

겁먹은 듯 고개를 휘젓는데, 눈으로는 빨려들어갈 것처럼 피아노를 쳐다보고 있었다. 스타인웨이가 확실히 시선을 끌긴 하지. 초보에겐 과분하기만 한 저 피아노는 내가 처음으로 〈비행기〉를 친 날 할머니가 사준 것이었다.

"아가, 한번 잘 배워봐라. 남자가 피아노를 잘 치면 그렇게 멋있을 수가 없다."

할머니의 말이 떠올라서 피아노 의자에 앉은 건 아니다.

"현진아, 너 피아노 좋아해?"

"응."

아니. 피아노 선생님은 나를 이 의자에 앉히는 데만 30분이 걸린다고 성화인데.

"피아노 쳐줄 수 있어?"

"응."

뭘 쳐볼까. 고민하다가 할머니를 혹하게 했던 마성의 곡을 골랐다.

"떴다 떴다 비행기. 날아라. 날아라."

역시 이나희도 좋아할 줄 알았다. 뭐가 그렇게 신기한지 내가 건반을 누르기만 해도 옆에서 까르르 웃었다.

"너 되게 잘 친다. 또 쳐봐. 다른 거!"

"다른 거?"

이럴 줄 알았으면 멋있는 곡으로 연습 좀 해놓을걸. 뒤늦게 후회해봤자 소용없었다. 나는 유명한 곡 중에 그나마 제일 쉬운 걸 떠올렸다. 미레 미레 미시레도라…… 까지 쳤더니 다행히 손이 곡을 외우고 있었다.

"우와, 이거 우리 학교 종소리인데!"

〈엘리제를 위하여〉. 베토벤이 작곡한 음악 중에 제일 쉬운 곡이다. 나처럼 빠른 결과물을 보여줘야 하는 초보를 위한 곡이기도 했다. 〈엘리제를 위하여〉가 끝나기 무섭게 이나희는 물개처럼 박수를 치더니 곧장 다음 곡을 쳐달라고 외쳤다.

"또 쳐줘. 또!"

나는 고민하다가 가장 최근에 배운 곡을 떠올렸다. 엘가의 〈사랑의 인사〉였다. 바이올린으로 먼저 배워서 익숙한 곡이었지만 피아노 건반으로는 처음이라 더듬거리며 쳤다.

스타인웨이가 빚어내는 부드러운 선율에 이나희는 아예 관객이 되길 자처했다. 내 발치에 앉아서 초롱초롱한 눈으로 나만 올려다보았다.

"현진아, 너한테 되게 좋은 냄새 나."

"좋은 냄새?"

그게 대체 뭘까. 아무리 킁킁거려도 내게서 나는 냄새라곤 세탁 세제 향뿐인데.

"깨끗한 냄새. 꽃향기 같은 거. 너한텐 항상 좋은 냄새가 나서 좋아."

세탁 세제가 맞나보다. 나는 늘 맡던 향기라 한번도 특별하다고 생각해본 적이 없었다.

"네 방에도 네 냄새가 나. 그래서 되게 좋아, 네 방."

좋은 냄새가 나서 좋은 이나희. 내 방이 좋은 이나희. 붕어빵도 좋고 쿠키도 좋은 이나희. 너는 좋아하는 게 많아서 참 좋기도 하겠다. 내가 좋아하는 건 너뿐인데.

"넓고, 깨끗하고, 피아노도 있고! 네 방 되게 좋아."

배시시 웃는 저애가 꼬리를 살랑살랑 흔드는 어린 강아지 같았다.

귀여워.

귀여워.

이나희 진짜…… 진짜 귀여워.

건반을 보다가 내 밑의 그애를 보다가, 그렇게 번갈아서 눈을 돌리다가 나는 박자를 놓치기 일쑤였다. 뭐, 어차피 아무도 알아차리지 못해서 상관없었다.

나는 바보처럼 실실 웃으며 피아노를 쳤다. 떠도는 먼지들이 허공에서 빛나고, 나만 쫓아다니는 그애의 동공이 반짝였다. 〈사랑의 인사〉의 부드러운 음률이 흐르는 내 방은 더이상 내가 알던 고요한 공간이 아니었다. 우리만의 세상, 그애와 내가 재창조한 둘만의 세계였다.

건반 위를 돌아다니는 손가락과 피아노를 보고 있던 그애의 시선이 어느새 내게로 옮겨왔다.

"현진아, 너 진짜 멋있다."

이나희는 나한테 완전히 반한 얼굴이었다. 형용할 수 없는 내 매력에 아주 홀딱 빠진 것 같았다.

"네가 피아노 치니까…… 예쁘고 멋있는 것 같아."

다음날 나는 바이올린을 때려치우고 피아노 레슨 시간을 늘렸다.

그애가 피아노 치는 나를 멋있다고 말한 순간부터, 내가 제일 좋아하는 건 이나희와 더불어 피아노가 되었다.

그후로 우리는 종종 내 방에서 놀았다. 그때마다 나는 그 애한테 간식을 나눠줬는데, 이나희는 꼭 하나씩만 가져갔다.

때때로 그애는 가엾은 제 동생을 차마 따돌리지 못하고 혹처럼 달고 왔다. 하지만 그 정도는 내가 이해해야 했다. 이나희는 신사임당처럼 자애로운 누나니까.

게다가 눈치라곤 쓸래야 없는 이찬희는 내 방의 다른 장난감에 주의가 쏠려서 내가 피아노를 치든 컴퓨터를 치든 쳐다도 안 봤다.

그러니 내 피아노 연주는 오직 이나희만을 위한 공연이었다. 그애는 유일한 관객이자 나의 뮤즈였다. 이나희 덕분에 내 피아노 실력은 일취월장했으니 틀린 말도 아니었다.

그날도 나는 피아노 선생님이 가시자마자 별관 주방으로 향했다. 이나희와 함께 〈젓가락 행진곡〉을 칠 생각에 잔뜩 들떠 있었다.

"누나, 우리 피아노 치러 갈래?"

그런데 이나희와 공부하고 있던 이찬희가 갑자기 입을 삐죽이며 말했다.

"형아가 왜 우리 누나한테 누나라고 불러?"

"내가 현진이보다 나이가 많으니까 누나지. 이찬희, 영어 단어 다 외웠어?"

"아니……"

이나희가 중재했지만 이찬희는 여전히 분이 안 풀린 듯했다. 이상한 일이다. 내가 이나희를 누나라고 부른 게 이미 하루이틀 일이 아닌데, 퍽 새삼스럽다는 듯 날 흘겨보는 눈에 적대감이 느껴졌다.

"누나가 사과 영어로 뭐라고 했어."

"애플!"

"여기다 써봐. 애플."

이찬희가 공책에 열심히 알파벳을 적고는 자신 있게 보여주었는데, 스펠링이 'APLEE'이었다.

"휴……"

얘를 어쩜 좋지. 이나희의 긴 한숨소리에 이찬희의 입꼬리가 내려갔다.

"APPLE라고. 누나가 학교 가면 영어 받아쓰기 한다고 했잖아. 너 나중에 빵점 안 맞으려면 철자 하나도 틀리면 안 돼."

나는 이나희가 외우라고 한 영어 단어를 슬쩍 살폈다. 애플, 바나나, 토마토, 그레이프. 저건 그냥 기본 중의 기본 아닌가? 재는 설마 이것도 못 외워?

그런데 내 속마음이 표정에 드러났는지 이찬희가 씩씩거리면서 방으로 들어갔다.

"누나는 형아랑 놀아!"

쾅! 방문을 닫는 소리가 요란했다.

"찬희야! 찬희야!"

이나희는 당황해선 찬희를 곧장 따라 들어갔다. 안에서 이찬희의 징징거리는 소리가 여기까지 들렸다.

"응응, 누나 동생은 우리 찬희뿐이지. 아니, 아닌데? 누나는 찬희를 제일 좋아하는데? 아니야, 누나는 찬희가 더 좋아. 그건 찬희가 나머지공부 할까봐 걱정돼서 그런 거고. 넌 유치원을 못 다녔으니까……"

한참이나 이찬희를 달래주고 나서야 이나희가 밖으로 나왔다. 주방 식탁에 덩그러니 혼자 앉아 있는 나를 보고 놀란 듯했다.

"현진아, 아직도 여기 있었어?"

그럼 내가 갈 데가 어디 있는데. 네가 여기 있잖아.

"찬희는 자. 방금 잠들었어."

어쩌라고. 내가 물어봤어? 왜 묻지도 않은 네 동생 얘기를 해?

"우리 찬희가 너한테 질투가 나나봐."

진짜 웃기고 있네. 여태 이나희를 독점했으면서. 나랑 좀 논다고 질투해?

이나희가 배시시 웃으면서 내 옆에 앉았다.

"걘 진짜 어려. 그치?"

햇살처럼 웃으면 다야? 네가 그렇게 웃으면 내 마음은 다 풀릴 줄 아냐고. 짜증난다. 하지만 앞으로 이찬희는 혼자 집에 있을 거고, 나는 곧 이나희와 함께 한빛초등학교에 다닐 거니까.

"누나, 우리 피아노 치러 가자. 내가 같이 칠 수 있는 거 배워왔어."

"같이? 난 피아노 칠 줄 모르는데."

"쉬워. 누나도 할 수 있어. 내가 알려줄게."

나는 이나희의 손을 잡고 내 방으로 갔다. 우리는 피아노 의자에 나란히 같이 앉았다.

"여기부터 도, 레, 미……"

도레미파솔라시도. 흰색 건반을 쭉 눌러본 그애의 눈이 반짝였다.

“검은색 건반은 뭐야?”

“그건 반음. 도랑 레 사이.”

“그럼 이건 솔이랑 라 사이의 음이야?”

“응.”

역시 하나를 알려주면 열을 아는 애다. 가끔 의문이 든다.

“누나는 이렇게 똑똑한데 이찬희는 왜 그래?”

“걔는 아직 여섯 살이잖아. 나도 여섯 살 땐 알파벳 하나도 몰랐어.”

“나는 다 알았는데.”

“너는 선생님들 많잖아. 우리는 가르쳐주는 사람이 없어서 그래.”

나는 입술을 내밀고 삐쭉거리며 괜히 죄 없는 건반을 두들겼다. 이나희가 ‘우리’로 묶은 그 안에 나도 들어가고 싶었다. 내 마음을 모르는 것도 아니면서. 그래서 나는 남이란 거야, 뭐야.

따따따따따따. 따따따따따따.

“누나도 이렇게 쳐봐.”

“이게 뭐야?”

"젓가락 행진곡."

따따따따따따 따따따따따따. 나는 그애의 손을 붙잡고 건반을 눌렀다.

"검지를 파랑 솔에 각각 놓고 여섯 번씩 쳐. 그리고 처음에는 왼손만 한 칸 옆으로…… 아니, 이번엔 파 말고 미를."

여자애들은 원래 이렇게 다 흐물흐물한가? 이나희 손은 햄스터를 만지는 것처럼 물렁물렁하고 보들보들했다. 얘는 뼈가 없는 거 아냐? 맨날 빵이랑 사탕만 찾아대니 정말 그럴지도 모른다.

"이렇게 하는 거 맞아?"

"응."

피아노에 열의가 커서 그런지 이나희는 금방 배웠다. 나는 들쑥날쑥한 그애의 속도에 맞춰서 건반을 쳤고, 덕분에 우리의 젓가락 행진곡 합주는 꽤 그럴듯했다.

1분 남짓의 짧은 곡이 '도'로 돌아가서 완전하게 끝났을 때,

"우와, 재밌다! 우리가 했어!"

이나희는 세상을 다 가진 것처럼 웃었다. 눈은 반달로 휘었고, 눈동자는 별을 박아놓은 것처럼 반짝반짝 빛이 났다.

늘 귀엽다고만 생각했는데, 쟤처럼 예쁜 여자애는 본 적이 없었다. 이제 보니 그랬다. 사람뿐 아니라 동물, 식물, 내가 아는 모든 걸 통틀어서 이나희가 세상에서 제일 예뻤다.

"또 쳐보자! 한번 더!"

우리는 몇 번이나 젓가락 행진곡을 쳤다. 장씨 아줌마가 저녁 먹으라고 나를 부르러 올 때까지, 횟수를 셀 수도 없었다. 지겹지도 않나?

"피아노 매일 치고 싶다."

이나희는 내 방에서 나가면서도 아쉽다는 듯 피아노를 돌아봤다.

"나도 배우고 싶다, 피아노……"

이나희가 혼자 중얼거리는 목소리를 몇 번이나 들었다. 그 애가 피아노를 좋아해서 다행이다. 미키 쿠키를 좋아해서 정말 다행이다. 그때 내가 가진 것들에 처음으로 감사했다.

제 동생을 위해 쿠키를 챙겨가는 이나희의 수줍은 표정, 피아노 앞에서 환하게 웃는 그 미소가 머릿속에서 번갈아가며 끊임없이 재생되었다.

거의 매일 밤, 나는 이씨 남매를 생각하다 잠들었다. 사실은 종일 이찬희를 부러워하고 질투하다 잠드는 것이었다.

나를 생각해주는 사람이 세상에 있다는 것. 그런 가족이 있다는 건…… 대체 어떤 기분일까.

❀

며칠 뒤, 할머니댁에서 주말을 보내고 온 나는 놀라운 소식을 듣게 됐다.

"야, 너 어디 가?"

"나 이제 학원 다녀, 형아."

이찬희가 가방을 메고 어디론가 간단다. 신이 난 듯 아주 싱글벙글이었다.

"무슨 학원?"

"피아노 학원!"

정말인가 하고 보니 언덕길 밑에서 웬 차를 타고 가는 것이다. 봉고차 뒤에 '솔라 피아노 교습 교실'이라고 적혀 있었다.

뭐지? 이찬희가 왜 피아노 학원에 다니는 걸까? 쟤는 우리가 피아노를 칠 때 관심도 쥐뿔 없었는데.

하교한 이나희는 이미 그 사실을 알고 있는 듯했다.

"누나, 찬희 피아노 학원 다니는 거야?"

"응."

"누나도 그 학원 가?"

그럼 나도 다녀야지. 그러려고 물어봤는데, 내 질문이 끝나기 무섭게 그애가 시무룩해졌다. 안 그래도 조그만 애가 힘없이 내려앉자 내 심장도 철렁했다.

"아니. 찬희만 다니는 거야."

왜? 피아노는 네가 배우고 싶어했잖아.

"찬희 혼자 있어서 심심하니까, 그냥…… 우리 둘 다 학원 다니면 돈도 많이 들고."

도무지 이해되지 않았다. 돈이 무슨 상관이지? 어차피 어른이 내는 건데. 어쨌거나 상관없었다. 차라리 잘됐다. 이나희는 내가 알려주면 되지.

"누나, 나랑 매일 피아노 치자. 지금 내 방에 갈래?"

"나 슈퍼 다녀와야 해. 엄마가 월계수 잎 필요하대."

나도 따라가고 싶은데 때마침 할아버지가 퇴근했다. 저녁을 먹는 둥 마는 둥 하고 주방으로 가보니 설거지하는 아줌마들의 말소리가 들렸다.

"나희가 참 착해."

"그러게요, 어린애 같지가 않아."

"원래 저 나이에는 하나도 양보 안 해요. 얼마나 질투하는데. 동생이 학원 다닌다 그러면 나도 보내달라 하고, 동생한테 인형 사주면 나도 사달라고 하고. 난리도 아니야."

"이 실장님네 애들은 둘 다 착해요."

전말은 그랬다. 이나희가 피아노 얘기를 하자 아줌마가 학원에 보내준다고 했는데, 껌딱지 같은 이찬희가 누나랑 같이 학원에 다니겠다고 졸랐단다. 그런데 이 근처의 학원비가 생각보다 비싸서 이나희가 동생에게 양보한 것이었다. 자기가 피아노를 치고 싶었으면서.

그애는 늘 그랬다. 맛있는 게 있어도 자기가 먹지 않고 꼭 동생을 챙기곤 했다. 하굣길에 간식을 사오면서도 한입도 먹지 않고 고스란히 가져와서 이찬희한테 제일 먼저 맛있는 걸 주고, 나한테도 나눠주고, 그리고 남은 걸 먹는다. 이나희 그 먹보가 말이다. 바보같이.

나는 그게 짠하면서도 한편으론 그애의 무한한 애정이 대단해 보였다. 어떻게 저게 가능하지? 자기가 제일 좋아하는 걸 양보하면서 하나도 아깝지 않은 걸까? 고작 남매라는 이유로?

그렇다기엔 나는 이 집의 또다른 남매를 안다.

“야, 권승주! 할아버지한테 네가 일러바쳤냐? 나 담배 피운다고?”

“면상 치워. 냄새나.”

“네가 말했냐고, 이 치사한 새끼야!”

“은서야. 회장님이 어떻게 모르시겠니. 병신도 아니고.”

“저 개새끼 진짜!”

이쪽도 분명 피 섞인 친남매였다. 같은 층을 쓰는 두 사람은 할아버지가 안 계실 때마다 싸웠다. 시비를 거는 쪽은 항상 은서 누나지만, 승주 형은 은서 누나와 빨래가 섞이는 것조차 더럽다며 싫어했다. 둘은 남보다 못한 사이였다. 권은서는 불같았고, 권승주는 얼음 같았다. 같은 피가 흘러도 나는 둘 다 어려웠다.

“야, 뭘 쳐다봐. 재수 없게 진짜.”

특히 은서 누나는 어지간하면 피하는 편인데, 하필 계단에서 마주쳤다. 그러자 화풀이하듯 나를 노려보면서 이를 갈았다.

“씨발, 우리 엄마 아빠 이혼하면 다 너 때문인 줄 알아. 권현진.”

"……"

"뭘 봐. 꺼져."

숙모와 작은아버지가 나를 귀찮아하는 건 맞다. 그렇다고 작은아버지가 술집 여자와 애를 낳고, 숙모가 보란듯이 맞바람을 피우는 게 내 잘못은 아니었다.

하지만 억울하다고 소리치는 바보짓은 이제 하지 않는다. 나는 사람들이 나를 탓하는 것에 익숙했다. 은서 누나가 초등학생 때부터 담배를 피운 것도, 학원 모의고사에서 내내 1등 하던 승주 형이 딱 한 번 미끄러진 것도, 작은아버지가 전자를 이끌고부터 실적이 안 좋아진 것도, 그리고 우리 부모님이 돌아가신 것도 다 내 탓이었다.

어린애도 귀가 있다. 애들은 뭘 모른다고 하지만 다 어른의 위안이고 변명이다. 집안에 벌어진 흉사를 두고 힘없는 나를 탓하는 게 가장 쉬우니까.

자주 듣다보니 권은서의 막말에 나도 심드렁해졌다. 가끔 심장이 따끔따끔하지만 그래도 괜찮다. 괴로운 생각이 들 때마다 이제는 나도 찾아갈 곳이 있다.

"누나, 우리 피아노 치러 가자."

"저녁에 피아노 치면 안 돼."

그런데 내 안식처였던 이나희가 변했다.

"누나, 내 방에서 〈젓가락 행진곡〉 치고 놀자."

"〈젓가락 행진곡〉 재미없어."

이찬희가 학원에 다니고부터였다. 피아노의 '피' 자만 들어도 반짝반짝 빛나던 이나희의 눈이 찬물을 부은 것처럼 식어버렸다. 어떤 심경의 변화인지 나는 따라갈 수가 없었다.

촉새 같은 이찬희는 끊임없이 피아노 학원 얘길 할 것이다. 제 동생이 들고 다니는 악보도 봤을 테고, 매일 학원에 가는 걸 볼 때마다 부러울 텐데. 왜 갑자기 피아노를 안 치겠다는 걸까?

"누나, 내가 피아노 사달라고 할까? 누나 방에 놔달라고 하면……"

"아니. 나 피아노 싫어해. 그러니까 이제 나한테 피아노 얘기하지 마."

거짓말. 좋아하면서 왜 싫다고 하지? 사실은 더 간절해졌을 게 분명한데. 피아노를 갖고 싶으면서 왜 관심 없는 척하는 거야? 내 머리로는 도무지 이해되지 않았다.

"누나 피아노 갖고 싶잖아."

"안 갖고 싶어."

"피아노 좋아하잖아."

"안 좋아해. 나는 안 배우고 싶어."

"갑자기 왜?"

내 질문에 이나희는 당황했다. 쥐고 있던 연필을 움직이지도 않고 한참 동안 피아노가 싫은 이유를 고민했다.

"그냥……"

간신히 떠올린 변명은 허접하기 짝이 없었다.

"뚱땅거려서…… 싫어."

진심이 아닐 테니까 말로만 그러는 줄 알았는데, 이나희는 내 생각보다 더 지독한 애였다. 피아노를 싫어하겠다고 결심한 다음부터는 내 방에서 같이 놀 때도 피아노 쪽은 아예 쳐다보지 않았다. 〈젓가락 행진곡〉을 완벽하게 치고 신나 했던 모습이 나는 아직도 생생한데 말이다.

이나희는 자신이 좋아하던 것도 언제든 잘라낼 수 있는 애였다. 마음이, 마음대로 통제가 되나? 저게 가능키나 한가? 언제 좋아했냐는 듯, 마치 처음부터 관심도 없었던 것처럼 무시하는 게 나는 놀랍고, 한편으론 무서워졌다.

나는 이나희에게서 버려진 피아노를 볼 때마다 알 수 없는 불안에 시달렸다. 자칫 잘못하면 저 피아노처럼 버려질지 모른다는, 나조차 근거를 알 수 없는 두려움이었다.

그러나 천만다행히도 이나희는 여전히 내게 다정했고, 어느새 내가 기다리던 겨울이 코앞까지 다가왔다. 이 시린 계절만 지나면, 나는 이나희랑 같은 학교에 다닐 수 있다.

우리의 한빛초등학교가 나를 기다리고 있었다.

날이 추워지기 무섭게 이나희는 붕어빵을 사 나르기 시작했다.

"너는 바삭한 게 좋아, 아님 촉촉한 게 좋아?"

나는 네가 좋아.

"바삭한 거 좋아하면 꼬리부터 먹어."

신기했다. 우리 할아버지가 아무리 재벌이라도 돈은 무한하지 않고, 수도꼭지 아래 아무리 큰 그릇을 두어도 물은 넘치기 마련인데. 세상 그 무엇에도 끝은 있다고 했는데, 이나희를 향한 내 마음은 무한히 팽창하는 우주처럼 점점 커져만 갔다. 한도 끝도 없었다.

설마 오늘보다 더 좋아질 순 없겠지. 그런데 하룻밤 자고 일어나면 다음날의 이나희는 더 귀엽고 더 예쁘고 더 다정해졌다. 내 눈에는 분명 그랬다.

손끝에, 시선에, 입술에 다정을 묻힌 그애는 세상 무엇보다 강력했다. 내가 토라져서 조금이라도 얼어붙어 있으면, 그애는 이 들판의 주인은 나라고 선언하듯 따스한 햇살을 안고 들어와 내 안의 얼음을 녹였다. 그애를 담고 피어난 장미는 뻗고 또 뻗어나가서 내 의식 너머까지 닿았다. 이제 나는 내 하루의 모든 걸 이나희와 함께하고 싶은 지경에 이르렀다.

"누나, 우리 놀이공원 가자. 할아버지가 가도 된대."

감기 걸린다고, 날이 따듯해지면 가라고 했다. 보모가 함께 가는 조건으로 허락받았다. 이나희의 대답을 기다리는 1초도 내겐 길어서 재빨리 덧붙였다.

"할아버지가 누나도 가도 된대."

숙모랑 장씨 아줌마한테도 다 허락받았다고. 너만 허락하면 돼.

"현진아, 우리 찬희도 같이 데려가도 돼……?"

"응. 가자."

"알겠어. 그럼 엄마한테 물어볼게."

그렇게 말할 줄 알았다, 이 마마걸.

"아줌마도 가도 된댔어. 장씨 아줌마가 다 얘기해줬어."

"진짜? 우와, 놀이공원!"

이나희는 뛸 듯이 기뻐했다. 주방 아줌마는 나한테 잘해주지만, 어째서인지 자기 아이들이 나와 어울려 노는 걸 종종 가로막곤 했다. 하지만 장씨 아줌마를 앞세우면 모든 게 해결된다. 우리집의 대빵은 할아버지, 그리고 숙모와 장씨 아줌마였다. 아무도 그들의 말을 거스를 수 없었다.

나는 이나희와 놀이공원 갈 생각에 설레어서 한 달 넘게 잠을 설쳤다. 우리는 매일 놀이공원 이야기를 했다.

"누나, 거기 판다도 있대."

"진짜? 판다 곰?"

"응. 우리도 볼 수 있어."

"놀이공원 빨리 가고 싶다."

그애도 기대에 부풀어 있긴 마찬가지였다. 봄을 기다리는 우리의 앞에는 향기로운 튤립만 가득할 것 같았다.

그러나 복병은 따로 있었으니……

"난 안 갈래."

이찬희가 뚱한 얼굴로 나를 째려보았다. 설마. 조마조마해진 나는 입도 벙긋 못하고 눈을 굴렸다.

"누나만 가. 어차피 둘이서만 놀 거잖아."

"찬희야, 누나 너랑도 놀 거야. 가자, 응? 다 기다리고 계셔. 우리 놀이공원 가자, 얼른."

"싫어! 형은 나랑 안 논단 말이야! 형아는 누나만 좋아한단 말이야!"

이찬희가 엉엉 울어버렸다. 어깨까지 막 들썩이면서 어찌나 서럽게 우는지. 이나희가 아무리 달래줘도 소용없었다. 동생 때문에 어쩔 줄 모르는 그애가 안쓰럽고, 또 이나희를 곤란하게 하는 이찬희가 얄미워서 나는 점점 화가 끓어올랐다.

"나희 누나, 그냥 재 놓고 가자. 우리끼리 놀이동산 가서 놀자."

놓고 가자, 이렇게 말하면 대부분 애들은 고집을 꺾는다. 나도 그랬다. 장씨 아줌마가 백화점에서 "현진이 놓고 간다" 그러면 겁먹고 뛰어오곤 했다. 하지만 이나희는 달랐다. 엉엉 우는 이찬희를 꼭 끌어안고는 그러는 것이다.

"안 돼. 나는 찬희랑 있어야 해."

뭐? 왜, 아무짝에도 쓸모없는 네 동생을 누가 뺏어가기라도 할까봐?

"찬희야, 울지 마. 누나 놀이공원 안 가도 돼. 안 갈 거야."

지금 무슨 소리 하는 거야. 나랑 약속해놓고서. 너도 가고 싶다고 했잖아. 나는 황당한 나머지 덩그러니 서 있었다. 뒤에서 내 가방을 든 보모 둘이 우리를 응시했다. 기사 아저씨도 지하 차고에서 우리를 기다리고 있었다.

"뉴나, 우리 놀이터 가자."

눈물을 그렁그렁 매단 이찬희는 나를 흘겨보면서 동시에 이나희한테 속삭였다.

"우리 둘만 가서 놀자."

"알았어. 그만 울어, 이찬희. 이 바보야."

"뉴나, 나 잠바 입혀죠."

갑자기 아기가 된 이찬희가 제 누나의 옷자락을 잡고는 별관으로 이끌었다. 동생 손에 끌려가면서 이나희가 힐긋 돌아보며 내게 말했다.

"현진아, 가서 재밌게 놀다 와. 알았지?"

나더러 보모들이랑 기사 아저씨랑 놀이동산에 가서 재밌게 놀다 오라고 했다. 이게 뭐지? 버려진 느낌이 들었다. 정원 한가운데 혼자 멍하니 서서 닫힌 문을 바라보았다. 이씨 남매가 사라진 별관의 현관문을. 나만 버려진 게 믿기지 않았다. 아니, 믿고 싶지 않아서 나는 자리에 박힌 것처럼 꼼짝도 못했다.

얼마나 그러고 있었을까. 하염없이 굳어버린 내 뒤에서 보모가 이만 놀이공원으로 가자고 재촉했다.

"현진아, 이제 출발하자. 응?"

나는 그 손을 세차게 뿌리쳤다. 뒤늦게 정신이 번쩍 들어 곧장 달려가서 현관문을 두드렸다.

"누나, 나희 누나! 나, 나 진짜 간다?"

장난치지 말고 빨리 나와. 같이 가기로 했잖아!

"나 진짜 갈 거야. 나 혼자 놀이공원 가서 논다? 거기 판다도 있다니까! 누나도 판다 보고 싶다고 했잖아!"

아무리 소리쳐도 들려오는 대답은 없었다. 문은 다시 열리지 않았다.

어떻게 이럴 수가 있어? 나는 오늘만 기다리면서 살았는데. 설레서 잠도 못 잤는데! 네 동생이 안 간다고 너도 안 가? 이찬희 그까짓 게 대체 뭐라고! 열받아서 눈물이 다 나왔다.

"현진아, 우리 재밌게 놀자. 선생님이 추로스 사줄게."

"우리 사진도 많이 찍자, 응? 할아버지 보여드리면 좋아하실 거야."

굳게 닫힌 문 앞에서 지친 나는 터덜터덜 차에 올라탔다. 뒷좌석에 실려서 놀이공원으로 가는 내내 한마디도 하지 않았다. 옆에 앉은 보모들이 쉴새없이 말을 걸었지만 내 머릿속에는 온통 이나희뿐이었다. 아무것도 들리지 않았다.

놀이공원에 도착했을 때는 분노가 절정에 달했다. 이곳에는 하필 내 또래 애들이 많았다. 하나같이 제 부모 손을 잡고 온 애들이었다. 엄마, 아빠를 부르며 시끄럽게 웃는 모습을 보자 갑자기 속에서 불길이 치솟았다.

"만지지 말라고! 손잡지 말라고!"

"어머, 현진아!"

"싫다고! 하지 마! 나 만지지 마아아아!"

"현진아! 현진아!"

나는 엉엉 울었다. 화를 이기지 못하고 바닥을 막 굴렀다. 보모들은 나를 감당하지 못했다. 울다가 숨이 막혀 꺽꺽댈 지경에 이르자 기사 아저씨가 강제로 나를 차에 태웠다.

나는 차에서 쓰러져서 울었다. 더는 나올 눈물도 없는 것 같은데…… 가슴에 구멍이 난 것처럼, 어딘가 망가진 것처럼 계속 눈물이 흘러나왔다.

내가 아무리 이나희와 친해져도 그애한테는 늘 이찬희가 먼저였다. 이찬희를 절대로 이길 수 없었다. 이씨 남매는 가족이니까. 그애들은 하나니까.

나는 어느 누구와도 하나가 될 수 없다.

나는 혼자였다.

이씨 가족을 향한 나의 광적인 열망은 어디에서 시작됐는지 이제는 기원조차 알 수 없었다. 더는 혼자이기 싫다는 발악 비슷했다. 나도 그들의 안락한 울타리 안에 들어가고 싶었으니까.

내가 무슨 짓을 해도 이나희의 첫번째가 될 수 없단 걸 빨리 인정했다면 좋았을 텐데. 닫힌 문 앞에 처절하게 버려지고서도 나는 포기하지 못했다.

"야, 이찬희. 축구하자."

"형, 그 축구공 새로 산 거야?"

"어."

이나희의 첫번째가 될 수 없다면 차라리 이찬희와 친해지자. 그러면 나도 이씨 남매의 틈바구니에 들어갈 수 있지 않을까?

나는 가당찮은 희망을 품었다. 하지만 더 가까워지기에는 나도 이찬희도 감정의 골이 깊었다. 대놓고 말은 안 했지만 우리는 이나희라는 애정의 우물을 놓고 싸우는 경쟁자였다. 이찬희는 제 누나가 학교에 가 있는 동안 무료함을 달래려고 어쩔 수 없이 나와 어울릴 뿐이었다.

"저기 향나무 맞추면 골이다."

이제 이찬희는 내 말에 대답도 하지 않았다. 나도 전처럼 말이 곱게 나가지 않았다.

"야. 들었냐고."

"들었다고."

언젠가부터 그랬다. 이나희가 없을 때는 둘 다 말투가 까칠했다. 같이 공을 차고 놀면서도 내내 아슬아슬했다.

"아…… 씨!"

달려드는 이찬희를 피해 공을 차 향나무 기둥을 맞췄다. 굴러가는 공을 주워온 나는 승리감에 취해서 이찬희를 내려봤다.

"내가 한 골이다."

"빗맞았잖아!"

"빗맞아도 맞은 건 맞은 거지."

골대 건드리고 들어가면 골이 아닌가? 맞았으면 다 맞은 거지.

"나 안 해. 형이랑 안 놀아."

씩씩거리던 이찬희가 세차게 나를 노려보다가 휙 몸을 돌렸다. 쟤는 이나희가 하도 오냐오냐해서 버릇이 잘못 들었다. 뭔가 제 마음에 안 들면 꼭 저런 식이었다.

열받은 나는 공을 뻥 찼다. 그러자 이찬희가 제 앞에 떨어진 공을 다시 차기 시작했다. 비겁하게 경기를 재개한단 말도 없이 공을 끌고 향나무로 갔다.

나는 재빨리 달려들었다. 공을 뺏으려고 요리조리 발을 놀리던 그때였다. 지척에서 살기어린 눈으로 사람을 째려보던 이찬희가 갑자기 양손으로 나를 밀쳤다.

"아!"

축구에서 손을 쓰는 건 반칙이다. 무방비 상태였던 나는 그대로 넘어졌고, 하필 커다란 디딤석에 무릎을 긁히고 말았다.

"형! 형아……!"

설마 내가 다칠 거라곤 생각도 못했는지 이찬희는 눈이 휘둥그레졌다. 까진 내 무릎에서 빨간 피까지 나오자 당황해서 눈물이 그렁그렁 맺혔다.

"현진아!"

"어머!"

그때 저 멀리서 대화를 나누고 있던 보모 교사 둘이 달려왔다.

"그냥 공 차다가 넘어졌어요."

내가 그렇게 말했는데도 손놓고 있던 자신들이 욕먹을까 봐 걱정이었는지, 보모 교사는 정확히 이찬희에게로 화살을 돌렸다.

"둘이 싸웠니?"

"잘 지내다가 왜 싸우고 그래. 현진아, 많이 아프니?"

"장 여사님한테 말씀드리고 구급 키트 갖고 올게요."

"현진이 일어날 수 있겠어? 다리에 힘 들어가?"

두 사람이 하도 요란을 떠는 바람에 결국 할아버지의 귀까지 들어갔다.

"아이고, 아이고…… 강새이 무릎 어쩔꼬. 뼈 안 부러짓

나?"

"아버님, 애가 좀 넘어진 거 갖고 무슨."

"승필이 니는 박 교수한테 후딱 전화 넣어라. S대 병원 가 엑스레이 함 찍어보자. 얼마나 아플꼬. 쯧쯧."

나를 안고 있던 할아버지가 목에 핏대를 세우며 숙모에게 삿대질했다.

"어멈은 집구석에서 애 안 보고 뭐하노! 우리 장손 무릎이 저 지경인데!"

"애들이 뛰어놀다 보면 그럴 수도 있지요. 혈압도 높으신데 진정 좀 하세요. 자꾸 그렇게 큰소리치고 하시면……"

"니 자식 아니라고 막 하나, 지금!"

벌받는 자세로 고개를 푹 숙이고 있던 숙모가 옆의 장씨 아줌마를 툭 쳤다.

"사모님이 얼마나 세심하게 현진이 챙기는지 회장님도 아시잖아요. 피아노, 바이올린, 영어, 프랑스어, 방학마다 스키장 데리고 가시지, 키즈 승마클럽, 아이스 스케이팅, 주니어 골프 교실…… 승주 못지않게 신경쓰세요."

"신경을 쓰는데 저 모양이가!"

"아무래도 남자애 둘이 놀다보니까 과격해지나봐요. 원래 저 나이 때는 잠깐 눈을 뗀 사이에도 싸우고 그러니까……"

"아주 다 빙신이다, 빙신!"

왜 눈을 떼냐고, 그러라고 돈 주는 줄 아느냐며 보모 교사들한테도 호통을 쳤다. 결국 나는 할아버지의 성화에 못 이겨 대학병원까지 가서 엑스레이를 찍었다. 당연히 별 이상은 없었지만, 그날 나는 당장 반깁스를 해야 했다. 뛰어다니지 말라고.

"아이고…… 불쌍한 우리 장손…… 쯧쯧쯧."

집안에서 쩔뚝대는 날 볼 때마다 할아버지는 세상에서 가장 안쓰러운 눈을 했다. 그러나 그뿐이었고, 망할 그 깁스 때문에 나는 사람들과 멀어져만 갔다. 그나마 오래 버티던 보모 교사들은 전부 교체되었고, 나를 향한 숙모와 장씨 아줌마의 눈초리는 더더욱 싸늘해졌다. 이 실장 아줌마도 전처럼 나를 살갑게 대하지 않았다. 죄책감어린 눈으로 깁스만 힐끔대다가 굳게 입을 다물고는 돌아서길 일쑤였다. 더군다나 이 모든 일의 원인인 이찬희는 눈치가 보여서 그런지 아예 방에서 나오지 않았다. 전에는 별관의 좁은 주방 식탁에서 숙제도 하고 그랬는데 이젠 아예 자취를 감췄다. 제 동생이 방구석에만 있자 이나희도 덩달아 방안에 틀어박혔다.

나는 이씨 남매가 밖으로 나오기만을 기다렸다. 사람들이 오가는 별관 주방 식탁에서 하염없이 엎드려 있다가 방문이 열리는 '달칵' 소리에 번쩍 고개를 들면, 어쩌다 마주친 그 애들은 기뻐하는 날 보고도 불편한 기색을 감추지 못했다.

"지금 낮잠 잘 시간이라서……"

기가 잔뜩 죽은 이씨 남매가 움츠린 목소리로 속삭였다. 물 마시러 나왔다가 급작스레 나를 마주치면 겁먹은 소라게처럼 다시 방안으로 숨어버렸다. 저애들이 밖으로 나오기만을 내가 얼마나 기다렸는데.

"나 학교 숙제해야 해서……"

나는 특히 이나희의 표정 변화를 기민하게 알아챘다.

"피곤해서……"

초등학교 1학년이 대체 뭐가 그렇게 피곤하다고? 그애는 갖가지 변명을 댔지만 모를 수가 없었다. 묘하게 나와 거리를 둔다는 걸.

오랫동안 혼자였던 사람은 버려지기 직전의 냄새를 안다. 나는 이씨 가족이 나를 자신들의 울타리에서 밀어내려 한다는 걸 알아챘다. 어떻게든 그 안에 들어가려고 간신히 매달려 있던 나를 말이다. 억울해서 견딜 수가 없었다. 무릎이 다친 사람은 나였다. 거추장스러운 깁스 때문에 걷는 것도 힘들었다. 상처 입은 사람은 난데, 왜 내가 너희들한테서 떨어져나가야 해?

"누나, 내 방에서 오르골 조립하자. 미미 공주 미용실도 있어. 멜로디 인형도 샀어. 우리 그거 갖고 놀자. 내가 미미 할게."

"나 엄마 심부름 있어서……"

"나희 누나."

너는 왜 나를 버리려고 해? 사람을 밀어서 넘어뜨린 건 내가 아니야. 네 동생이라고. 나는, 다친 사람은 나란 말이야……

아무리 매달려도 소용없었다. 이나희는 계속 내 눈을 피했고, 이씨 가족의 방문은 또 닫혀버렸다. 허무함에 그 앞에서 눈도 깜빡이지 않고 서 있는데, 순간 끼이익 방문이 열렸다. 손가락 한마디만큼 벌어진 문틈으로 이나희가 동그란 눈을 깜빡였다.

"현진아, 무릎 많이 아파?"

아파. 너무 아파. 아파서 죽을 것 같다고. 나는 있는 힘껏 고개를 끄덕였다.

"뛰지 말고, 약 잘 발라. 그래야 빨리 나아. 알았지?"

그러면서 나한테 막대사탕 하나를 건네는 것이다. 색깔을 보니 저애가 좋아하는 포도맛이었다.

누가 이딴 사탕 먹고 싶댔어? 내가 바라는 건 사탕 같은 게 아니라고. 겨우 이깟 걸로 나한테서 널 뺏어갈 수 없단 말이야. 한없이 억울한 눈으로 물끄러미 사탕만 내려다보는데 문득 그런 생각이 들었다. 한빛초등학교에 들어가기 전에 반드시 깁스를 풀어야지. 절뚝거리면서 등하교를 같이할 순 없으니까.

그랬다. 나는 저애의 다독임 한번에 온갖 배신감과 반항심이 싹 사라져버렸다. 고작 사탕 하나. 그 성의 없는 위로에 곧장 넘어가버린 것이다. 이나희 앞의 나는 한없이 착한 아이였으므로.

얼어붙은 내 안의 분노가 이미 다 녹아버린 줄도 모르고, 그애가 귓속말을 했다.

"우리 찬희가 엄마한테 엄청 많이 혼나서…… 내가 같이 있어 줘야 해."

그애가 "현진아, 미안……" 하고 속삭이는데, 목소리에 정말로 미안해하는 감정이 묻어났다. 그게 너무 다정했다. 다친 내 마음을 알아주고 어루만져주는 사람은 세상에 오직 이나희뿐이다.

"우리 나중에 같이 놀자. 알았지?"

"……응."

살살 날 달래는 그애의 목소리에 날카롭게 곤두섰던 가시가 흔적도 없이 저 밑으로 숨어버렸다. 동시에 속에서 뜨거운 뭔가가 목까지 솟구치듯 올라왔다.

나도 네가 필요해. 그렇게 착하고 예쁜 눈으로 내게서 멀어지려고 하면 나는 어떡하라고. 너는 왜 미운 순간조차도 귀엽고, 사랑스럽고, 심지어 다정하기까지 해서 널 포기하지도 못하게 하는 거야.

사람은 인식하지 못한 것을 원할 순 없다. 내게는 할아버지가 있고, 할머니가 있고, 숙모가 있고, 작은아버지가 있다. 그 외에도 이름을 헷갈릴 정도로 많은 사촌이 있다. 하지만 내게는 엄마와 친형제가 없다. 왜? 어째서 나한테는 그런 가족이 없을까.

의문 한번 가져본 적 없던 이 사실이 뒤늦게 이상하게 느껴졌다. 이씨 가족이 강제로 내게서 멀어진 뒤부터였다. 나는 그들이 내게 깨우친 것들을 점차 원하게 되었다. 그것은 나도 모르는 사이 내 안에서 일어난 거스를 수 없는 파도였다.

없어도 좀처럼 빈자리를 모르고 살았던 내 친엄마가 눈앞의 신기루처럼 아른거리기 시작했다.

제4장
작은 장미와 망고 슬러시

바야흐로 입춘. 새싹의 계절이었다. 계절이 바뀌어도 나는 이나희에 관해선 포기를 몰랐다. 그애의 얼굴이라도 보려고 뻔질나게 별관을 들락거리던 어느 날이었다.

늦은 저녁, 말소리가 들려왔다. 몇 명이 거실에서 TV를 보고 있었다. 별관은 일하는 사람들이 지내는 곳이라 나는 이씨 가족이 사는 주방 외에는 일절 관심이 없었다. 그런데 그날따라 어째서인지 예능 방송인의 요란한 목소리가 내 발목을 잡았다.

—재벌가에 시집간 미녀 배우 특집! 대망의 1위입니다.

평소 같으면 그냥 지나쳤을 텐데, 장씨 아줌마가 소파에 앉아 있어서 나는 조용히 뒤로 다가갔다.

—이수지, 최미희, 장희정! 한때는 한국의 미녀 삼총사라고 불렸죠? 그 시절 남학생들의 책받침 주인공인데요.

—그야말로 여배우들의 춘추전국 시대였죠. 미녀 트로이카를 모르는 사람이 없었는데요. 그중에서도 특히……

TV에는 옛날 배우들의 자료 화면이 나오고 있었다. 그중에 어떤 여자의 이십대 시절 모습이 화면을 가득 메웠다. '대한민국 최고의 미녀 배우 장희정'이라는 커다란 자막이 밑에 박혔다.

—상대는 재계 1위 대기업의 오너 일가였습니다. 당시 일곱 살이라는 나이 차이에도 두 사람은 당당히 결혼을 발표합니다! 장희정씨는 발표와 동시에 연예계 은퇴를 선언하고요. 아, 이때 눈물을 흘리던 남학생들이 한둘이 아니었다고 합니다.

장씨 아줌마가 들고 있던 오징어 다리로 TV를 가리켰다.

"둘이 몇 년 살았잖아. 딴따라 년이랑 결혼할 거면 회사에서 나가라고 회장님이랑 아주 사생결단을 했다니까."

"결혼 안 하고 동거만요? 혹시 둘이 스폰 관계였어요?"

오징어를 씹던 장씨 아줌마가 코웃음을 치며 대답했다.

"모르는 사람도 있나. 임신해서 겨우 들어앉은 거지."

"대단한 여자네."

"얼마나 독한 년인지 몰라. 애 지우라고 회장님이 온갖 협박을 했는데도 눈 하나 깜빡 안 했어."

"예쁘긴 진짜 예뻐요. 특히 눈이…… 이렇게 말하면 그런데요, 완전 판박이예요."

"나도 가끔 놀란다니까."

—하지만 미인박명이라는 말이 사실이었을까요? 대기업 사모님으로 행복한 앞날을 그리던 장희정씨는 불운의 사고로 남편과 함께 세상을 떠나는데요. 아들을 출산한 지 불과 반년 만의 일이라 전 국민이 충격에 빠집니다.

나는 숨 쉬는 것도 잊고 TV를 응시했다. 장희정이라는 배우를, 생전 처음 보는 그녀의 얼굴을 어떻게든 내 망막에 새겨넣으려고 눈도 한번 깜빡이지 않았다. 누군가의 말대로, 정말 예뻤다.

"이거 채널 몇 번이야. 종편이지?"

"맞아요, 종편."

"하여튼 시청률 올리려고 순 싸구려 오락 예능만 만드네."

"사모님 친정이잖아요. 자산 일보."

"어우, 됐어."

더 말하지도 말자는 듯 장씨 아줌마가 손사래를 쳤다.

"KBN 틀어봐. 드라마나 보게."

"드라마 다 끝났을걸요? 지금 시간이 몇 신데."

결국 장씨 아줌마가 길게 혀를 차고는 자리에서 일어섰다. 돌아서다 뒤에 우뚝 선 나를 발견하고는 비명을 지르며 넘어졌다.

"아유, 나 간 떨어져! 현진아! 어떻게 소리도 없이……! TV 꺼요, 빨리!"

사람들에게 소리치랴, 나를 살피랴 저렇게 당황한 모습은 처음 본다.

"언제, 언제부터 와 있었어? 응? 현진이 온 거 아무도 못 봤어?"

"저흰 몰랐죠. 같이 TV 보고 있었잖아요……"

"이 실장님네 애들 때문에 자주 들락거리더라고요."

TV 앞에 모여 있던 사람들이 하나둘 어색하게 흩어졌다. 나는 여전히 심장에 손을 얹고 있는 장씨 아줌마에게 물었다.

"아줌마, 저 사람이 우리 엄마예요?"

"현진아, 회장님한테 엄마 얘기 꺼내지 마. 회장님이 역정내셔, 응? 할아버지가 싫어하셔.”

달려가는 내 옆으로 장씨 아줌마가 바짝 따라붙었다.

“아줌마가 다 설명해줄게. 엄마 사진이랑 다 보여줄게, 현진아. 응?”

나는 장씨 아줌마의 손을 뿌리쳤다. 할아버지가 듣기 싫어 한단 경고도 귀담아듣지 않았다. 서재의 문을 쾅쾅 두드리고 “들어오라”는 말이 끝나기 무섭게 벌컥 들어갔다. 신문을 보고 있던 할아버지가 안경 낀 눈으로 비스듬히 날 올려봤다.

“우리 장손 아직 안 잤나.”

“할아버지. 저는 왜 가족이 없어요?”

“음?”

“엄마, 아빠, 누나 그런 거요. 저는 왜 아무도 없어요? 할아버지, 우리 엄마랑 아빠는 어디에 있어요?”

쏟아진 질문에 할아버지가 내 뒤의 장씨 아줌마를 바라보았다.

“이거 와 이라노?”

“그러게요, 생전 안 그러던 현진이가 왜 갑자기 엄마 타령이지……”

자식이 제 엄마를 찾는 게 뭐가 이상하지? 오히려 여태 한번도 부모님의 행방을 묻지 않은 게 더 이상한 일 아닌가?

"TV에서 봤어요. 아줌마가, 장씨 아줌마가 재벌가에 시집 간 여배우가 우리 엄마라고 했어요. 장희정이요."

속이 타서 두서없이 말이 쏟아졌다. 안경을 벗는 할아버지의 손길이 거칠었다. 당황한 장씨 아줌마가 발을 동동 굴렀다.

"현진이가 요즘 이 실장네 애들이랑 어울리다보니까 이런 저런 얘기를 듣나봐요. 그냥 하는 소리를……"

"엄마 보여주세요, 네? 우리 엄마 어디 있어요?"

"떼쓰지 말고 가서 자라, 현진아."

"엄마 주세요! 우리 엄마 보여줘!"

"권현진!"

목소리가 높아지자 집에서 상주하는 경호원이 들어왔다. 할아버지의 손짓 한번에, 주저앉아 엉엉 울고 있는 나를 서재 밖으로 끌고 나갔다.

"나는 왜 가족 없어? 나는 왜 엄마 없냐고!"

"어멈 어디 갔노!"

서재에선 벼락같은 불호령이 떨어졌다. 할아버지가 장씨 아줌마와 숙모를 세워놓고 혼내는 소리였다.

"집구석 자알 돌아간다."

권은서가 현관에 기대어 울고 있는 나를 비웃었다. 나는 보모 교사의 손을 뿌리치고 권은서에게 가서 매달렸다.

"누나, 누나는 우리 엄마 알아? 우리 엄마 본 적 있어? 우리 엄마 어디에 있어?"

"완전 정신 나갔네. 존나 웃겨."

키득거리던 권은서가 검지로 내 이마를 꾹 밀었다.

"야, 너 헛소리하지 말고 얌전히 찌그러져 있어. 우리집에서 내쫓기기 싫으면."

그 순간 내 안에 정체 모를 검은 불길이 타올랐다. 우리집? 여기가 네 집이라고? 그럼 나는, 난 여기서도 남이란 거야? 권은서를 노려보던 나는 충동적으로 눈앞에 휘적거리는 팔뚝을 물어버렸다.

"아악! 개새끼야, 이거 안 놔? 엄마! 아빠! 엄마아아!"

권은서는 나를 떼어내려고 발길질도 서슴지 않았다. 하지만 나는 할아버지의 사냥개보다 더한 집착으로 권은서의 팔뚝을 물고 놓지 않았다.

"현진아! 현진아! 그럼 안 돼!"

보모 교사와 경호원, 숙모와 작은아버지까지 달려와서야 소동은 일단락되었다.

"아빠, 저 새끼 완전 또라이야! 지 엄마 어딨냐고 나한테 생지랄을 하다가 갑자기……!"

"쉿. 은서야, 쉿."

"아빠!"

권은서는 팔뚝에 잇자국을 달고 작은아버지에게 안겨서 징징거렸다. 그 모습도 마치 나를 약 올리는 것만 같았다.

'너는 부모 없지? 너는 가족도 뭣도 없잖아. 여긴 우리집이고, 너는 혼자야. 네 편은 아무도 없어.'

그런 목소리가 들리는 것만 같았다. 분노가 가시지 않자 나는 손에 잡히는 물건을 마구잡이로 권은서에게 던졌다.

"권현진! 그만 못하나!"

결국 나는 할아버지와 작은아버지에게 된통 혼나고 울면서 잠들었다. 밤새도록 훌쩍이면서 이를 갈고 되뇌었다.

가족이 없으면, 내가 만들면 되지.

가족 따위.

나도 만들면 그만이지……

다음날 나는 새벽부터 일어나 별관 현관 앞에 앉아 이나희를 기다렸다. 봄방학 전까지 일주일간 등교하는 그애를 붙잡기 위해서였다.

"현진아, 너 왜 밖에 있어?"

이나희는 웅크리고 있는 날 보고 깜짝 놀라며 물었다. 나는 벌떡 일어나서 밤새 고민했던 그 말을 꺼냈다.

"나희 누나, 나랑 결혼하자."

"뭐?"

"나랑 결혼하자."

놀란 듯 치켜올라갔던 눈썹이 금세 내려갔다. '너도 별수 없는 남자애구나' 하는 시답잖은 표정이었다.

"지금 아침밥 시간 아니야? 얼른 가서 밥 먹어. 오늘 맛있는 거야. 빨간 소고기뭇국 끓인대, 우리 엄마가."

익숙하게 말을 돌리는 게 남자애들한테 결혼하자는 말을 꽤 들어본 듯한 반응이다. 하긴, 누군들 이나희한테 청혼하고 싶지 않겠는가. 정신머리가 제대로 박힌, 눈이 있고 귀가 있는 초등학생 남자애라면 말이다.

"난 학교 가야 해."

새침하게 고개를 돌린 이나희가 가방을 추켜 메고 대문으로 향했다. 나는 포기하지 않고 대문을 나서는 그애 앞을 가로막았다. 그리고 야심 차게 준비해온 물건을 내밀었다.

"누나, 우리 결혼할래?"

내가 가진 가장 비싼 물건, 120돈짜리 금두꺼비를 내려다보며 이나희가 코웃음을 쳤다.

"아니. 안 할래."

단번에 내 청혼을 거절한 그애는 곧장 대문을 나섰다.

순간 소나무 뒤에 숨어 있던 권은서와 눈이 마주쳤다. 내가 청혼하는 장면을 다 보고 있던 모양이다. 나는 수치심에 얼굴이 빨개졌다.

"엄마! 엄마! 권현진 미쳤나봐!"

신나서 숙모에게 달려가는 권은서를 차마 막지 못했다. 청혼은 거절당하고 그걸 들키기까지 했으니, 정신적 타격이 커도 너무 컸다. 나는 농담으로 던진 말이 아닌데. 고민하다 어렵게, 아주 어렵게 꺼낸 말인데……

됐어. 결혼하기 싫으면 말아. 나 싫다는 사람은 나도 싫어. 하지만 나랑 등하교를 같이하다보면 이나희도 언젠가 마음이 바뀌지 않을까?

더럽고 치사한 이나희. 나도 너랑 결혼 안 해. 너랑 닮은 여자랑 결혼해서 이나희라고 부르면서 살 거야. 그럼 되지. 만약에 내가 착하게 굴고, 이나희가 좋아하는 간식도 계속 사다 바치고 그러면……? 그땐 날 받아주지 않을까?

나는 날 차버린 그애를 미워하다가도 그게 잘되지 않아 다시 청혼할 계획을 세우기를 반복했다. 익숙지 않은 거절에 부들부들 떨면서도 끝내 그애를 포기하지 못했다.

이나희한테 뻥 차인 내 마음은 지옥 같은데, 아무 일 없는 듯 평소와 같은 이 실장을 보니 서러움이 파도처럼 밀려왔다. 나는 조용한 아침 식탁에서 내 가족들은 다 어디에 있느냐고, 당신들이 뺏어간 내 엄마 내놓으라며 울었다.

할아버지는 생전 처음으로 식사를 다 끝내지 않고 자리에서 일어섰다. 장씨 아줌마와 숙모를 서재로 불러서 뭐라고 훈계했다. 그런데 어째서인지, 그 여파는 이상한 곳으로 옮겨갔다.

"이 실장, 잠깐 얘기 좀 해."

숙모와 장씨 아줌마가 이나희의 엄마를 앞에 세워두고 한참 뭔가를 이야기했다. 대충 보기에도 일방적인 대화였다.

"있지, 나는 안 그래도 사는 게 골이 아픈 사람이야. 근데 내가 이런 것까지 신경써야겠어? 자기도 알잖아. 우리끼리 말이지만 아버님이 좀 유난이어야지. 특히 현진이 관련된 일에는…… 아휴."

"네, 그동안 사모님이 편의 봐주신 거 알죠, 그럼요……"

고개를 끄덕이면서 듣기만 하던 이 실장 아줌마는 중간중간 앞치마로 눈물을 훔쳤다.

"쫓아내는 것 같아서 나도 마음이 좋지 않네. 맡길 데는 있어?"

"네, 그럼요. 서울에 아는 동생이 살아요. 찬희는 나희 같지 않아서요, 아직도 아기라서 혼자 있는 게 저도 걱정됐어요. 전에도 그 집에 맡긴 적 있으니까…… 찬희한테도 그게 낫지요, 뭐……"

다 큰 이찬희를 아기 취급하는 건 이씨 가족의 대물림이었다. 나와 권은서가 할아버지 말투를 따라 하듯, 이나희도 제 엄마가 하는 걸 보고 고스란히 따라 한 것이다.

일이 어떻게 돌아가는지 분위기가 이상했다. 사고는 내가 쳤는데 숙모도, 장씨 아줌마도 나한테는 아무 말 없었다. 그런데도 불안감이 밀려왔다.

한빛초등학교 입학이 몇 주 남지 않았다는 걸 알지만, 이대로 이나희가 내게서 멀어질까 초조했다. 나한테는 정말 그 애밖에 없는데……

피아노 레슨을 하는 둥 마는 둥 하고 곧장 별관으로 향했다. 하교한 이나희가 집에 돌아오고도 남을 시간이었다. 현관으로 급히 들어서는데 열린 문밖에서부터 묘한 소리가 들렸다. 애써 삼키는 듯한 울음소리였다.

들어가보니 이씨 가족 셋이 차려놓은 밥을 먹다 말고는 부둥켜안고서 다 같이 울고 있었다.

이나희가 왜 울지?

아줌마는 또 왜 울지?

눈 아프도록 쨍한 주방 형광등 아래서 간신히 소리를 죽이고 울고 있는 세 사람. 그걸 보는 내 마음이 이상했다.

셋이면서도 하나인 저들 가족은 기쁨도 나누고, 슬픔도 나눠 갖는다. 슬픈데 부럽고, 부러우면서도 슬펐다. 제 엄마 무릎 위에서 울다 웃으며 김에 싼 밥을 받아먹는 저 애들 옆에 나도 업둥이처럼 끼어 앉고 싶었다. 나도 이씨 가족과 하나가 되고 싶었다. 유약하지만 강한 저들의 울타리에 나도 숨어 들어가고 싶었다.

갑자기 배가 고팠다. 허기가 져서 참을 수 없었다. 며칠째 입맛이 없어 고기며 생선이며 통 먹질 않았는데, 아줌마 손에 들린 밥을 보니 배가 고파졌다. 허겁지겁 이씨 가족에게 다가가는 나를 보고 이나희가 제 엄마 무릎에서 내려왔다.

어째서인지 나를 보는 시선이 곱지 않았다. 아침에 내 청혼을 거절하며 보였던 장난기는 오간 데 없었다.

"권현진."

제 가족과 나 사이에 선을 긋듯이, 그애가 내 앞을 가로막으며 말했다.

"여긴 일하는 사람들이 있는 데야. 너는 A동 가서 밥 먹어."

"왜?"

"왜냐면 너는 우리랑 다르니까."

처음 보는 눈이었다. 놀라고 당황한 나는 이나희에게 한마디도 할 수 없었다. 뜨거운 숨을 삼키느라 소리도 못 냈다. 그애의 날 선 시선에 스민 적대감과 노기가 창살처럼 내 심장에 꽂혔다.

"넌 우리랑 달라, 권현진."

한겨울에 얼어죽은 할아버지의 화초처럼 내 안에 피어난 장미가 하나둘씩 말라가기 시작했다.

이후로 이상하게 별관이 조용했다. 어디에서도 자그만 말소리가 들리지 않았다. 이씨 남매가 통째로 없어진 것만 같았다.

며칠 뒤, 나는 조용히 신문을 들여다놓는 이나희를 겨우 발견했다. 다행히 그애는 여전한데, 가만 보니 이찬희의 흔적이 지우개로 지운 것처럼 싹 사라졌다.

아침식사가 끝나고 나서 나는 식탁을 치우는 이 실장 아줌마에게 물었다.

"아줌마, 이찬희는요? 이찬희 어디 갔어요?"

"찬희는 이모네 집에 갔어. 유치원도 가야 하고, 이제 학교도 다녀야 하니까…… 아줌마가 챙겨줄 수가 없어서 아줌마 동생 집에서 지내기로 했어."

아, 이찬희가 우리집에서 나갔구나. 애써 웃으면서 대답하는 아줌마의 안색이 어두웠다. 나도 막상 이찬희가 떠났단 얘길 듣자 가슴 한구석이 뚝 떨어져나간 것처럼 허전했다. 마지막에 미워하긴 했지만, 그간 어울려 놀던 정이 있잖은가.

나조차 이런데, 그애는 오죽할까. 겨우 발견한 이나희는 어깨가 축 처져선 매가리가 하나도 없었다. 안 그래도 조그만 몸이 이제는 땅으로 꺼져 사라질 것처럼 움츠러들어 있었다. 그 모습이 어찌나 안쓰러운지, 할 수만 있다면 이찬희를 다시 데려오고 싶었다.

"누나."

날 돌아보는 이나희의 얼굴에 슬픔이 가득했다. 물기어린 눈동자를 마주친 순간, 좋은 생각이 났다.

잊고 있었던 번호로 전화를 걸자 이찬희의 조심스러운 목소리가 들려왔다.

—여보세요……?

"찬희야!"

—누나!

"찬희야, 지금 뭐하고 있어? 밥, 밥은 먹었어?"

이나희는 눈물, 콧물을 질질 흘리면서 핸드폰 너머의 제 동생을 챙겼다.

—나 밥 먹고, 지금 이모네 집에서 놀고 있어.

"찬희야, 이모가 잘해줘?"

—응! 이모랑 이모부가 어제 삼겹살 구워줬어. 수진이 누나랑 수희 누나랑 수민이 누나도 엄청 잘해줘!

"유치원은 다니고 있어? 내년부터 초등학교 가야 한다고 이모한테 얘기했어?"

—응! 이모가 가방도 사줬어. 오늘은 갈비 구워준대.

이찬희는 어제 이모네 집으로 갔다고 했다. 이씨 남매는 고작 하루 떨어져 지냈으면서 평생 따로 산 사람들처럼 근황을 물었다. 아주 이산가족 상봉이 따로 없었다.

간신히 전화를 끊고 나서도 이나희는 말아 쥔 손으로 연신 눈물을 훔쳤다. 괜히 통화를 시켜줬나 후회스러웠다. 우는 모습을 보고 싶어서 전화번호를 알려준 게 아닌데. 이찬희가 제 입으로 잘만 지낸다는데, 저애는 왜 저렇게 눈물바람인지……

우는 이나희 때문에 심장이 얇은 칼로 저며지는 것만 같다. 달래주는 법을 모르는 나는 속만 탔다. 어느새 서운했던 마음은 싹 사라져버렸고, 똥 마려운 강아지처럼 이나희 옆에서 안절부절못했다. 티슈를 갖다주고, 물을 갖다주고. 이제는 그쳤나 하고 고개를 숙여서 봤더니 이나희의 젖은 속눈썹이 파르르 떨렸다.

"전에도 찬희만, 따로, 떨어져 지내서…… 괜찮은 척하는데…… 안 괜찮은 것 같아."

이나희는 끅끅거리면서 내가 갖다준 물을 조금씩 마셨다.

"나만 엄마랑 있으니까, 미안해서……"

이찬희랑 떨어지게 된 게 네 책임이야? 네가 엄마도 아닌데 왜 동생한테 죄책감까지 갖는 거야. 나는 도저히 이해할 수가 없었다. 쓸데없이 끈끈한 이씨 가족의 유대감이 답답하면서도 부러웠다. 저들은 같이 있을 때도 한몸이고 떨어져 있을 때도 한몸이었다. 울타리 밖에서 맞닥뜨리는 어떤 고난도 저들은 하나로 똘똘 뭉쳐서 다 이겨낼 수 있을 것만 같았다.

"근데 우리 찬희가 왜 네 핸드폰을 갖고 있어?"

"내가 줬어."

"왜?"

내게 되묻는 목소리가 짐짓 날카로웠다. 나는 당황해서 말문이 막혔다.

왜? 네 동생한테 왜 핸드폰을 줬냐고? 이찬희가 좋아하니까 줬지 왜 줬겠어.

"그거 비싼 거잖아, 핸드폰."

그런가? 내 방에 굴러다니던 핸드폰이라 딱히 얼마짜리인지 가격을 생각해본 적 없었다. 사실 핸드폰뿐 아니라 모든 물건이 나에겐 그랬다. 나는 가격을 생각하면서 물건을 다루지 않으니까.

"그냥…… 줬는데."

"엄마한테 말해야겠다."

내가 또 뭔가 잘못한 걸까. 사색이 된 이나희가 벌떡 일어나서 제 엄마를 찾아갔다. 하여튼 마마걸……

그날 나는 내 방의 금두꺼비가 사람이 되는 꿈을 꿨다. 잃어버린 내 누나라고 했다. 나는 바보처럼 드디어 가족이 생겼다고 기뻐했다. 하지만 금두꺼비는 다시 두꺼비로 변해서 날 먹어치우려고 아가리를 크게 벌리고 쫓아왔다.

꿈이 너무 생생해서 나는 울며 잠에서 깼다. 할아버지는 그 악몽 이야기를 듣고도 내가 두꺼비 꿈을 꿨다고 부쩍 좋아했다. 전자의 신제품이 대박날 징조라나. 이 집에 내 편은 아무도 없다는 사실만 확인받고, 나는 다시 울적해졌다.

레슨이 끝나기 무섭게 나는 이나희가 있는 별관으로 갔다. 등뒤에는 그애한테 줄 선물을 감추고 있었다.

"현진이 오늘 피아노 레슨 받았다며?"

"네."

지나가던 장씨 아줌마가 내게 아는 척을 했다. 요즘 나는 걸핏하면 레슨을 빼먹기 일쑤였다. 하지만 오늘은 레슨을 받는 대가로 보모 교사한테 얻어낸 게 있었다.

"뒤에 그건 뭐야? 붕어빵이야? 냄새가 그런데."

"나희 누나 주려고요."

냉큼 대답하고 주방으로 달렸다. 혹시 하나만 달라고 할까 봐 불안해서 뒤도 돌아보지 않았다. 겨우 여섯 개뿐인 붕어빵을 장씨 아줌마한테 줄 순 없지 않은가? 전부 이나희 건데.

마침 그애는 식탁에 앉아서 뭔가를 하고 있었다. 등뒤에 붕어빵을 숨긴 나는 괜히 부끄러워서 슬그머니 옆으로 다가

갔다.

"누나, 뭐해?"

"콩나물 머리 떼기."

"이게 콩나물이야?"

"응."

"콩나물한테도 머리가 있었구나. 신기하다……"

나는 늘 줄기만 봤기 때문에 몰랐다. 내가 신기해하거나 말거나 이나희는 옆에 서 있는 나를 쳐다도 안 봤다. 그저 줄기에서 머리를 똑 떼어내는 데만 열중했다.

"회장님이 싫어하신대. 콩나물 머리."

그래서 여태 목이 날아간 콩나물의 몸통만 식탁에 올라온 것이었다.

"엄마가 이런 거 하지 말라고 했는데, 그냥…… 찬희도 없고…… 심심해서."

또 이찬희 얘기였다. 저 예쁜 눈에 언제 눈물이 맺힐지 모른다. 두려워진 나는 잽싸게 붕어빵을 내밀었다. 종이봉투 바스락거리는 소리에 그제야 이나희의 시선이 날 향했다.

"누나, 이거 먹어."

"그게 뭐야?"

"붕어빵. 누나 이거 좋아하잖아. 아직 따뜻하니까 지금 먹어."

나는 세상에서 제일 착하고 무해한 여덟 살처럼 굴었다. 하지만 한번 닫힌 이나희의 마음은 좀처럼 열릴 줄 몰랐다. 관심 없다는 듯 고개를 돌린 그애가 머리를 똑 떼어내며 말했다.

"안 먹을래."

"왜?"

"그냥. 먹기 싫어."

뭐, 이나희가 붕어빵이 먹기 싫다고? 개가 똥을 끊지. 믿을 수가 없었다. 빤히 보이는 속내에 머리가 차갑게 식었다.

"아, 맞다."

갑자기 뭔가 생각난 듯 방에 들어갔다 온 이나희가 내게 핸드폰을 내밀었다.

"네 거 맞지?"

이찬희에게 줬던 거다. 제 엄마를 통해서 기어코 받아온 모양이었다.

"응. 내가 찬희한테 준 거야, 누나."

최대한 착하게 말했지만 이번에도 소용없었다. 날 보는 이나희의 눈에는 이미 막강한 경계가 서려 있었다. 우린 달라. 그러니까 더는 다가오려고 하지 마. 그런 무언의 경고였다.

"우리 찬희는 핸드폰 없어도 돼. 이모네 집에도 전화 있어. 이모랑 이모부도 핸드폰 다 있고."

"그냥 찬희 갖고 놀라고 줘. 내가 준 거니까 그래도 되는데……"

"됐어. 네 거잖아."

나를 냉담하게 잘라내는 폼이 제 엄마에게 무슨 지령이라도 받고 온 모양이었다. 더는 파고들 틈이 없었다.

겨우 핸드폰 하나 가지고 왜 난리야. 나는 그냥 이찬희가 재밌게 갖고 노는 게 신나 보여서 준 거라고……!

"……누나, 붕어빵 먹어. 이거 팥 들어간 붕어야. 누나 좋아한다고 했잖아."

"싫어. 안 먹어."

"왜? 왜 안 먹는데."

"그냥 안 먹고 싶어, 지금은."

"그럼 나중에 먹을래? 여기 둘게."

"아냐. 됐어. 가져가서 너 먹어, 현진아."

억울해서 심장이 쏟아질 것 같았다. 대체 내가 뭘 잘못했는데. 뭘 그렇게 잘못했다고. 왜 나랑 눈도 마주치지 않는 건데…… 차라리 내가 줘서 먹기 싫다고 해. 솔직하게 말하라고.

'내 동생은 너 때문에 떠나게 된 거야. 너랑 친하게 지내서. 잘난 네 할아버지가 우리 찬희를 내쫓았잖아.'

네 동생이 떠났다고 날 탓하는 거지? 그래서 나랑 얽히기도 싫은 거잖아, 너도 내쫓길까봐. 비겁한 이나희. 나는 이제 겨우 깁스를 풀었는데……

화가 나서 붕어빵 봉투를 식탁에 집어던졌다. 가엾은 붕어 몇 마리가 종이봉투에서 튀어나왔다.

"먹든지 말든지 마음대로 해!"

화들짝 놀란 이나희가 휘둥그레진 눈으로 날 돌아봤다.

"현진아……?"

과격한 내 행동에 몹시 놀란 얼굴이었다. 나는 그 시선을 오래 받아내지 못하고 황급히 주방에서 도망쳤다. 뺨을 타고 흐르는 내 뜨거운 자존심을 누가 볼까 벅벅 닦아냈다.

❀

며칠간 나는 죄지은 사람처럼 그애를 피해 다녔다.

후회스러웠다. 이나희한테 그따위 모습을 보인 게. 걔는 나한테 잘못한 게 하나도 없다. 오히려 집에서 겉도는 나를 챙겨주고, 여태껏 잘해주기만 했다. 나도 그걸 알기에 이나희에게 패악을 부리면 안 된다고 생각했다.

눈에 넣어도 안 아픈 제 친동생이 떠났으니 슬퍼서 입맛이 없었을 텐데. 그런데 왜 나는 그애한테 붕어빵을 던졌을까. 왜 이나희를 실망시켰을까. 왜 그런 짓을 했을까……

날 돌아보던 그애의 놀란 얼굴은 며칠이 지나도 잊히지 않았다. 악몽처럼 끊임없이 머릿속에서 재생되었다.

하지만 수치심도 그애를 보고 싶은 마음은 차마 이기지 못했다. 한빛초등학교 개학일이 다가오자 양심도 없이 가슴이 두근거리기 시작했다.

나에게는 대망의 입학일이었다. 내가 다 망쳐버린 관계를 개선할 수 있을지도 모른다는 희망에 부풀었다. 장씨 아줌마에게 말해서 이나희와 함께 학교 버스를 타고 등교할 생각이었다.

그애는 어른인 척하길 좋아하니 밉든 곱든 나를 챙겨주려 할 것이다. 그러면 나는 다시 이나희만의 순한 어린양이 되어 찰싹 붙어 따라다녀야지. 우리는 그렇게 점점 친해지다가 결국엔 친구로 돌아가고, 언젠가는 결혼하게 될 것이다. 상상만으로도 흐뭇했다.

그러나 완벽한 내 계획에는 또다시 오점이 생겼다.

"그게 뭐예요?"

"뭐긴, 조흥초등학교 교복이지."

장씨 아줌마가 생글생글 웃으며 위아래로 샛노란 옷을 들어 보였다. 으, 저 모자 정말 싫어. 병아리를 연상시키는 유치한 색깔에 저절로 몸서리가 쳐졌다.

"현진아, 한번 입어보자. 사이즈 맞나보게."

"싫어요! 가까이 오지 마세요!"

저게 대체 초등학생 옷인지 유치원생 옷인지…… 승주 형이 입고 다닐 땐 저렇지 않았던 것 같은데 내 건 어째 저 모양인지 모르겠다.

"얼른 입어봐. 한 치수 크게 샀는데 맞을까 모르겠네."

"저 그거 안 입을 거예요."

"응?"

"조흥초 안 가요. 한빛초등학교 다닐 거예요."

나는 진지하게 말했는데, 아줌마는 농담인 줄 아는지 그저 픽 웃었다.

"아유, 현진아. 승주, 은서, 서윤이, 진영이 다 조홍초 다녔잖아."

아줌마가 내 사촌과 외사촌을 열거했다. 다들 60년 역사를 자랑하는 이 명문 조홍초를 다녔다고. 나도 안다. 작은아버지도 조홍초등학교를 졸업했으니까.

"근데 왜 너만 안 다녀."

아버지 때부터 내려온 우리 집안의 관행을 어길 순 없다는 것이다. 하지만 내 마음은 이미 한빛초등학교 운동장에 있었다. 이나희가 사뿐사뿐 뛰어노는 그곳에. 나는 경찰, 그애는 내 마음을 훔친 도둑이 되어 우리는 같은 곳을 보며 함께 달리고 있었다.

"교복 입어보자, 응?"

"싫어요! 싫어!"

"쉿. 회장님 또 역정내셔."

"안 가요! 나 조홍초 안 다닐 거야!"

"현진아, 조홍초는 한국에서 제일 좋은 초등학교야. 사립이라서 아무나 다닐 수 있는 데가 아니야. 다니고 싶어하는 애들이 얼마나 많은데 왜 거길 안 가?"

아줌마가 어떻게든 내 마음을 돌리려고 팔을 붙잡고 소곤거렸다.

"현진이 스키 좋아하지? 거기 다니면 친구들이랑 같이 스키 타러 갈 수 있어. 말도 타고, 피겨스케이팅 대회도 하고."

"싫어어어!"

깁스를 빨리 풀려고 내가 얼마나 얌전하게 굴었는데. 이나희와 등하교를 할 생각에 하루하루 잠을 못 이루던 나였다. 그런데 조흥초에 다니라고? 이 유치원생 같은 병아리 옷을 입고? 이건 날벼락이나 다름없었다.

"안 가! 안 갈 거야!"

나는 엎어져서 악을 썼다. 나를 한빛초등학교에 보내달라고 집이 떠나가게 울었다. 아줌마는 이마를 싸맸다.

"아휴…… 갈수록 애가 왜 이래, 정말."

이번만큼은 절대 물러서지 않으려던 내 시위는 할아버지의 불호령에 결국 막을 내렸다.

"우리 현진이 맵시 참 좋다."

"현진아, 조심히 잘 다녀와."

내가 등교하는 첫날에는 할아버지와 숙모, 장씨 아줌마와 몇 명이 집 앞에 우르르 몰려나왔다.

"선생님, 우리 현진이 좀 잘 부탁드려요. 남자앤데 숫기가 너무 없어서 걱정이에요. 처음 보는 사람하곤 말도 안 하고요, 유치원에서도 또래하고 잘 어울리지 못했어요. 근데 또 외로움을 너어무 많이 타서요."

"담임 선생님이 잘 봐주실 거예요, 너무 걱정하지 마세요. 어머니, 어차피 오늘 학교 오시죠?"

"상담 때 말씀드리긴 했는데 제가 어머니가 아니고요, 선생님. 그게……"

장씨 아줌마는 통학 도우미 선생님과 긴 이야기를 나눴다. 할아버지 앞이라서 그런지 드문드문 날 돌아보는 눈빛이 근래 들어 가장 애틋했다. 이미 좌석에 앉아 있던 나는 휙 고개를 돌렸다.

다 꼴도 보기 싫다. 내 마음대로 되는 게 아무것도 없다. 나는 도축장에 팔려가는 가축이 된 기분이었다. 이 우스꽝스러운 삐약이 광대 같은 옷을 입고 조흥초등학교 통학 버스에 앉아 있는 심정이 딱 그랬다.

그때 누군가 뒤에서 나를 콕콕 찔렀다. 돌아보니 병아리 모자를 쓴 여자애 둘이서 신난 얼굴로 앞다투어 내게 말을 걸었다.

"안녕? 너 되게 예쁘게 생겼다."

"나는 주희야. 이주희. 넌 이름이 뭐야?"

"너 우리 옆에 앉을래? 저쪽에 자리 비었는데."

"눈이 원래 갈색이야? 너 속눈썹 되게 길다."

하다 하다 이제 버스에서도 날 괴롭히는구나. 그저 한숨만 나왔다.

"여러분, 자리에 앉으세요. 안전벨트 다 맸나요?"

"네!"

마침 버스가 출발했다. 고개를 돌린 나는 가만히 창문에 머리를 기댔다.

나의 텅 빈 눈은 자석처럼 언덕길의 이나희를 발견했다. 미미 책가방을 메고, 신발주머니를 들고, 다른 손에는 리코더를 쥔 그애는 혼자서도 씩씩하게 버스 정류장으로 걸어가고 있었다. 저 옆에 내가 있었어야 했는데…… 눈물이 저절로 핑 돌았다.

어른들의 말대로 조홍초는 완벽한 곳이었다. 60년의 긴 역사에도 눈길이 닿는 모든 게 새것처럼 빛이 났다. 학교 안에는 농구장, 축구장, 수영장, 배구장, 스케이트장, 심지어 어린이 농장까지 있었다.

하지만 '참되고 바르게'라는 교훈과 나는 어울리지 않았다. 내 마음은 거짓투성이였고, 바르지도 않았다. 조홍초 1학년 1반 교실에 앉아 있는 내 몸은 영혼이 빠져나간 시체나 다름없었다. 조홍초는 나처럼 태생이 혼자이고, 다른 사람과 어울리지 못하는 외로운 애한테는 안 맞는 곳이었다. 더이상 다니고 싶지 않았다.

등교한 지 고작 하루도 안 지났는데 나는 알 수 있었다. 내가 속할 곳은 이나희가 있는 한빛초등학교라는 걸.

결국 나는 이틀째부터 등교를 거부했다. 학교에 가기 싫다는 나를 장씨 아줌마가 어떻게든 버스에 실어보내려고 난리였다. 아침부터 대문 앞에서 시끄럽게 실랑이를 벌이면 할아버지나 작은아버지가 나와서 호통을 치고 나는 울면서 버스에 탔다.

집에 와서는 내 말을 들어주지 않는 어른들을 종일 노려보았다. 학교에선 밥도 안 먹고 물도 안 마셨다. 툭하면 반 애들과도 싸우고 수업도 거부했다.

체육 교실로 이동하다가 학교에서 몰래 도망친 적도 있었다. 그날은 집이 뒤집어졌다. 이후로는 차라리 나를 학교에 안 보내는 게 낫지 않느냐는 말도 슬슬 나오기 시작했다.

"현진아, 저녁 먹자."

"안 먹어!"

내 말은 갈수록 짧아졌고 목소리는 갈수록 커졌다. 얼마나 심술이 났는지 알리려고 발소리도 요란해졌고 행동은 날이 갈수록 거칠어졌다. 어른들은 어린애와의 싸움에 지쳤고, 자연스레 내가 이기는 날이 많아졌다.

덕분에 일주일에 반은 병결이었다. 어쩔 수 없이 학교에 가는 날은 장씨 아줌마가 동행했다. 학교 복도에서 하교할 때까지 날 기다리는 보호자 때문에 창피해서 더더욱 등교하기 싫어졌다.

내 성질이 괴팍하게 변해갈수록 이나희는 점점 더 내 눈에 띄지 않았다. 의도적으로 나를 피하는 것이었다.

내가 별관에 있으면 이나희는 화장실까지 참아가며 방밖

으로 나오지 않았다. 아무리 문을 두드려도, '누나, 누나' 하고 애처롭게 불러대도 돌아오는 답은 일절 없었다.

아침저녁으로 터지는 어른들의 고함과 악을 쓰는 내 목소리를 듣고 내게 실망한 것이다. 더는 내가 착한 아이란 걸 믿어주지 않는 것 같았다. 나는 그 사실에 화가 나서 견딜 수가 없었다. 모든 걸 망쳐버린 어른들에게 복수하고 싶었다. 완벽하게 혼자가 된 내 마음속에 작은 악마가 스며들고 만 것이다.

손에 든 걸 던지며 시작된 못된 행동은 물건을 부수고 깨는 데까지 이르렀다.

"아이고, 우리 장손. 안 다쳤나?"

처음에는 정말 고의가 아니었다. 하지만 은근히 도자기를 아까워하는 할아버지 모습을 보자 그다음부터는 실수가 아니게 되었다. 도자기 몇 점을 산산조각내자 할아버지는 금방 본색을 드러냈다.

"니 미쳤나? 자꾸 와 이라노!"

어른들을 열받게 하는 데 재미가 들리자 더는 혼나는 것도 무섭지 않았다. 게다가 자식들을 전부 때리면서 키웠다는 할아버지는 어째서인지 나한테는 손찌검을 하지 않았다.

"권현진 너 이……!"

세차게 손을 치켜들었다가도 때리지는 못했다. 돌아가신 내 부모님이 아른거리기라도 하는 건지. 덕분에 내 안의 간교한 악마는 할아버지의 죄책감을 좀먹으며 무럭무럭 자라났다.

"싫어! 안 먹어! 나 안 먹어!"

나는 얌전히 굴었던 밥상머리에서도 패악질을 부렸다. 내 악행이 이나희의 귀에 들어갈까, 이 실장이 나를 나쁜 애로 볼까. 더는 눈치 볼 필요도 없었다. 이미 그애가 날 피하는데 다 무슨 소용인가.

"쯧쯧쯧, 도사님. 보소, 저거."

마침 이 자리에는 할아버지가 옛날 부산에서 만났다는 무속인이 있었다. 지리산 법사님, 칠선 도사님, 금대 선생님, 부르는 호칭도 제각각이었다.

"어쩜 좋노? 우리 장손."

"내비두입시다. 크면 단도리 잘합니더."

"조흥초 터가 안 맞는 거 아이가?"

"하이고, 회장님. 걱정도 팔자다."

굴비를 바르던 도사가 코웃음을 치며 젓가락을 내려놓

았다.

"그 터는요, 쌍놈 자식도 대통령을 맹글어주는 터라고 내 몇 번을 말합니까. 좌청룡 우백호가 서로들 양팔을 벌려가 어린 아들을 내 새끼처럼 안아준다 안 합니까."

"아니, 우리 현진이가…… 우리집 장손이 도통 저러질 않았는데……"

"회장님 내 못 믿습니까?"

무속인이 째려보자 할아버지는 꼼짝도 못했다. 다들 기가 눌려서 숙모도 작은아버지도 눈만 굴리고 있었다.

"가마 내비두이소. 장손은 걱정할 거 하나 없심더. 회장님 심줄이나 걱정하이소."

"내 심줄은 뭐고."

"아침부터 뭔 밥을 이리 짜게 처먹습니까. 회장님 테레비 안 봅니까? 싱겁게 먹어야 오래 산다고 못 들었습니까?"

수저를 내팽개친 무속인이 들으라고 혀를 찼다.

"이기 회장님 댁이 아이고 함바집이가. 반찬이 죄 소태다, 소태. 쯧쯧쯧쯧."

"저희 밥해주는 아주머니가 평택 공장에서 온 거 알고 계셨어요?"

작은아버지가 깜짝 놀라서 무속인을 돌아봤지만, 도사님은 그쪽으론 아예 눈길도 안 주고 할아버지하고만 대화했다.

"이렇게 처먹으면요, 병 걸려 금방 디집니다. 곱게나 가면 다행이지 혈관 막히고, 심장병 걸리고, 치매, 암, 중풍, 온갖 잡병 다 몰려옵니더."

"장군님이 그라나?"

"우리 장군님 아이고요, 지나가는 똥개한테 물어봐도 압니더. 이 꼭두새벽부터 육개장이 뭐고 이거. 세멘 치러 가십니까?"

"……"

"약식동원이라 카는데, 이 집은 참……"

숙모도 싫어하고, 의사에게 주의도 받았지만 저 입맛은 어쩔 수가 없었다. 할아버지는 민망한 듯 괜히 내 쪽으로 주의를 돌렸다.

"장 여사, 현진이 내리놔라. 지 손으로 알아서 먹게 두라."

나는 이미 장씨 아줌마와 한바탕 대거리를 한 뒤였다. 삼시세끼 내가 먹는 걸 봤으면서, 아직도 내가 뭘 좋아하고 뭘 싫어하는지를 몰라? 갑오징어 숙회를 자꾸만 내 숟가락에 올려서 있는 대로 짜증이 난 상태였다. 이상한 무속인까지 합세한 밥상이 내 마음에 들 리가 없었다.

"이야, 자알생깃다!"

조개처럼 입을 다물고 있는 나를 무속인이 빤히 응시했다.

"그 노래 알제. 태평양을 건너, 대서양을 건너, 인도양을 건너서라도~ 니는 무조건이다, 무조건. 바다를 건너다닌단다. 발밑에 미제 달라가 구름처럼 쫙 깔릿다."

"도사님, 승주는요? 저희 승주는 어때요?"

"당신은 뭘 또 나서! 가만 좀……!"

"좋습니더."

숙모에게 눈을 흘기던 작은아버지가 손바닥 뒤집듯 태도를 바꿨다.

"도사님, 저희 승주 S대 들어갑니까?"

"S대랑 잘 맞습니다. 들어가기만 하면 명운이 확 트인답니다."

"어머, 잘됐다! 저희 승주 S대 갈 거거든요!"

확신하듯 말하는 숙모를 무속인이 픽 비웃었다.

"부부 일심동체라 안 합니까? 나중에 배필을 S대 출신으로 들이소. 그람 됩니다."

"네? 그거…… 지금…… 저희 승주 S대 못 간다는 말씀이세요?”

“S대도 불이고 아도 불인데. 동네도 쎄다. 핏줄이 너어무 안 맞는다. 부모도 남이고 형제도 남이다. 쯧쯧쯧, 참 외로운 인생이다. 여자도 안 좋아한다. 배필도 한참 늦게 만난다, 늦게.”

“현진이는요? 우리 현진이가 외로움을 많이 타는데……”

“이 집 장손은 여자에 미친넘이다. 외롭긴 뭐 외롭노? 좋아 디지겠다는 여자가 줄줄이 셋이나 있다.”

“……”

“걱정하지 말라 안 했습니까. 회장님은 우리 장군님 말을 참 안 들어먹는다.”

“벌써 일어나나?”

“갈랍니다. 요 앞에서 설렁탕이나 사 먹어야지, 이 집 음식은 맵고 짜고. 하이고, 내는 더 못 먹겠습니더.”

주말 아침부터 어른들 혼을 쏙 빼버린 나는 의기양양하게 정원에서 공을 찼다. 별관에는 발길을 뚝 끊은 지 오래였다.

집안의 말썽꾸러기로 전락한 나와 달리, 그애는 요즘 착한 아이 흉내를 내느라 바빴다. 자기가 나서서 잡다한 심부름을 하겠다고 주방 아줌마들 사이에 찰싹 붙어 있었다. 나하곤 눈도 안 마주치려는 주제에 아니꼽기 짝이 없었다.

그러나 줄곧 그랬듯 나는 이나희 한정으로 자존심이 없는 애였다. 심부름 가는 마마걸을 마주치려고 온 정원을 종일 헤집고 다녔다.

내 얄팍한 수는 하루에 한두 번씩 맞아들었다. 오늘은 김장한다고 다들 바쁜 와중에 할아버지가 갑자기 비비빅을 찾는 것이다. 그 바람에 이나희가 아이스크림을 사러 슈퍼에 다녀왔다.

"누나."

출입문 열리는 소리에 재빨리 뛰어가자, 예상대로 고양이처럼 발소리를 죽인 이나희가 정원으로 올라오고 있었다.

"나희 누나."

역시 내 쪽은 쳐다보지도 않는다. 열받은 나는 발밑의 공을 뻥 찼다. 그 소리에 움찔한 이나희가 자리에 멈췄다. 나무에 맞고 데구루루 굴러간 공은 그애의 코앞에 떨어졌다.

"공 던져줘."

"……"

"공 이쪽으로 던져달라고."

나 좀 봐줘. 같이 놀자. 공놀이가 싫으면 다른 거 같이하자. 네가 원하는 장난감으로. 나는 다 맞춰줄 수 있어, 알잖아.

하지만 이나희는 불쾌한 얼굴로 나를 가만히 노려보다가 이내 획 고개를 돌렸다.

"야. 야!"

악이 섞인 내 부름에 그애는 얼른 집으로 달려가버렸다. 마치 도망치는 듯한 뒷모습이었다. 나는 충격과 분노에 사로잡혀 어쩔 줄 몰랐다.

내가 대체 뭘 했다고? 축구공을 그애가 있는 쪽으로 찬 것뿐이었다. 몸에 맞춘 것도 아니고, 그저 굴러간 공을 갖고 오란 것뿐인데…… 그런데 도망을 쳐?

그애도 신경이 쓰이긴 했는지 현관문 안으로 들어서다가 힐긋 나를 돌아봤지만, 흉흉하게 눈을 부라리는 나와 시선이 마주치자 질겁해선 얼른 안으로 들어가버렸다.

열받아서 공을 뻥뻥 차고 다니던 나는 연못가에서 장렬하게 넘어졌다. 내 무릎도 갈리고, 할아버지가 애지중지하는 항아리 수반도 작살났다.

"현진이 공 그만 차라!"

축구 금지령이 내려졌다. 말로는 내 무릎이 걱정돼서라지만 사실은 아끼는 항아리를 깨뜨린 벌이었다.

"집안 분위기가 왜 이래. 아버님이 왜 이렇게 뿔이 나셨어? 자기야, 나 마실 갔다 온 거 들켰어?"

"아니고요, 사모님. 현진이가 또 한바탕했어요."

"그래? 아버님한테 내 얘기한 거 아니지?"

지하 주차장에서 올라온 숙모가 장씨 아줌마에게 소곤거렸다.

"말하긴 제가 뭘 말해요. 연못에 십장생 수반 있잖아요, 회장님이 매일 들여다보시는 거. 현진이가 공 차다가 그걸 깨먹었어요."

"아버님 회갑 잔치 때 들어온 작품?"

"네. 그거 때문에 회장님 호통치시다가 혈압 올라서 혈압 재시고, 어떻게 아셨는지 황 관장님 전화 바로 오더라고요. 집안에 공이란 공은 다 갖다 버리라고……"

"어머님은 귀도 밝으셔, 정말."

"현진이 울고 악쓰지, 애 제대로 못 맡을 거면 보내라고 황 관장님 난리지, 회장님 성질내시지. 양쪽 등쌀에 아주."

"쯧쯧쯧, 어쩜 이렇게 하루도 그냥 넘어가는 날이 없니. 큰 동서가 똑똑한 거야. 이 꼴 저 꼴 안 보고 빨리 가버린 게 낫지, 산 사람들만 피가 마른다니까."

"사모님!"

"뭘. 현진이 이제 다 안다며."

케일 주스를 마시던 숙모가 나와 눈이 마주치곤 깔깔 웃었다.

"어머머, 걔 나 째려보는 것 좀 봐. 현진아! 너 그러다 사시 돼!"

속도 없고 철도 없다고 숙모를 나무랐던 할아버지 말이 떠올랐다. 뿔난 나를 달래느라 반나절 진땀을 뺀 장씨 아줌마가 숙모에게 말했다.

"사모님, 전에 말씀하셨던 김 교수님 있잖아요."

"세브란스?"

"네. 언제 한번 집으로 부르시는 게 어때요. 현진이 상태 좀 봐달라고요. 전문가 말을 들으면 회장님도 마음 돌리실지도 모르고……"

둘은 뭔가 작당을 꾸미듯 중간중간 나를 돌아보면서 귓속

말을 했다. 기분이 나빠진 나는 그대로 방에 올라가버렸다.

❀

"야, 권현진. 너 자꾸 시끄럽게 말썽부리면 진짜 쫓겨나."

요즘따라 권은서는 나만 보면 시비였다. 사고를 치고 다닌다고 저와 동류로 보이는지 자꾸만 내 방으로 찾아왔다. 나이 차이가 나서 전에는 두 마디 이상 하지도 않던 사이였다.

"우리 엄마가 그러는데, 할아버지만 오케이하면 너 바로 미국 보낼 거래."

나는 권은서의 경고가 그리 와닿지 않았다. 권씨 집안사람 중 어린 시절을 외국에서 보낸 경우는 아직 없었다. 그건 할아버지 나름의 철칙이었다.

"꺼져."

"기껏 생각해서 말해줘도 지랄이야."

"꺼지라고!"

"씨발, 쪼그만 게!"

돌이켜보면 내 말본새가 이렇게 된 데는 권은서의 탓이 컸다.

"꺼져!"

나는 맞추고 있던 블록을 있는 힘껏 던졌다. 초등학교 고학년 때부터 담배냄새를 풍기고 다닌 내 사촌을 향해서 말이다. 그런데 이게 무슨 운명의 장난일까.

"아!"

블록을 맞은 사람은 권은서가 아니라 그애였다.

이나희.

내게 얼씬도 안 하던 그애가 내 방까지는 대체 무슨 행차인지…… 혹시 꿈이 아닐까? 너무 간절하게 바라면 꿈으로 나타난다던데. 아직 한번도 내 꿈에는 등장하지 않았던 눈앞의 저애가, 정말 이나희가 맞는지 믿기지 않았다. 너무 놀란 바람에 나는 멍청히 방구석에 앉아 고개를 쳐든 채로 눈만 깜빡였다.

"아……"

내가 던진 블록에 맞은 그애가 아픈 듯 이마를 감싸고 훌쩍였다. 한 손에는 노란색 슬러시를 들고 있었다.

설마, 설마 나 주려고 사온 거야? 아까 축구공 일 때문에?

이나희는 망고맛 슬러시를 조용히 옆에 내려놓고 이내 돌아섰다. 빠르게 계단을 내려가는 그애를 보고도 나는 당황해서 이러지도 저러지도 못했다.

"뷰웅신."

문 뒤에 숨어 있던 권은서가 키득거리면서 나를 약올렸다.

"야…… 야! 이나희!"

누나! 누나! 뒤늦게 쫓아갔지만 이나희는 이미 주방으로 쏙 도망친 뒤였다. 내가 갔을 땐 이미 제 엄마 등허리에 코알라처럼 매달려 있었다.

"왜 그래? 둘이 또 싸웠어?"

이 실장 아줌마가 난감하게 웃으면서 이나희를 얼렀다. 하지만 마음이 상한 그애는 좀처럼 내게 얼굴을 보이지 않았다.

"누나…… 나희 누나……"

실수야. 블록을 일부러 던진 게 아니야. 내가 잘못했어. 나는 뭐 마려운 강아지처럼 제대로 말도 못하고 이씨 모녀의 주위만 빙글빙글 돌았다. 한번만 봐줘. 나랑 눈 한번만 맞춰줘, 누나.

"나희가 현진이 준다고 슬러시 사왔는데. 현진이 안 먹었어?"

정말 몰랐어요. 저애가 제 방에 먼저 온 건 처음이란 말이에요. 누나가 아니라 가짜인 줄 알았어요.

"아까 현진이가 공 갖고 같이 놀자고 했는데, 나희가 심부름 다녀오느라 못 놀아줘서 미안하다고……"

"엄마아, 으응."

이나희가 더 말하지 말라는 듯 파문은 고개를 휘휘 내저으면서 투정을 부렸다. 제 엄마 앞에선 이찬희보다 더 아기 짓을 했다.

"현진이 슬러시는 먹었어? 그거 좋아한다며."

나도 울상을 하고 고개를 저었다. 큰길 건너 문구점에서부터 저애가 날 주려고 종종걸음으로 들고 온 것이었다. 당장 내일부터 여름이라고 해도 놀랍지 않은 이 늦봄 날씨에 말이다. 제가 그걸 어떻게 먹어요.

"올라가서 슬러시 먹고 있어. 우리 나희는 괜찮아. 아줌마가 달래줄게."

하는 수 없이 나는 내 방으로 올라왔다. 나도 울고 싶었다. 하지만 나는 울 자격도 없는 애였다. 블록을 얼굴에 던지다니. 이나희한테 그러면 안 됐는데.

이미 반 이상 녹아서 빨대가 나동그라진 노란 망고 슬러시를 보자 속에서 뜨거운 게 울컥 올라왔다.

심통난 내 마음을 알고 있던 이나희. 같이 놀자고 자기한테 공을 찬 것도 알고 있던 이나희. 그런데 아이스크림이 녹을까봐 내게 공을 못 던져준 이나희. 그래서 날 신경쓰고 있던 이나희. 수반을 깨고, 무릎도 깨지고, 마음도 깨진 나를 걱정하고 있던 이나희. 내가 맛있다고 했던 망고맛을 기억하고 슬러시를 사다준 이나희……

나보다 나를 더 잘 아는 이나희.

세상에서 제일 다정한 이나희.

네가 좋아. 나는 네가 너무너무 좋아. 이 슬러시보다 나는…… 나는 네가…… 필요해.

살얼음이 다 녹아서 텁텁하고 달기만 한 물이 될 때까지 나는 슬러시를 한 모금도 먹지 못했다. 아까워서. 이대로 사라져버리는 게 아까워서.

얼어붙은 내 마음을 알아주고, 햇살을 내려 녹여주기까지 하는 사람은 나에겐 정말 그애뿐이었다. 이나희만이 내게 유일했다.

나는 당장 아래층으로 달려갔다. 할아버지는 방에서 간호사가 놔주는 수액을 맞고 있었다. 나는 링거 줄을 옆으로 치우고 잠든 할아버지에게 대뜸 말했다.

"할아버지. 저 조흥초 안 다닐래요. 한빛초등학교 다닐래요. 전학시켜주세요, 네? 그럼 학교 잘 다닐게요. 급식도 먹을게요! 조퇴도 안 할게요!"

조용하던 할아버지가 감고 있던 눈을 떴다.

"……잘 들어라. 조흥초 졸업 못하면 현진이 니는 내 새끼가 아니다. 권씨가 아니고 황씨다. 니 좋아하는 황 관장한테 보내버릴 기다! 알았나?"

"할아버지, 저 황씨 할게요. 황현진 할게요! 저 조흥초 안 다닐래요, 한빛초등학교 다닐래요!"

"니도 할배 무시하나? 그럼 잘난 니 할매한테 가라! 가라고!"

"회장님, 진정하세요. 일어나시면 안 됩니다. 진정하세요, 역류합니다."

나만큼이나 다혈질인 할아버지가 얼굴이 벌게져서는 삿대질을 하며 소리쳤다.

"내도 니 필요 없다! 벵신 같은 기 아인슈타인은 뭔 아인슈타인이고! 당장 황 관장 쫓아서 가버려라!"

그가 내 뺨을 내려쳤다. 그 순간 눈에 핏줄까지 불거진 그는 여태껏 내가 알던 할아버지가 아니었다.

"현진아!"

쓰러진 나를 보고 당황한 할아버지가 손등에 꽂힌 주삿바늘도 개의치 않고 정신없이 나를 안아올렸다.

"아이고, 아이고, 우리 장손. 가엾은 내 새끼, 현진아…… 현진아."

실수인 듯 아닌 듯, 이제 와 다정스레 뺨을 쓸어내리는 할아버지의 손을 나는 피하지 않았다.

반평생 재벌 2세로 살았던 할아버지는 원하는 거의 모든 걸 이뤘다. 될 때까지 밀어붙였고, 당신의 뜻에 반하는 사람은 아무도 없었다.

그건 나도 마찬가지였다. 다만 할아버지와 달리 나는 태어나서부터 지금까지, 평생 재벌 4세로 살았다. 원하는 모든 걸 손에 쥐었다. 살면서 내 마음대로 되지 않은 건 이나희와 한빛초등학교, 둘밖에 없었다. 바라는 게 온전히 이루어지기 전까지 내 눈에는 오직 그것만 보였다.

"할아버지, 저 한빛초등학교 다니게 해주세요. 네? 제발요, 네?"

그러자 부드럽게 풀렸던 얼굴이 다시 굳어지면서 순식간에 할아버지가 돌변했다.

"그만 좀 해라, 그만 좀! 두 번 다신 얘기도 끄내지 마! 니 떼쓰는 거 아주 지긋지긋하다!"

"할아버지, 한번만요! 네?"

"승필이 뭐하노? 빨리 이것 좀 치아라!"

결국 나는 할아버지의 비서에게 물건처럼 들려 내 방으로 내쫓겼다. 맞은 뺨이 불길이 붙은 것처럼 뜨거웠다. 온몸과 마음이 그 열기에 잠식된 나는 살아 있는 화마였다.

거짓말쟁이. 지능 검사지를 보고, 똑똑하다는 말을 듣고 내가 탐이 난 것뿐이잖아. 할아버지는 나를 가엾게 생각하지도 않으면서 죽은 엄마 아빠한테 미안해서 말로만 가엾다, 가엾다 하는 거잖아. 이 집에서 진심으로 나를 가여워해주는 사람은 이나희뿐인데…… 거짓말쟁이.

사실 그애가 내 방까지 올라온 것은 제 엄마가 시켰거나 장씨 아줌마가 시킨 일이 분명했다. 왜냐면 망고 슬러시가 다 녹을 때까지 기다려도 이나희가 다시는 내게 오지 않았으니까. 봄이 되고 여름이 될 때까지 줄곧 나를 외면하기만 했으니까. 한없이 느리게만 움직이던 그 계절이 두 번이나 바뀔 때까지 말이다.

그애가 내 마음을 다 알고 나를 달래주려 했다는 것은 그저 어리석은 내 바람이었다. 누군가를 혼자 좋아할 때는, 그 애의 의미 없는 눈 맞춤만으로 내 마음속이 검은색에서 무지갯빛으로 뒤바뀌는 마법이 펼쳐지곤 했으므로. 나는 이미 너무 오랫동안 그애를 생각하고 또 생각해서, 그만 닮아버린 것이다.

너는 『어린 왕자』도 안 읽었어? 책임지지도 않을 거면 왜 나를 길들였어. 왜 그렇게 다정하게 대했어. 왜 너를 좋아하게 만들었냐고. 전부 없던 일인 것처럼 그렇게 거둬갈 거면 처음부터 나한테 다정하지도 말았어야지……

이나희에게 곱게 가꿔지던 내 정원은 불길이 붙어 사막처럼 황폐해졌는데, 눈앞의 피아노는 그런 나를 약올리듯 근사했다. 망할 피아노. 저 건반을 치지 말걸. 이나희에게 〈사랑의 인사〉를 쳐준 바람에 모른 척하려던 내 심장이 인사를 받고 깨어나버린 것이다.

손이 파르르 떨렸다. 나를 움직인 건 내가 아니었다. 내 안의 무언가였다. 건반을 손으로 내려치고, 피아노의 파편이 튈 때까지 어린이 골프채를 휘둘러 한참을 부쉈다. 정신 나간 나를 말리려고 작은아버지와 경호원까지 동원됐다. 사지가 붙잡히고서도 저 망할 피아노를 산산조각내지 못한 게 한스러워서 씩씩댔다.

슬퍼서.

미안해서.

약속해서.

이나희가 보고 싶어서……

"저거 제정신이가?"

"아버님. 그러지 마시고, 이번 기회에 현진이 상담 한번 받아보는 게 어떨까요? 드문 일 아니래요. 흉도 아니고요. 상담받으면 좋아지는 애들 많대요. 남자애들은 어릴 때는 다 조금씩……"

할아버지, 저도 엄마한테 안겨서 울고 싶어요.

나도 우리 엄마 보고 싶어요.

더는 이 세상에 나 혼자가 아니었으면 좋겠어요……

이후로 나는 내 방을 쓰지 않고 임시로 꾸며진 다른 방을 썼다. 한때는 근사한 피아노 선율이 흐르던 내 방은 완전히 엉망진창이었다. 그애와 내가, 우리가 창조했던 아름다운 세계를 저렇게 만들어놓은 게 나라는 걸 믿고 싶지 않았다.

망가졌던 내 방은 사람들이 며칠 새 다 치웠고, 겉보기엔 깨끗했지만 그럼에도 나는 저곳에 두 번 다신 들어가고 싶지 않았다. 힘겹게 현실을 외면하는 나를 위해 어른들은 대책을 세웠다.

"네가 현진이구나."

며칠 뒤, 인자한 미소를 걸친 아저씨가 우리집에 찾아왔다.

"현진아, 인사드리자. 교수님이셔."

나는 인사하지 않았다. 교수란 사람이 귀찮게 이것저것 물어도 대답하지 않았다. 원래도 나는 모르는 사람과는 대화하지 않았다. 애도 어른도 마찬가지였다.

문턱이 없는 이나희와 어울릴 때만이 예외였다. 그애한테 물든 바람에 잠깐 바뀌었을 뿐 이나희가 내게 시선을 거두고, 내 곁에서 사라진 지금은 본래대로 돌아온 지 오래였다.

"애가 저래요. 교수님, 어떻게 생각하세요?"

"우선 시간을 두고 지켜봐야 할 것 같습니다, 사모님."

교수는 오랫동안 나를 관찰했다. 집에서 혼자 노는 모습, 학교에 안 간다고 떼쓰고 교실에 멍하니 앉아 있는 모습, 장씨 아줌마와 가족들에게 신경질부리는 모습. 여러 상황에서의 나를 보았다. 그리고 숙모와 긴 대화를 나눈 뒤에 할아버지를 찾아갔다.

"회장님, 우리 현진군 관련해서 조용한 곳에서 말씀드려도 되겠습니까?"

야속하게도 길기만 한 소서의 노을이 정원에 길게 쏟아졌다.

학교는 그만두게 되었다. 그게 교수 때문인지 뭣 때문인지는 내 일인데도 별로 궁금하지 않았다. 집에서 이나희를 기다릴 시간이 많아져 즐겁기만 했다. 쏟아지는 여름의 햇볕이 따가워도 나는 꿋꿋이 정원에 있기를 고수했다.

"야."

문제의 여러 사건 이후로 이나희는 나를 무서운 괴물 보듯 했다. 망가뜨린 피아노나 엉망이 된 내 방 등 현장을 직접 보진 못했어도 워낙 들은 이야기가 많을 것이었다.

"야, 이나희!"

나는 그애가 내게서 달아나다가 손에서 놓친 신발주머니를 숨겼다. 출입문에서 이나희가 올 시간만 기다렸다가 뱀, 거미 장난감을 눈앞에 들이밀고, 비명 지르며 도망치는 그애를 구경했다. 로켓 버블을 쏘면서 격한 반응이 올 때까지 쫓아다녔다.

그러다가 넘어진 이나희가 그만 묘목의 가지를 부러뜨렸다. 얼마 전 할아버지가 겨우 구해다가 심은 희귀 소나무였다. 사색이 되어 굳은 그애는 까맣고 커다란 눈만 좌우로 굴렸다. 제 동생처럼 쫓겨날까봐 겁나는지 금방이라도 눈물이 터질 듯했다.

그걸 본 순간 나도 모르게 손발이 움직였다. 나는 소나무를 퍽퍽 짓밟고 가지를 다 부러뜨렸다.

"권현진! 너 왜 그래!"

식겁한 이나희가 나를 말렸지만 나는 멈추지 않았다. 그애가 달려오는 보모 교사를 보고 당황해서 속삭였다.

"너…… 너 또 엄청 혼나는 거 아니야?"

"꺼져."

"현진아……?"

"뭘 봐."

"……"

"꺼져, 이나희."

이나희의 눈빛이 순식간에 식어갔다. 내 입에서 나온 거친 말에 놀라서 얼굴에는 경멸의 빛마저 감돌았다. 원체 예민하기도 했지만, 특히 이나희와 관련해선 숨소리가 달라지는 것조차 쉽게 눈치채는 나는 그때 본능적으로 알 수 있었다. 천사의 깃털로 빚어진 듯 착하고 다정한 저애가 나를 완전히 놓아버렸다는 사실을. 미약하게나마 붙들고 있던 나와의 끈을 말이다.

오늘, 내게 실망한 저애가 돌아선 이 순간이 눈을 맞춘 마지막 날이었다.

폭염 특보가 내린 날이었다. 비로소 큰 더위가 시작된다는 대서의 여름날. 내게 무슨 일이 벌어질지도 모르고 하늘은 새파랗게 맑고 쨍쨍하기만 했다.

"현진이 거 가서 잘 지내야 한다. 알았나."

"아유, 걱정 마세요, 회장님. 가디언 현지에 다 있어요. 황 관장님 친척들이 얼마나 잘 챙겨주겠어. 런던이 서울보다 훨씬 낫지. 현진이 이제 회장님한테 인사드리자, 응?"

"저 안 가요, 안 갈래요!"

이상하게 며칠 전부터 집이 부산하다 싶더니, 할아버지가 아침식사중에 갑자기 나를 영국으로 유학 보낸다고 통보했다. 오늘 당장 비행기를 탄다고 했다. 내가 안 간다고 고집을 부릴까봐 내린 결단인 듯했다.

"할아버지! 할아버지!"

나는 목이 터져라 할아버지만 불렀다. 숙모, 작은아버지, 권은서, 장씨 아줌마. 그들 중 나를 구해줄 사람은 그나마 할아버지뿐이었으므로. 하지만 내가 강제로 차에 타서 몸부림치는 걸 보면서도, 할아버지는 결정을 바꾸지 않았다. 같잖은 눈물만 한번 닦아냈다.

"현진아, 사자는 새끼를 강하게 키운다 했다. 니는 강새이가 아이고, 사자다. 우리 권진의 대들보다. 그래서 보내는 기다. 알았나?"

헛소리였다. 할 수 있다면 침이라도 뱉고 싶은데 이미 차창이 올라간 뒤였다. 나를 실은 차는 그렇게 출발했다.

비행기 안에서는 이나희가 너무 보고 싶었다. 너무 간절해서 아프기까지 했다. 어찌나 괴로운지 두 번 다시는 누군가를 좋아하지 않겠다고 바득바득 이를 갈 정도였다. 소중하고, 그래서 그리운 누군가를 이젠 더 만들지 않겠다고. 어차피 내겐 이나희 말고 보고 싶어할 가족도 없으니까.

"현진아. 현진아, 이제 도착했다. 일어나야지."

비행기에서 나는 울다가 지쳐서 잠들었다. 깨어났을 때는 모든 게 악몽인 줄 알았다. 나는 완전히 모르는 땅에 도착해 있었다. 현실은 더 악몽 같았다. 내가 아는 사람이라곤 날 끌고 온 조승필뿐인데, 그마저도 며칠 뒤 홀연히 한국으로 돌아가버렸다.

이후로 10년 동안 나는 이나희의 얼굴을 볼 수 없었다.

런던에 갓 도착했을 무렵의 나는 완벽하게 영어를 구사하지 못했다. 영국은 가을에 본격적으로 학기가 시작되어, 나는 영어만 배우는 상설 아카데미를 먼저 다녔다.

안 그래도 말수가 적은 나는 런던에서 더더욱 고립되었다. 한국에 보내달라고 떼를 쓰고 싶어도 아는 사람이 아무도 없어서 목소리가 안 나왔다. 낮은 깜깜했고 밤은 새하얬다. 도착한 직후에는 분명 그랬다.

“걱정 마세요, 관장님. 예, 예. 그럼요. 잘 자고, 잘 먹고. 그렇게 지내지요. 현진이 적응 잘하고 있어요. 무슨 일 생기면 꼭 연락드릴게요. 예, 들어가세요.”

적응한다. 그건 돌아갈 곳 없는 이가 현실에 순응하고 희망을 죽이는 것이었다. 나는 그렇게 포기하고 받아들이는 법을 배웠다.

매일매일 죽을 것 같았지만 학교에 들어간 다음부터는 달라졌다. 열한 살부터 다닌 보딩 스쿨은 남학교였다. 그곳엔 나를 귀찮게 하는 여자애들이 없었다.

게다가 축구 외에도 다른 체육 활동이 정규 수업 이상으로 활발했다. 그건 확실히 내게 유리했다. 클래스에서 누군가 푸시업을 50개를 하면 나는 55개를 해내야 잠이 오는 인간이었다. 지는 걸 싫어하는 성격 탓에 나는 경쟁적인 종목에 특히 두각을 드러냈다. 남자애들끼리만 있으니 운동 성적이 곧 교내 서열이었다. 영국 특유의 전원적인 분위기도 날카로웠던 내 감수성을 보듬는 데 한몫했다.

공간, 언어, 주위 사람들까지. 모든 게 바뀐 환경에 적응하기 바빴던 나는 그렇게 조금씩 이나희를 잊어갔다. 한때 얼마나 열렬하게 좋아했는지도 잊을 만큼 그렇게 그애는 머릿속에서 서서히 지워졌다.

정말 그런 줄로만 알았다.

사춘기 무렵, 나는 스튜디오를 따로 구했다. 할머니의 친척이라고 해봤자 남이다. 먼 친척도, 가까운 친척도 어떤 핏줄도 내겐 다 남이었다. 방학 때 가디언의 집에 있는 것보다 혼자 스튜디오에 있는 게 더 편했다.

나는 아침마다 러닝을 했고, 땀을 식힐 겸 공원을 구경했다. 장미를 사랑하는 나라답게 영국은 국화마저 장미였다. 로즈 힐, 로즈 가든, 로즈 스트리트…… 어디든 장미였다. 내 스튜디오 근처 공원에도 장미가 잘 가꾸어져 있었다.

학기가 끝나는 6월, 하필이면 장미가 한창 예쁠 때였다. 드물게 좋은 날씨와 지저귀는 새소리까지 이상할 정도로 모든 게 완벽한 날이었다.

운명은 그렇게 우연의 탈을 쓰고 찾아왔다. 뭔가에 홀린 것처럼 나는 멀리서부터 풍긴 향기에 이끌려 평소엔 그냥 지나쳤던 정원을 구경했다. 장미를 들여다보다가 우연히 옆에 꽂힌 푯말에 눈이 갔다. 의미 없이 글자를 읽어내려가며 '……the Rosebuds are a symbol of first love'라는 설명에 다다랐을 때였다. 공원의 고요한 평화 가운데 꽤 오랫동안 노출된 내가 온전히 혼자가 된 그 순간, 나는 무심코 'first love'라는 단어를 속으로 되뇌었다.

첫사랑.

그러자 통제할 수 없는 의식 저 너머에 겨울잠 자듯 웅크리고 있던 나의 작은 장미가 불쑥 고개를 들었다. 첫사랑이라는, 불시의 문구가 눈으로 들어와 머릿속에서 이미지가 된 건 찰나였다.

이나희, 그애가 아직도 내 안에 살아 있었다니……

말간 그 얼굴이 숨겨둔 팝업 카드처럼 갑자기 떠올랐다는 사실이 나조차 놀라웠다. 덩굴과 가시로 무장한 채 아무리 막으려 해도 내 안에 들불처럼 번져가던 그 끈질긴 감정을, 그애가 얼마나 지독했었는지를, 나는 완전히 잊고 있던 것이다.

사춘기 호르몬의 장난질이라기엔 이후로도 그애는 종종

내 머릿속에 나타나 나를 놀라게 했다. 특히 한국에서 전화가 올 때면 통화를 끝낸 다음에 으레 그애가 생각났다. 지겨운 할아버지의 말을 끊고 '이나희 아직도 거기 살아요?' 하고 불쑥 묻고 싶을 때가 한두 번이 아니었다.

우리가 뛰놀던 정원, 네가 살던 부엌 옆의 쪽방, 돌고래처럼 웃으며 물을 튀기던 연못. 풀내 날리는 짧은 잔디 위에서 무지갯빛 비눗방울을 날리며 웃던 너…… 어린 날의 기억에서 요정 같던 너는 아직 거기 있는지.

나는 너무 많은 게 변했다. 키도, 성격도, 얼굴도 달라졌다. 내가 이렇게 컸는데 이나희는 과연 어떻게 자랐는지 궁금했다.

너는 여전히 예쁜지, 여전히 귀여운지, 여전히 깜찍한지, 또 여전히 다정한지. 마르지 않는 샘물처럼 내게 한없이 정을 퍼주던 그 성격 말이다.

—현진아, 이번 방학 때는 한국에 좀 들어와, 응? 내 새끼 얼굴 좀 보자. 귀여운 내 새끼.

"이 새끼 많이 컸어요. 별로 안 귀여운데…… 그래도 보고 싶으세요?"

—말이라고 해. 나 이제 유럽까지 못 간다. 늙으면 비행기

오래 못 타. 비즈니스도 힘들어.

"할머니 퍼스트만 타시는 거 알아요."

—근데 이놈 새끼가 꼬박꼬박 말대꾸를……

한국에 가서 얼굴만 보고 올까? 이나희가 어떻게 변했는지 인사 정도만 해볼까. 방학 땐 좀 들어오라는 할머니의 잔소리가 이어질 때면 호기심에 충동이 들기도 했지만, 고민의 끝은 항상 같았다.

이나희와 함께한 나의 일방적인 추억은 전부 어린 시절 이야기였다. 그것도 나 혼자만의 비참한 짝사랑이었다. 변질되고 미화되었다. 말하자면 내 손에서만 가꿔진 정원이었다.

게다가 그애는 나를 싫어했다. 그것만은 왜곡 없이 확실했다. 내가 한국을 떠나는 날까지도 여전히 나를 피하기만 했다. 일부러 요란하게 소리를 질렀는데 단 한 번도 나와보지 않은 걸 보면 변명의 여지가 없었다.

내게 잘 가라는 마지막 인사라도 해줬다면 한국이 이렇게나 지긋지긋하지는 않았을 텐데.

원수가 사는 적진처럼 내겐 돌아보기도 싫은 나라가 바로 내 고향이었다. 그애가 거기 그 자리에 있을 것 같아서 더더욱 가기 싫었다. 이나희가 날 싫어했듯 나도 한국이 꼴도 보기 싫었다.

결국 나는 이대로 그애를 모른 척하기로 했다. 당시에는 그게 어렵지도 않은 결정이었다. 가끔 충동을 유발하는 호기심만 잠재우면 됐으므로.

이나희가 더는 아홉 살에 머물러 있지 않듯, 나도 더이상 여덟 살의 어린애가 아니다. 나에게는 나의 일상이 있고 나의 미래가 있다. 정해진 길로 가는 게 일탈보다 쉬운 삶이었다.

우리 학교 졸업생 대부분이 케임브리지로 진학하지만, 나는 할머니의 권유로 미국에서 대학생활을 하기로 결정했다. 성적 우수자로 뽑혀 졸업하고, 아이비리그의 입학을 기다리던 어느 날이었다.

한국에서 전화가 한 통 걸려왔다.

제5장

지구를 떠날 수 없는 달처럼

—회장님 몸도 예전만큼 성치 않으셔. 장손 얼굴 좀 보고 싶다고 자주 말씀하시고……

그간 나는 장 여사의 전화를 잘 받지 않았다. 발밑의 병아리처럼 날 성가셔하던 그 시절이 떠올라 껄끄럽기도 했다. 그런데 하도 여러 번 부재중 전화가 걸려와서 무시하기가 쉽지 않았다. 윤종오 부장처럼 차단해버리면 쉽겠지만 장 여사는 차마 그럴 수 없는 사람이었다. 그 집착적인 부재중 전화에서부터 어떤 목적이 느껴졌다.

—상속세 문제도 있잖아, 응? 회장님 도장 받아야지.

"돌아가시면 받겠죠, 뭐."

—아유, 현진아. 가족한테 그렇게 말하는 거 아니야.

가족은 무슨 가족이야. 난 그런 거 없는데요.

—너 영국 가기 전에 회장님 육순이었잖아. 환갑 치르셨을 때도 건강이 좋지 않으셨어.

할아버지 얘기는 한 귀로 듣고 한 귀로 흘렸다. 건강이 안 좋다, 대학이라도 한국에서 다녀라, 언제까지 정정하실지 모른다, 매번 똑같은 소리였다. 지겹지도 않나.

—이번 고희연에는 가족들 다 모이는 거 보고 싶다고 성화셔. 어려우면 잠깐 얼굴 뵙고 인사만 드리고 가. 사장님 지분 양도하는 거에만 서명하고……

결국 본론은 마지막 줄이었다. 내 상속재산 가운데 권진전자의 지분을 승주 형에게 양도하라. 숙모의 끈질긴 권유에 전화한 것이었다. 언젠가부터 장 여사는 숙모의 수족처럼 움직였다.

—사모님 지분도 승주한테 다 밀어주기로 했어. 내가 왈가왈부할 일은 아니지만, 현진이는 전자에 뜻이 있거나 한 건 아니잖아. 들어와서 사모님 이야기도 좀 들어보고, 응? 막말로 회장님 저러다 하루아침에 쓰러지시면 부사장님이 그룹 이끌어갈 수 있겠어?

의미 없는 통화가 우스워질 무렵, 나조차 예상치 못한 질문이 내 입에서 불쑥 튀어나왔다.

"이나희 아직도 거기 살아요?"

—나희……?

당황해서 멈췄던 목소리가 일순간 먹이를 문 생쥐처럼 반갑게 날뛰었다.

—아, 그럼! 그럼, 살지! 나희 아직도 한남동에 같이 살아! 세상에, 얼마나 예뻐졌는지 이제는 완전히 아가씨야, 아가씨. 나희도 고3이라 곧 대학 들어가는데……

장 여사 특유의 장황한 설명이 이상하게 재밌게 들렸다. 한국에 한번 가볼까? 어차피 반년 동안 딱히 할일도 없는데.

이제는 파티도 지겹다. 다른 학교와 연합해서 연 성대한 졸업 파티에서 여자애들도 많이 봤지만, 관심이 간 경우는 한번도 없었다. 오히려 친하지도 않은 내게 대시해서 반감만 들었던 게 대부분이었다.

마침 여행이나 가볼까 했으니, 한국을 기점으로 아시아를 둘러보는 것도 경험이 되겠지. 한국에 얼마 머물지 않을 생각으로 최대한 가볍게 짐을 꾸렸다. 어쩌면 먹이를 문 것은 내 쪽일지도 모르겠다는 자조적인 생각에 피식거리면서.

한남동 자택은 내가 기억하던 모습 그대로였다. 사생활 보호 때문에 외벽이 더 높아지고, 서재의 발코니는 테라스가 됐다는 점만 빼면. 할아버지는 가끔 저기서 담배를 피우시곤 했다.

"어쩜 이렇게 잘 컸나 몰라. 스타일 너무 좋아. 이거 내가 보내준 옷이니? 현진이 옷태 정말 잘 받는다. 며칠 안 있을 거면 여기서 지내는 거지? 아직 현진이 방 그대로인데."

"아뇨. 호텔에 있으려고요."

숙모의 제안은 곧바로 거절했다. 생각하고 말 것도 없었다.

"호텔은 먼 호텔이가. 애먼 집 놔두고."

"요즘은 호텔이 집보다 편해요, 할아버지."

할아버지는 내게 악몽 같던 그 마지막 순간을 다 잊은 모양이었다. 10년 만에 본 장손이라고, 본인 큰아들을 빼닮아 잘 컸다는 말만 반복했다.

"현진이 간만에 보니까 좋다. 니도 참 독하다. 김치찌개 안 먹고 싶드나."

"런던에 한식당 많아요."

김치찌개는 원래도 내가 좋아하던 음식이 아니었다. 기억을 못하는 건지, 나한테 관심이 없는 건지. 아마 둘 다겠지.

"같이 저녁이나 먹고 가라."

"저녁 방금 먹고 왔어요."

"벌써?"

"아직 시차 적응이 안 돼서요. 일찍 쉬려고요."

내 옆에 살아라, 절에 가자, 연말까지만 한국에 있어라, 한 달만 기다려라. 그 어떤 회유도 안 먹히자 할아버지는 점차 표정을 굳혔다.

"어멈은 잠깐 나가 있으라."

할아버지가 날 데리고 작당을 꾸밀까 싶어 어떻게든 붙어 있으려던 숙모가 불안한 낯으로 서재를 나갔다.

"현진아, 곧 정무 제삿날이다. 니 애비 말이다."

할아버지가 아무 대답 없는 날 보다가 테라스로 나갔다. 담배를 꺼내기에 내가 불을 붙여드렸다.

"내 정무한테 늘 그랬다. 남자는 불꽃처럼 사는 기라고. 반짝 빛났다가 혜성처럼 확 사라지믄 그기 멋진 인생이라고. 근데 그리 가버릴 줄 누가 알았나."

한동안 연기만 내뱉던 할아버지가 내 손을 붙들었다. 나를 어루만지는 손길에 제법 간절함이 묻어났다.

"현진아, 니도 니 부모 성묘 한번 가야지 않겠나."

할아버지가 칠순이라던가. 인생의 유일한 실패에 회한이 남을 나이였다. 그게 핏줄이라면 더더욱.

"정무가 내 첫 자식인데 내도 여태 못 갔다. 그놈이 먼저 가버린 기 한이 맺혀가 못 갔다. 내랑 같이 가보자, 현진아."

나는 잡힌 손을 빼고 할아버지의 손을 다시 쥐었다. 착한 손자처럼 쭈글쭈글한 손등을 다독였다.

"졸업하면 다시 뵈러 올게요, 할아버지."

"짐 졸업하고 온 거 아이가?"

"대학 졸업하면요."

할아버지의 얼빠진 얼굴에 순간 노기가 서렸다.

"니 아직도 내한테 서운하나."

이게 서운한 건가? 사실 나도 잘 모르겠다. 마주보는 것도 어색한데, 자꾸만 우리가 더 가까워져야 한다고 말하는 할아버지가 부담스러울 뿐이다.

"현진아, 니 보내고 내도 하루도 잠을 제대로 못 잤다. 정무가 꿈에 나와가 통사정을 하드라. 니 외롭다고, 옆에 끼고 좀 돌봐달라고."

내 부모님 얘기도 마찬가지였다. 할아버지한테나 아픈 손가락이지, 나는 기억도 안 나는데 무슨.

"할애비 이제 다 살았다. 회사 나가도 젊은 애들은 인사도 안 한다. 내 늙었다고 경비인 줄 알더라."

말이 되는 소리를 해야지. 한번 행차하실 때마다 비서진을 방패처럼 두르고 다닐 게 뻔한데. 이제 할아버지는 나이도 무기로 쓴다. 아프고 힘없는 늙은이인 척. 젊은 날 고함치고 못 볼 꼴 보였던 걸 이제 와 늙었다며 다 면죄받으려 한다.

할아버지도 참 여전하시네요. 감당하기 싫어 쫓아낸 골칫덩이가 명문 학교를 졸업하고 허우대 멀쩡한 인간으로 돌아오자 탐이 나시나. 그래서 일부러 대학교에 합격했단 말은 아직 안 했다. 어쩌면 이미 알고 계실지도 모르고.

"건강하게 잘 지내고 계세요. 아이스크림 너무 자주 드시지 말고요."

서재에 들어선 지 20분도 되지 않아 자리를 뜨는 내 뒤로 조승필이 따라 나왔다. 할아버지의 그림자 같은 사람이었다.

"뭐예요?"

나한테 조용히 뭔가를 건넸다. 카드 두 장이었다. 신용카드는 아닌 것 같았다. 그런 걸 받을 나이도 지났고. 자세히 보니 카드에 영어와 한자로 '해다움'이라고 쓰여 있었다. 저 이름을 어디서 봤더라. 기억을 더듬다 순간 떠올랐다. 해다움. 권진 건설의 새로운 아파트 브랜드였다.

"김 기사가 주소 알고 있을 겁니다."

나더러 여기에 있으란 건가. 호텔이 편하다고 이미 말했는데. 어차피 일주일, 길어야 한 달이다. 어린 손자가 호텔을 들락거리는 게 보기 싫어서라면 이해하지 못할 것도 아니었다.

"더 나오지 마세요. 저 불편해요."

그러자 현관까지 따라오던 조승필이 꾸벅, 고개를 숙이고는 서재로 돌아갔다. 나는 곧바로 지하 차고에 내려가려다가 상쾌한 바람을 좀 쐬고 싶어서 방향을 틀었다.

정원으로 나오자 탁 트인 잔디밭이 가라앉았던 기분을 끌어올렸다. 중앙의 현무암 디딤돌, 향나무, 연못. 멀리 보이는 한강. 약간의 변화는 있었지만 오래전 모습 그대로였다.

낯설고도 익숙한 정원을 눈으로 둘러보던 나는 충동적으로 걸음을 돌렸다. 사용인들이 거주하는 별관 방향으로.

갑자기 이게 무슨 짓일까. 지금 뭘 기대하고서…… 내 마음을 나도 알 수 없었다. 그저 내 발이 익숙한 길로 무심코 나를 인도하고 있었다.

아침이면 이나희를 보러 별관에 뛰어가던 나. 일하는 사람들의 뒷말에 상처받은 그애가 나 모르게 조용히 훌쩍이며 따라오던 내 방. 다 알면서도 모르는 척하던 이나희에게 서러워 씩씩대던 어느 날.

다 내가 아는 길이었다. 보이지 않는 거인에게 끌려가듯, 옛 추억을 속절없이 따라가던 내 귀에 청량하고 바보 같은 웃음소리가 들려왔다. 얼굴을 보지 않고서도 알 수 있었다.

"이찬희!"

이름을 부르자 교복을 입은 남자애가 뒤를 돌아봤다.

"어?"

손에 호스를 든 채로 이찬희가 날 보면서 멍청한 표정을 지었다. 나무에 물을 주고 있던 모양인지 물줄기가 곡선을 그리며 호스에서 졸졸 쏟아졌다.

"현진이 형……?"

"오랜만이다."

나는 씩 웃으며 이찬희에게 다가갔다. 제 누나와 판박이 수준으로 닮은 그애는 여전히 하얗고 눈이 커다란 게 어릴 때와 별반 다르지 않았다.

"우와. 10년 만에 보는 건가? 형, 키가 대체 몇이에요? 와……"

이찬희는 여전했다. 낯을 가리는 기색도 없이 내게 말을 걸었다.

"진짜 장난 아닌데요, 형."

"이찬희. 넌 왜 여전히 작냐."

"아, 진짜…… 형. 저도 이제 클 거예요. 고등학교 들어가서 크는 경우도 많대요."

"너 언제 고등학교 들어가는데."

"벌써 들어갔죠, 형. 지금 1학년이에요."

"중딩 아니고?"

"아, 저 형이랑 한 살밖에 차이 안 나요."

웃으며 입술을 삐죽이는 모습이 예전이나 지금이나 그대로였다. 제 누나를 빼닮아서 순진하고, 착하고, 하여튼 좋은 말만 다 갖다붙이면 되는 애가 이찬희였다.

그애도 제 동생처럼 이렇게 웃으려나? 이찬희의 웃는 얼굴을 보는데 별안간 그런 생각이 들었다.

"잘 지냈냐?"

"네. 엄마가 김치 좀 가져가라고 해서 잠깐 왔어요. 학교

앞에서 자취하거든요."

"이나희는."

"누나요? 누나 아마 방에 있을 텐데. 경환이 형, 저희 누나 B동에 있어요?"

이찬희가 저와 같이 노닥거리던 놈한테 물었다. 상당히 젊어 보이는데, 정장 차림인 걸 보니 가족들의 운전기사인 듯했다.

근데 이나희 행방을 왜 저 새끼한테 묻지? 기분이 확 더러워졌다. '경환이 형'이라고 불린 새끼가 내 쪽을 흘끔거리며 답했다.

"나희 세탁소 갔을걸."

씨발, 나희?

이나희도 아니고, 나희?

"아, 진짜요? 누나 언제 세탁소 갔어요? 방금까지 있었는데."

"얼마 안 됐어. 10분 전인가. 부사장님 겨울 코트 맡긴 거 찾아온다고."

짜증나게 꼼꼼히도 알고 있네. 희멀건 두부처럼 생긴 첫인상부터 별로였다. 경환인지 하는 놈을 노려보고 있자 이찬희가 친절하게도 내게 다시 일러주었다.

"형, 저희 누나 세탁소 갔대요."

"……이나희 전화번호 불러봐."

"아, 저희 누나 고3이라 핸드폰 없어요."

물 흐르듯 자연스럽게 나온 대답에 나는 정말인 줄 알았다. 대한민국 입시가 그렇게 치열하다더니.

"핸드폰이 없어?"

"네."

순하게 생긴 게 웃으면서 말하니까, 그래서 나한테 뻥치고 있다고는 상상도 못했다.

"누나 남자친구 번호 알려드릴까요? 맨날 붙어 있어서 바로 연락될 텐데."

"이나희…… 남자친구가 있어?"

"네. 되게 오래 사귀었어요."

들을수록 골이 아팠다. 열받는데 확 오기가 치밀었다. 이나희 남자친구라면 내가 목소리 한번은 들어봐야 하지 않나. 그럴 자격이 나한테도 있을 건데.

"어, 줘봐."

나는 당당히 핸드폰을 내밀었다. 내 눈이 좀 돌았나. 그래

보였을까.

"여기다 찍어. 이나희 남자친구 번호."

빨리. 고갯짓을 하자 이찬희의 그림 같은 미소가 깨졌다.

"아, 그 형 전화번호를…… 저장 안 해놨네."

내가 진짜로 번호를 받아가겠다고 할 줄 몰랐는지 이찬희는 많이 당황한 얼굴이었다. 그때 뒤에 있던 경환이란 놈이 내가 내밀고 있는 손을 빤히 쳐다봤다. 정확히는 내 손목에 찬 시계를.

좀 아는 놈인 거 같았다. 그 새끼와 눈을 맞춘 채로 나는 보란듯이 시계를 풀었다.

"이찬희. 손목시계 하나 안 하고 다니냐. 고등학교 들어갔다는 애가."

"아, 누나가 사준 거 집에 있는데……"

"이거 너 차고 다녀라. 입학 선물이라고 생각하고."

"네? 아, 괜찮아요, 형. 진짜 괜찮은데."

"쓰던 거라도 그냥 하고 다닐 만해."

나는 꾸역꾸역 이찬희의 손에 내 시계를 쥐여줬다. 시선은 줄곧 경환이란 놈한테 붙박은 채.

"형, 이거 엄청 비싼 거 아니에요?"

"뭐, 얼만진 모르겠고. 그냥 너 가져. 난 많아, 이런 거."

나는 굳은 이찬희의 어깨를 툭 쳤다.

"또 보자. 이찬희."

경환이란 놈하고 계속 눈을 맞췄지만 따로 인사는 안 했다.

넌 다시 볼 일 없어, 이 개새끼야.

지하 차고에서 김 기사님이 나를 기다리고 있었다. 나는 뒷좌석에 앉아서 창틀에 팔을 기대고 손으로 머리를 짚었다.

결국 이나희를 보지 못한 게 차라리 다행인가 싶었다. 다 10년 전 일이다. 어린 시절에 잠깐 좋아했던 여자애를 상대로 이렇게 열을 내는 것도 우습다. 어쩌면 이나희는 내 이름조차 기억 못할지도 모르는데.

전화번호를 받지 않길 천만다행이지, 행여나 이나희 남자 친구인지 하는 놈의 번호를 알았다간 무슨 추태를 벌였을지 상상도 되지 않았다. 그래, 한국에 조금만 더 있자. 숙모가 초조해하는 얼굴이 통쾌하니까 시간이나 더 끌지 뭐. 상속재

산 합의서인지 지분 매매 계약서인지, 어차피 나는 하나도 급할 게 없었다.

"저희 지금 어디로 가죠?"

"해다움 아파트로 갑니다. 저는 그렇게 지시를 들었는데, 혹시 따로 들르실 데가 있으세요?"

"거기 지낼 만해요?"

아저씨한테 설명 듣기론 아파트 고급화 선두 주자로 나서기 위해 권진 건설에서 야심차게 지은 곳이라고 했다. 올해 입주 시작해서 완전히 신축이라고.

"할아버지도 참 열심이시네. 다 죽은 계열사 살리겠다고…… 쯧."

불충한 발언에 김 기사님이 따로 대꾸하지는 않았다. 권진 건설이 그룹 내에서 가장 부진한 성과를 내는 계열사인 건 누구나 아는 사실이니까.

몇 년 전 해외 플랜트 시장 진출을 노리고 참여했던 복합 발전소 건설에 막대한 자금 손실을 보고 후퇴해서 아직도 휘청이고 있었다. 해다움 아파트를 검색해보니 '지나친 고분양가에 완판 실패', '권진 건설 한강에서의 참패' 같은 기사만 쏟아졌다.

손댈수록 구렁으로 빠져드는 이 한심한 계열사를 대체 누가 맡으려나. 머릿속으로 그런 생각이나 하면서 의미 없이 창밖을 내다보던 그때였다. 세단이 커브를 도느라 속도를 줄였다. 그때 전방에서 세탁물을 한가득 들고 언덕길을 걸어 올라오는 가느다란 인영이 보였다. 순간 뇌리에 떨어진 벼락 같은 직감에 나는 느슨히 기대 있던 상체를 확 세웠다. 본능에 가까운 행동이었다.

"아저씨, 잠시만요."

처음에는 긴가민가했다. 등까지 내려오는 긴 생머리에 하얀 얼굴. 멀리서 대충 보기에도 이목구비며…… 몸의 선이 너무 여성스러워서 낯설었다.

그 여자는 내가 기억하던 깜찍하고 귀여운 초딩이 아니었다. 하긴, 10년 전이니까. 천지 차이로 달라졌다 한들 하나도 이상한 일이 아니었다.

"잠시만…… 천천히 가주세요."

처음에는 그애의 바뀐 분위기에 놀랐지만 들여다볼수록 내가 알던 얼굴이 되살아났다. 10년 전의 그 동그란 눈이 그랬고, 긴 속눈썹이 그랬으며, 조그마하고 오뚝한 코가 그랬다. 거리가 가까워질수록 내 첫사랑 초딩 여자애가 나에게 걸어오는 것처럼 보였다. 제 몸보다 더 긴 세탁물을 품에 안고서. 조금 추운지 코를 훌쩍대면서……

저애한테는 이 날씨가 추운가? 조그만 입술에서 연신 입김이 나왔다.

추위에 떨던 그애가 갑자기 멈춰서더니 위를 올려다보았다. 시선을 따라간 담벼락에는 노랗고 뚱뚱한 고양이가 한 마리 있었다. 고양이를 발견한 선한 눈은 반달이 되었고, 뒤따라 하얀 앞니 두 개가 나타났다. 그 얼굴에 떠오른 미소를 본 순간 나도 모르게 따라 웃고 말았다.

저거 이나희네.

이나희 맞잖아, 내 첫사랑.

완벽하게 그애였다. 이나희는 여전하네. 어릴 땐 햄스터를 닮았던 것 같은데 이제는 토끼 같았다. 하얗고 작은, 그런데 엄청나게 예쁜 토끼 말이다. 나는 목이 돌아갈 때까지 이나희를 쳐다봤다. 그애가 완전히 내 시야에서 사라지는 그 순간까지.

와, 미치게 예쁘네, 이나희.

계속 헛웃음이 나왔다. 실실 웃고 있다가 창문 너머의 그애랑 눈이 마주쳤다. 멍청이 같았다. 한강 다리를 다 건너고 아파트 주차장에 들어선 순간까지도 미친 사람처럼 그러고 있었다. 결국 지나가다 보이는 호텔 앞에서 내리려던 계획은 완전히 어그러지고 말았다.

"캐리어는 어디에 둘까요?"

"그냥 현관에 두세요."

어차피 여기서 얼마 안 있을 거니까. 꺼낼 짐도 많지 않았다.

다행히 아파트에는 침대가 있었다. 커다란 침대 딱 하나만. 그래도 침실 전면은 한강이 내려다보이는 전망이었다. 밤에는 을씨년스럽게 검은 강물로 가득했다.

아파트 상태가 어쨌든 그런 건 상관없었다. 나는 한동안 실성한 사람처럼 그 침대에 앉아 넋을 놓았다. 팔을 뒤로 짚은 채 멍하니 천장만 응시했다. 거기에 내 망막에 박힌 그애가 있었다.

"와……"

뭐지? 진짜 너무 예쁜데. 사람인가. 미쳤다. 정말 미쳤냐고, 이나희. 큰일이다. 나 큰일났다. 아니, 너 이렇게 예쁜 건 좀 반칙 아니냐?

이유를 모르는 웃음이 막 픽픽 터져나왔다. 당황스러울 만큼 예쁜 그애가 끊임없이 머릿속에, 내 침실 천장에 아른거렸다.

이나희를 마주친 순간부터 나는 제정신이 아니었다. 중력이 나에게만 다르게 작용한 듯 발이 땅에서 멀어진 기분이었다. 갑자기 지구에서 쫓겨난 것처럼 내 미래, 내 계획, 앞으로의 다짐…… 모든 게 아득하고, 차에서 스치듯 본 이나희 생각만 계속 났다. 몇 초도 안 될 그 짧은 순간이 늘어진 비디오테이프처럼 길고도 자세하게 머릿속에서 끊임없이 재생되었다.

우리의 어린 시절, 비눗방울 요정 같았던 그애가 다 커서는 장미의 현신 같았다. 나는 그런 너에게 눈이 멀고 코가 멀고 귀가 멀어서…… 네 생각밖에 못하는 바보가 되어서…… 어릴 적에 그랬듯…… 또다시.

이런 내가 한심하고 어이가 없어서 실없는 웃음만 나왔다. 그애는 감히 내가 항거할 수 없는 무언가였다. 교통사고를 당한 것처럼 이나희라는 10톤 트럭에 정면으로 부딪혀 산산조각나고 만 것이다. 거스를 수 없는 파도처럼 어린 시절의 나를 덮쳤던 그애는 이제 폭풍이 되어 나를 통째로 삼키려 하고 있었다.

아니, 그러지 말아야지. 나는 더이상 일곱 살 어린애가 아니니까. 외로움에 굶주려 천지 구분 못하고 달려들던 그때의 내가 아니니까.

내 갈 길은 확고했다. 어떤 무엇에도 휘둘리지 않으리라. 나는 결심하고, 또 단단히 결심했다. 꿈속에 이나희가 나타나 나를 흔들 때마다 마음을 다잡았다.

하지만 내 첫사랑이 예고도 없이 집에 찾아오자 모든 게 무너져내렸다.

"뭘 봐."

"……"

"꺼져, 이나희."

재회하자마자 싸웠다. 아니, 내가 일방적으로 시계를 던져 깨부수고 개지랄을 떨었다. 가뜩이나 나빴던 이미지가 최악의 지경에 이르렀다. 현관문을 볼 때마다, 실망한 채로 떠나던 이나희의 뒷모습이 생각나 집구석에 들어오기가 싫었다. 그런데 갈 데가 없었다. 아, 살기 싫다. 인생 진짜 엿같다.

—운동 왜 안 오냐? 아침저녁으로 출근 도장 찍더니.

“몰라. 안 가……”

—인포 누나가 너 보고 싶대.

이 세상에는 신기한 사람이 참 많다. 대화 한번 나눠본 적 없는 사이에 어떻게 내가 보고 싶기까지 하세요.

—벌써 출국했어? 로밍중?

“……끊어, 형.”

예정대로라면 지금쯤 동남아 어딘가를 여행하고 있어야 했지만 나는 한국을 떠나지 못하고 있었다. 애꿎은 비행기표를 버리면서까지 여기 남아 있는 이유가 뭘까. 납득할 만한 이유를 아무리 찾아도 떠오르는 게 그애밖에 없었다. 나는 심란해 죽겠는데 그날의 여파는 하나둘 밀려왔다.

“정수기 설치하러 왔습니다.”

네, 그럼요. 해야죠.

“들어가도 될까요?”

“……그러세요.”

내가 왜 이 집에 정수기를 설치한다고 했지. 언제 떠날지도 모르는데.

주방 한편에 떡하니 자리잡은 얼음정수기를 보자 착잡했

다. 물을 마실 때마다 이나희가 떠올랐다. 물맛 좋네. 얼음도 콸콸 쏟아지고. 쓸데없이 성능은 좋고 지랄이야. 생긴 것도 하얗고 귀여운 게.

그와 동시에 나는 그날의 일을 회상했다. 그러지 말걸. 처음에는 이씨 남매 모두에게 열받았는데, 이나희의 경악한 표정을 보자 내 안의 분노가 순식간에 휘발했다. 다 내가 잘못한 것만 같았다. 미안하다고 말하고 싶은데 그럴 기회도 없겠지.

아니, 사실 나에겐 그애의 전화번호가 있다. 정수기 설치 상담원과 통화가 끝나자마자 이나희 핸드폰에 내 번호를 찍었다. 둔한 그애는 끝내 몰랐다. 일부러 통화를 눌러두기까지 했는데도.

010으로 시작하는 이나희의 핸드폰 번호 여덟 자리를 하염없이 들여다보다가 눈을 감았다. 백 번을 상상해도 그 말간 시선을 받아낼 용기가 안 생겼다. 어릴 때나 지금이나 이나희 앞의 나는 멍청이였다.

"저같이 촌스러운 거 갖고 다니네……"

옆으로 눕자, 베개 위에 둔 이나희의 손수건이 바로 보였다. 박살난 시계와 함께 그애가 내 집에 두고 간 물건이었다.

핑크색의 보들보들한 손수건을 펼치고는 나도 모르게 냄새를 맡았다.

"와……"

냄새가 왜 이렇게 좋아?

이게 지금 뭐하는 짓이야. 변태도 아니고. 이나희가 알면 얼마나 개쓰레기 같은 새끼로 생각하겠어. 몇 번 더 킁킁거리다가 손수건을 빈 쓰레기통에 처넣었다.

몇 초 지나지 않아 나는 쓰레기통에서 이나희의 손수건을 다시 꺼내왔다. 내가 어쩌다 이 지경이 됐지. 자괴감에 잠을 이룰 수가 없었다.

종일 굶었더니 배가 고팠다. 자연스레 이나희가 해줬던 콩국수가 생각났다. 그애가 하라는 대로 물을 끓이고, 면을 넣고, 냉수를 세 번 부었다. 면을 건져 콩물을 붓고 설탕도 왕창 넣었다.

똑같이 했는데 그 맛이 안 난다. 이게 뭐지. 네가 해줬던 콩국수가 아니잖아. 그 맛이 안 난다고, 이나희. 어디 갔어.

왜 갑자기 증발한 거야……

신경질이 나서 그릇째로 싱크대에 처넣었다.

하루아침에 사는 게 엿같아졌다. 술술 풀려가던 내 인생에 예고 없이 침투한 이나희 때문이다. 더 꼬이기 전에 나는 비행기표를 예매한 뒤 할아버지에게 떠난다는 인사를 드리러 한남동 자택에 방문했다. 하필 날씨도 우중충한 날이었다.

그리고…… 나는 이나희를 만났다. 빗속에서 우리는 사이좋게 아이스크림을 나눠 먹었다.

집으로 돌아오는 길에는 그애를 닮은 무지개가 예쁘게 피어 있었다.

"벤치 안 하냐? 왜 가만히 앉아 있어?"

'트레이너 서은우'라고 쓰인 명찰을 매만지며 형이 맞은편에 앉았다.

"뭐하냐. 얼굴은 벌게서…… 권현진, 너 또 그 여자애 생각하고 있지?"

"어."

그는 나보다 네 살이 많은데, 영국에서 같은 학교를 다니다 중퇴하고 귀국한 지 오래됐다. 전에 듣기론 중소기업 아들이었던 걸로 기억하는데, 지금은 트레이너이자 '더 바디 쉐이프'의 대표였다.

한국에서 내가 편하게 만날 만한 유일한 사람. 그리고 그를 쫓아다니는 여자가 무수히 많은, 그러니까 여자의 심리를 잘 아는 남자였다.

"형, 어제 있잖아. 걔가 나한테…… 갑자기 아이스크림을 주는 거야."

"아이스크림? 너 단거 안 먹잖아."

"들어봐. 아이스크림 종류가 여러 개가 있었어. 근데 걔가 막 열심히 뒤적거리더니 굳이 쌍쌍바를 힘들게 찾아서 나한테 주더라고."

"하고많은 아이스크림 중에 쌍쌍바를?"

"어. 그러니까, 그게 뭐, 남자랑 여자랑 단둘이 나눠 먹는 거라며."

"네가 좋아하는 애. 걔가?"

"어. 난 쌍쌍바를 처음 봤다고 하니까 걔가 내 손을 이렇게, 이렇게 직접 잡고…… 쌍쌍바를 반으로 가르더니 하나는 나 먹고, 하나는 자길 달래."

"오, 적극적인데?"

"그러더니 걔가 갑자기…… CCTV가 없는 데로 가자는 거야."

"와 씨!"

"너 혹시 지금 나랑 뭐하고 싶은 거냐고 물어보니까……"

"야, 그걸 왜 물어봐! 그냥 해야지!"

"아니, 들어봐. 내가 물어보니까 그냥 나를 빤히 쳐다보더라고. 그 눈빛 알지. 약간 촉촉한 눈. 뭔가 원하는 눈."

"그래서. 했어? 야, 너 그래도 그렇지 아직 미성년잔데!"

"아니, 하긴 뭘…… 형은 머릿속이 왜 그렇게 음탕하냐?"

"그래서. 그래서 어떻게 됐는데."

"그래서 그냥 같이 쌍쌍바를 먹었지……"

"뭐 뽀뽀 그런 건 안 하고?"

"어. 그랬더니 먹으면서 나한테 그러더라고. 참 착한 애 같다. 춥지 않냐. 비 오니까 내 옆으로 더 가까이 와라."

"야, 걔도 너 완전 좋아하는데?"

"맞지? 나 지금 혼자 미친놈처럼 망상하고 있는 거 아니지?"

"걔도 너 엄청 좋아하네!"

"그럼 그 쌍쌍바가 혹시 나랑 사귀자는 뜻인가?"

"빨리 결혼하자는 거 같은데……"

역시.

역시 나만 그렇게 생각한 게 아니었구나.

쌍쌍바가 어디 평범한 아이스크림인가? 보아하니 커플에 의한, 커플을 위한, 커플의 상징이나 다름없었다. 화목한 부부애와 번영을 상징하는 한 쌍의 원앙처럼 말이다. 그래서 이름도 쌍쌍바 아닌가.

하고많은 아이스크림 중에 굳이 그걸 골라서 나에게 건네고. 또 내가 준 쌍쌍바의 반쪽을 받아주고. 그건 나에게 내미는 화해의 손길이자 나를 짝으로 받아준다는 의미가 분명했다. 과연 이나희는 나와 어디까지 갈 생각인가, 여태 그게 문제였는데 이로써 확실해졌다.

하…… 근데 이거 미안해서 어쩌지. 난 더이상 전처럼 섣불리 마음먹는 남자가 아닌데. 우리가 예전의 그 초딩이냐고. 사귀어보지도 않고 결혼까지는 시기상조잖아. 이나희도 참 성격이 급하다니까. 친구에서 애인 되고, 그러다 결혼까지 가는 거지 뭘 벌써 결혼부터 하재. 나 참.

"현진아, 형이 누누이 말했잖아. 너 그 얼굴이 여자한테 안 먹힐 리가 없다니까."

"여자도 얼굴을 많이 봐?"

"얘가 진짜 뭘 모르네. 여자들이 외모를 더 따져요."

"근데 걔는…… 어릴 때도 나를 별로 안 좋아했는데."

"그 친구가 좀 희한하다. 너 옛날부터 진짜 잘생겼는데."

"특이한 거 맞지?"

"어. 내가 너 여덟 살 때부터 봤잖아. 쉽게 거부할 수 있는 얼굴이 아닌데……"

마침 생각났다는 듯 은우 형이 덧붙였다.

"우리 회원님들이 오늘도 그러더라. 개인 PT존에 계신 회원님 번호 좀 알려달라고."

"진짜 이상하다. 남의 폰 번호를 왜 물어보냐."

길거리에서도, 헬스장에서도 종종 있는 일이었다. 당할 때마다 불쾌했다. 말을 거는 쪽이 자기 번호를 주는 게 매너 아닌가? 본인 마음에 든다고 왜 다짜고짜 남의 전화번호를 묻는지.

"표정 좀 풀고 다녀. 그렇게 인상 쓰고 다니니까 다들 너한테 인사도 못하겠대."

"제발 말 걸지 말라 그래. 나 미성년자니까 쳐다보는 것도 범죄라고."

하여튼 헬스장을 옮기든가 해야지. 벤치를 들다 말고 갑자기 몸에서 힘이 쭉 빠졌다. 요즘 내가 그랬다. 갑자기 딴생각에 빠져서. 대부분 이나희 생각이었다.

"형, 근데 결혼하려면 집에 가구부터 채워야겠지?"

예매한 비행기표는 쌍쌍바에 잊힌 지 오래였다.

대충 가전도 채워놓고 집도 깨끗하게 정리해뒀다. 언제든 이나희가 방문하면 불쾌하지 않도록.

오늘 올까, 내일 올까. 그애를 기다리는 하루하루가 행복한 꿈속 같았다. 사람을 기다리는 게 이렇게 즐거운 일이란 걸 이나희 덕분에 배웠다.

혹시 우리가 엇갈릴까봐 아침 일찍 피트니스에 다녀오는

데 오늘따라 꽃가게가 눈에 띄었다. 정확히는 유리 냉장고 안에 진열된 장미가 내 심장에 박혔다.

나는 다분히 충동적인 걸음으로 문을 열고 들어섰다. 색색의 장미를 들여다보고 있으니 플로리스트가 다가왔다.

"누구한테 선물하시려고요?"

어…… 누구한테 줄 건 아닌데. 그냥, 앞에 피트니스 가면서 매일 봤는데요. 장미가 너무 예뻐서요. 선물할 사람이 없으면 꽃을 못 사나요? 그냥 집에 둘 건데……

"첫사랑이요."

이번에도 충동적으로 나온 말이었다. 내 입으로 이런 느끼한 말을 꺼내본 건 처음이었다. 은우 형한테도 '좋아하는 여자애' '관심 있는 애' 정도로만 말했지, 첫사랑이니 짝사랑이니, 내 운명, 영혼의 반쪽, 그런 거창한 수식은 붙여본 적이 없었다. 귀가 뜨거우면서도 진심을 털어놓아서 그런지 기분이 좋았다.

"첫사랑한테 선물하려고요."

플로리스트는 모르는 사람이니까. 짝사랑이든 첫사랑이든 영원한 사랑이든. 그애를 나의 무엇이라고 말해도 상관없지 뭐. 어차피 전부 다 사실인걸.

"그럼 이 장미는 어떠세요? 꽃말이 '첫사랑'이에요."

좋아요. 예쁘고 귀엽고…… 그애랑 닮았네요.

플로리스트가 권해준 주황색 장미를 한 아름 품에 안고 집에 오는데 날아갈 것만 같았다. 삭막했던 집에 장미까지 꽂아두니 제법 사람 사는 집 같아 뿌듯했다. 이 정도면 우리의 신혼집으로도 손색없었다.

다음에는 여자친구라고 해야지. 여자친구에게 줄 거예요, 예비 신부한테 줄 거예요, 그렇게 말해야지.

어릴 때부터 밀고 당기기에 능했던 이나희는 커서도 그 능력을 십분 발휘했다. 교묘하게 내가 없는 시간에만 집에 찾아오는 상황이 몇 번 반복되자 나는 차차 그애의 진심을 깨달았다.

그럼 그렇지. 정말 짜증난다. 어릴 적 첫 만남부터 유구하게 날 싫어했던 이나희가 하루아침에 나를 좋아하게 되었을 리 없지.

차차 기대를 내려놓고 나는 다시 비행기표를 알아보기 시작했다. 그리고 어쩌면 마지막이 될지도 모르는 장미를 샀다.

그런데……

"현진아."

나비의 날갯짓처럼 부드럽고 고운 미성이 나를 불렀다.

"나 이거 먹어도 돼?"

프로틴바를 가리키면서.

"나 이거 먹어도 돼?"

어떻게 사람이 그렇게 귀엽게 말하지?

"현진아."

시시때때로 이나희의 목소리가 들렸다. 날 부르는 그 가녀린 음성은 흡사 아기 천사의 나팔소리 같았다. 아니지, 부처님의 종소리라고 해야 하나. 우리 부처님이 종을 들고 계셨나……

아, 모르겠다. 그날의 간접 키스로 나는 며칠간 정신이 몽롱했다. 땅 위를 걷고 있는데 구름 위를 걷는 것처럼 발밑이 푹신푹신했다.

언제 고백할까. 뭐라고 고백할까. 혹시, 나도 모르는 사이에 설마 우리가 벌써 사귀고 있는 건 아니겠지?

마음이 급해졌다. 때마침 백화점에서 빨간색 펜던트가 달린 목걸이가 보였다. 평소엔 쳐다본 적도 없는 주얼리 브랜드였다.

“이런 목걸이 여자들이 좋아해요?”

“그럼요, 좋아하시죠. 기념일 선물로 많이들 하세요.”

여성용 주얼리를 사본 적도 없으면서 무작정 이거저거 보여달라고 했다.

“저희 이번 홀리데이 에디션도 한번 보시겠어요? 말라카이트는 자주 안 나오거든요.”

“녹색은 좀.”

“커넬리언이 마음에 드시나보다. 여자친구분 선물하시는 거죠?”

너무 당연하게 여자친구라고 하기에 도리어 내가 부끄러워졌다. 고개를 끄덕이자 직원이 알아서 빨간색 목걸이를 눈앞에 들어 보였다.

“이십대 여성분들이 제일 선호하세요.”

선호도가 높다는 건 그들 눈에 제일 예쁘다는 거겠지? 흔한 건 싫지만, 그렇다고 특이한 건 부담스러울 것 같다. 첫 선물인데. 비싼 걸 샀다고 또 지랄할 게 분명하니 500만 원이하에서 골라봐야겠다.

“스윗 사이즈는 데일리로 좋고요, 조금 무게감이 있는 걸 원하시면……”

“큰 거요.”

“팔찌도 보여드릴까요?”

“네.”

그래, 기왕 하는 거 세트로 하면 더 예쁘겠지.

“젊은 여성분들도 모티브가 많은 걸 좋아하시거든요. 팔목이 얇아 보이기도 하고요.”

“팔목은 원래 가늘어요.”

“아, 그러시면……”

“근데 다섯 개짜리가 더 낫네요. 그걸로 주세요.”

팔찌와 목걸이를 합쳐서 2천만 원 정도였다. 계획보다 살짝 오버되긴 했지만 그냥 사야겠다. 이나희의 하얀 피부에 잘 어울릴 것 같으니까.

이걸 어떻게 주지. 오다 주웠다고 할까? 그럼 경찰서에 갖다주자고 할 애였다. 상식적으로 이렇게 예쁜 리본을 매고 있는 상자를 어디서 주웠을 리도 없고, 그런 말은 너무 뻔하잖아. 좀 멋있게 고백하면서 주고 싶은데, 이나희 앞에선 늘 등신 같은 소리만 하게 된다. 멋있기는커녕 헛소리나 안 하면 다행이지.

'나 곧 미국으로 가. 너만 괜찮으면, 우리 장거리 연애할래? 일단 나는 존나 괜찮거든.'

얼마나 괜찮냐면 네가 지구에 있고 내가 달에 있어도 난 괜찮아. 어차피 네가 눈앞에 보이든 안 보이든 나는 늘 네 생각을 하니까. 우리가 얼마나 멀리 있든, 거리는 상관없어.

이나희에게 고백할 생각으로 하루하루가 설레었다.

그런데 사람을 천국에 보내놓고서 이나희는 또다시 내게서 멀어지려 했다. 나는 기다리다못해 메시지를 보냈다. 몰래 훔친 그애 전화번호, 매일매일 눈으로 만져보기만 했지 연락한 건 처음이었다. 아이비리그 입학 날짜도 점점 다가오고 있어서 마음이 조급했다.

—내일 뭐하는데

메시지는 장렬히 씹혔다.

너는 늘 이런 식이지. 사람을 기대하게 만들고서 혼자만 쏙 빠져나가고. 풍선처럼 부푼 내 마음에 너는 아무런 책임도 없다는 듯이. 참다가 열받아서 벌떡 일어났다. 잠이 안 와서 홧김에 전화를 걸었는데 그걸 받았다.

—여보세요…… 으응, 누구.

"야. 이나희."

너 사람 갖고 노냐? 쏘아붙일 말이 목구멍까지 올라온 순간이었다.

—으으응……

잠에 취한 이나희가 앓는 듯한 신음을 흘렸다. 본능적으로 머릿속이 하얘졌다. 위험했다.

—내 번호, 어떻게 알았어……

끄으으응, 하는데 이게 참. 뭐랄까, 새끼 고양이의 울음소리 같기도 하고. 공기 반 소리 반의 아무튼 오묘한 신음이었다. 누군가 내 심장을 북으로 아는지 쿵쿵쿵쿵 두들기기 시작했다. 정수리까지 피가 확 솟구쳤다.

"씨…… 야!"

진짜 미쳤나. 이런 목소리로 전화를 받으면 어쩌자는 거야. 얘는 내가 남자인 줄도 몰라?

아찔했다. 나 아닌 다른 누군가가 이나희의 이런 목소리를 들었을까봐. 분명 나처럼 더러운 상상을 할 텐데……

"자면서 전화 받지 마라."

순진해빠진 이나희. 충동을 참느라 심장이 터져나갈 것만 같았다. 핸드폰을 든 손이 달달 떨렸다.

"누굴 조지려고…… 씨발."

이 새카만 머릿속이 들킬까봐 무서워서 그대로 전화를 끊어버렸다.

한밤중의 짧은 전화통화는 많은 걸 바꿔놓았다.

나는 더이상 그애를 혼자 서울에 두고 미국에 갈 수가 없었다. 거리에 돌아다니는 모든 남자가 다 음흉한 하이에나 새끼로 보였다. 이나희는 새하얀 양이고, 자그마한 토끼였다.

그랬다. 사실은 내가 더러운 늑대였다. 낮이고 밤이고 나는 열병처럼 그애를 떠올렸다. 어린 시절의 그 감정은 다 장난이었던 것처럼 엄청난 충동이 하루하루 나를 담금질했다.

그래, 어차피 미국에는 석사 때 가도 되니까. 한국에서 대학을 다니면 할아버지는 내게 많은 걸 주겠노라 약속했다. 말뿐인 거짓은 아니었다. 내게도 아이비리그를 포기할 만큼의 가치는 있는 제안이었다. 서울에 있다보니 정이 들었는지 이곳이 전처럼 싫지만은 않았다. 무엇보다 숙모가 눈꼴셔할 걸 생각하면, 할아버지와의 협상 없이도 한국에 눌러앉을 만한 이유가 됐다.

나는 여러 가지 변명을 지어냈다. 그애 옆에 어떻게든 붙어 있으려는 날 위한 변명을.

와중에도 이나희의 손을 타려고 어리숙한 척을 했다.

"몰라, 나도. 모르겠는데. 대학 그런 건."

성의 없이 대꾸하자, 내가 인생을 포기한 막장처럼 보이는지 이나희는 아주 난리가 났다.

나 같은 건 꼴도 보기 싫어서 내 집에 안 오는 거 아니었어? 귀찮아했으면서. 더는 날 안 볼 것처럼 멀어지려고 했으면서.

분명 나는 화가 나 있었다. 그런데 갑자기 이나희가 우는 것이다. 장독대를 닦느라 몸이 고되고 바빠서 그간 못 들른 것이라며. 아니, 눈물은 좀 반칙 아닌가? 그리고 난 하나도 몰랐잖아. 네가 그렇게 피곤한 것도.

전에도 그랬듯 나는 이나희의 눈물 앞에서 한마디도 하지 못했다. 뾰족하게 곤두섰던 마음도 그저 힘없이 뭉개져버렸다.

나는 네가 우는 걸 보면 아무 생각도 안 나. 네가 울면 나는 허공을 떠도는 먼지보다 못한 놈이 돼버려. 내가 널 힘들게 하는 거라면, 언제든 다시 떠날 수 있어……

재회하기 전까지 나는 이나희를 다시 만나서 그애와 사귀고 싶은 줄로만 알았다. 이 질긴 애정은 내 어린 첫사랑을 쟁취하면 비로소 해결될 거라고, 어렴풋이 그렇게 믿었다.

하지만 이나희의 눈물 앞에서 비로소 나는 내가 무엇을 원하는지 깨달았다. 내가 바라는 건 내 정원에 늘 자리잡고 있던 나의 작은 장미가 더는 상처받지 않는 거였다. 네가 눈물 흘릴 정도로 속상할 일이 더는 없기를, 나는 그것만을 간절히 바랐다. 이나희를 향한 내 마음은 사랑을 포함하여 그 너머에 있었으므로.

그애는 나보다 훨씬 더 소중한 무언가였다. 나를 희생하고도 하나도 아깝지 않고, 오히려 더 주지 못해서 마음이 쓰이는 무언가.

어린 시절에서 시간이 훨씬 지났어도 우리는 여전했다. 아마 앞으로도 비슷할 듯했다. 이미 더 커질 수 없을 만큼 자라난 마음이 하루하루 더욱더 팽창할수록 나는 알았다. 언제 어디서든, 나는 한없이 네 주위를 돌고 있으리란 걸……

이나희가 영화표를 줬다. 내 눈에는 그게 우리의 청첩장으로 보였다.

―신랑 권현진군, 신부 이나희양의 결혼식은 수요일 4시 30분이며 장소는 강남 CGV 11층 15관입니다.

그렇게 쓰여 있는 것만 같았다. 이 작고 빳빳한 종이가 세상에 얼마나 기특하고 사랑스러운지 종일 들여다봐도 질리지 않았다.

우리의 첫 데이트를 앞두고 나는 갤러리아에서 패션쇼를 했다. 머리부터 발끝까지 다 맞췄다. 혹시 몰라서 속옷도 새로 샀다. 음흉한 생각을 한 건 절대 아니고…… 그냥, 혹시 모르니까. 같이 저녁까지 먹고 갑자기 분위기가 좋아지면 뭐, 내 집에서 자고 갈 수도 있는 거고. 내 집이 우리집이 될 수도 있는 거고, 누나에서 자기가 될 수도 있는 거니까. 남녀 사이는 아무도 모르는 거니까.

알함브라인지 알람브라인지 하는 주얼리도 오늘 주려고 거실 테이블에 꺼내놨다. 같이 저녁을 먹고 조금 걷자고 하면서 가볍게 대화를 나눠야지. 무슨 얘기를 하면 좋을까?

'이나희. 넌 요즘 고민이 뭐야?'

내가 무슨 상담 선생님인가. 고민은 물어봐서 뭐하게.

'요즘 무슨 생각해?'

나는 가끔 네 생각을 해. 아니, 사실은…… 좀 자주 해. 아니, 나는 네 생각을 너무 많이 해. 너 때문에 밤낮으로 아주 미치겠어.

미친. 이거 고백 아냐? 그래, 차라리 고백을 하자. 미술관 앞에서 고백하는 거야. 위치나 분위기상 거기가 딱 좋을 것 같았다.

'나 한국에 온 것도 사실은 널 보러 온 거야, 이나희. 아무래도 내가 널 좋아하는 것 같다.'

이건 너무 찌질하다. 나 널 좋아해. 그렇게 말해야지.

'넌 나 안 좋아하지? 상관없어.'

상관이 없긴…… 상관있는데? 이나희가 날 안 좋아하면 고백이 다 무슨 소용인가. 혹시 고백했는데 안 좋은 반응이 돌아오면 어떡하지?

'야, 이 새끼야. 나이도 어린 게 스토커처럼 쫓아다니지 마! 짜증나니까!'

이렇게 대답하면 어떡하지? 물론 이나희가 저렇게 말할 리는 없지만 상상만 해도 발밑이 무너지는 기분이었다.

그래, 그냥 고백은 하지 말자. 살짝 좋은 감정이 있다고만 말할까? 아니, 그게 고백이 아니면 뭔데.

"하……"

이나희, 나 좀 좋게 봐주면 안 되냐? 나 그렇게 개쓰레기 새낀 아니야. 나 한번만 예쁘게 봐주라. 내 눈엔 이미 네가 세상에서 제일 예뻐 보이니까.

그래. 이게 깔끔하다. 이 정도면 너무 많이 마음을 드러내지 않았으니 부담스럽지 않겠지. 가볍게 말하자. 가볍게.

'나 좀 예쁘게 봐줘, 이나희.'

넌 이미 충분히 귀엽고 깜찍하고 예뻐.

설레서 잠이 오지 않았다. 첫 데이트에 가는 것처럼 가슴이 너무 뛰었다. 아니, 데이트는 맞지. 같이 영화 보고, 분위기 좋은 데서 맛있는 거 사주고, 집에 데려다주고. 이게 데이트가 아님 대체 뭔데.

데이트. 이건 데이트다. 나는 내일 이나희와 데이트를 한다. 가슴속에 종이 있는 것 같다. 딸랑딸랑, 딸랑딸랑. 쉴새 없이 울려대서 도무지 잠이 오질 않았다.

그날의 데이트는 첫 단추를 잘못 끼웠지만, 생각보다 나쁘지 않았다. 설탕처럼 단 팝콘을 이나희가 내게 먹여주고, 옆에 나란히 앉아 같이 영화를 보고, 저녁을 먹으러 갈 때까지만 해도 분위기가 썩 괜찮았다. 김창진이라는 미친 새끼한테서 전화가 걸려오기 전까지는……

"어떻게 친구로 생각하냐고, 네가 이렇게 예쁜데!"

결국 싸우고 길거리 한복판에서 내지르고 말았다.

"귀엽고, 깜찍하고!"

"……"

"너 예뻐서 내가 미치겠다고, 이나희……"

답 없는 내 신경질에 이나희가 화내고 혼자 가버릴 줄 알았다. 그런데 얼굴이 토마토처럼 빨개져선 나를 제대로 쳐다보지도 못했다.

뭐지? 저게 대체 무슨 반응이지? 알쏭달쏭했다. 설마 날 받아준 건가? 아닌가, 또 설레발인가?

데려다주는 택시 안에서 수십 번 고민했다. 지금 이나희의 저 손을 내가 잡아도 되나? 거기까진 안 되려나?

'손잡아도 돼?'

그렇게 물어볼까? 스위스 베르차스카 댐에서 번지점프도 제일 먼저 뛰었던 내가 아이러니하게도 바로 옆에 있는 이나희 손을 잡을 용기가 없어 30분을 망설이고만 있었다.

결국 손은 잡지 못했다. 나는 한동안 잊고 살았던 두려움을 떠올렸다. 저애한테 거절당할까봐, 밀쳐질까봐 한없이 겁냈던 나의 어린 시절. 누군가를 좋아하는 건 내 안의 악을 키우는 일이기도 했다. 공포, 질투, 집착, 불안 같은 더러운 감정이 늘 따라왔다.

이나희가 내게 키스했다. 아니, 사실 뽀뽀에 가까웠지만 나는 죽어도 키스라고 해야겠다.

이나희가 나한테 키스했다.

이나희가 나한테 먼저, 키스했다.

이나희가 나한테 먼저……

나, 권현진은 앞으로 착하게 살 것이며 기부도 많이 하고 세금도 정직하게 낼 것을 다짐합니다.

오늘부로 나는 다시 태어났다. 그러므로 12월 31일, 경사스러운 이날을 나의 두번째 생일로 결정했다.

내 방 창문 너머로 도시의 야경을 담은 한강 물결이 별처럼 반짝였다. 서울에 은하수가 흐르고 있다. 그날 나는 세상에서 가장 아름다운 밤을 구경하느라 잠을 이루지 못했다.

누군가 '시작!' 하고 깃발을 들진 않았지만 이후로 당연한 순리처럼 연애가 시작되었다. 우리의 연애는 남들과 크게 다르지 않았다. 유치했고, 자주 싸웠다. 로맨틱한 순간은 가끔이었다. 나나 그애나 우리는 서로를 가엾게 여기고 또 사랑스러워했다. 나는 많은 걸 감추고 있었으나 그것만은 진심이었다.

"S대가 최고다. 내는 아이비리그 하나 안 부럽다. 대한민국 일등 아이가?"

"아버님. S대 얘긴 이제 그만 좀……"

"한성 손녀랑 둘이 약혼하고, 같이 손잡고 미국 가면 딱 좋겠다. 그림 나온다."

"잠시만요. 아버님, 한 회장님 손녀는 지금 서연이 말씀하시는 거예요? 아니, 저희 승주는요?"

"승주는 배필을 늦게 만나는 게 좋다 카더라."

"그게 무슨 말씀이세요, 아버님!"

약혼이며 결혼이며 왈가왈부하는 건 전부 3년 뒤의 이야기였다. 난 얼굴도 본 적 없는 여자다. 무엇보다 저 약혼의 주체는 원래 내가 아닌 권승주다.

"아버님이 뒤에서 지분 작업하는 거, 저랑 그이가 정말 모른다고 생각하세요?"

"어데 소리를 지르나!"

할아버지의 갈대 같은 마음이 또 언제 어떻게 바뀔지 아무도 모르는 일이었다. 그러니 이나희한테 이런 일까지 알릴 필요는 없다고 생각했다.

나는 어렸다. 마음만으로 우리의 사랑을 지킬 수 있다고 믿었다. 하지만 세상 그 무엇도 본질만으로 영위할 수 있는 건 없었다. 나는 뒤로 비밀을 감추면서도 내가 왜 너한텐 첫 번째가 아닌 거냐고 질투하고 집착했다. 싸우는 일이 잦아졌다. 외나무다리 걷듯 불안한 연애가 아슬아슬하게 지속되었다.

서로를 위한다는 명목으로, 실상 어떻게든 연애를 이어가려고 내가 포기하고 그애가 양보했다. 우리가 한 발자국씩 서로에게 멀어지자 마침내 싸움은 다 끝난 것처럼 보였다.

그렇게 이 관계에 평화가 찾아올 줄 알았다. 그런데 서로 입을 다물고 조용해졌을 때 비로소 나는 깨달았다. 차라리 우리가 다투던 날들이 더 나았다는 걸.

“현진아, 나 제주도 가고 싶어.”

이나희가 여행을 가자고 먼저 말하는 건 처음이었다.

밀월여행을 떠난 신혼부부처럼 제주에서 달콤한 꿈에 젖어 있던 그때, 나는 왜 몰랐을까? 우리가 같이 누운 침대에서 불을 끄기 직전이면 보이던 네 슬픈 얼굴을……

이나희가 증발했다.

"내가 언제 너한테 좋아한다고…… 말한 적 있어?"

그딴 개소리, 거짓말만 남기고 사라져버렸다. 그래, 저건 거짓말이었다. 들었을 땐 너무 충격적이라 숨이 안 쉬어졌지만 돌이켜보니 확실했다. 내가 받은 건 분명히 사랑이었으니까.

갑자기 사라진 그애를 찾느라 거의 한 달은 제정신이 아니었다.

"이십대 때 하는 연애가 원래 그래요. 그때는 다 절절하지, 막 죽을 것 같지. 나라고 왜 모르겠어. 우리 딸들도 그래. 남자친구랑 헤어지고 너무 슬프대. 그럼 나는 그래요. 야, 너희 참 청춘이다. 청춘."

이 실장님도 사라졌고 이찬희도 내 연락을 피했다. 내가 한국에 없는 사이 대체 무슨 일이 벌어졌는지, 그래서 이나희가 지금 어디에 있는지 알아낼 수 있는 방법은 윤종오뿐이었다.

"다 나희양 선택이에요. 회장님이 아신 이상 현진군이랑 더 교제해봤자 힘들다, 험한 꼴 보지 말고 회장님이 섭섭하지 않게 챙겨준다고 할 때 그냥 가는 게 낫다, 했더니 '알겠습니다' 그러고 갔답니다."

처음에는 그렇게 말했다. 이나희가 나랑 헤어지는 대가로 돈을 받고 떠났다고, 할아버지가 주도한 거라고 발뺌했다. 조승필이 그애를 맡아서 처리한 게 증거라고 했다.

"그땐 여자친구랑 교제하다 헤어지면 죽을 것 같고 그렇죠. 고통이 영원할 것 같고, 다신 연애 못할 것 같고. 근데 시간 지나가면 다 잊히는 거예요. 나중에 결혼할 사람 만나봐. 지난 연애 쓸모없더라니까."

나는 처음에 아저씨를 의심하지 않았다.

"오래 사귀지도 않았다면서. 어린 시절에 잠깐 하는 연애, 그거 그냥 불량식품 먹는 거야. 불량식품 먹어봤어요? 맛은 있지. 근데 그게 전부라니까."

그런데 내가 원하는 모든 걸 척척 눈앞에 갖다 바치던 사람이 그애의 행방만은 뜸을 들이는 게 이상했다. 답은 주지 않고, 자꾸 오묘한 말로 나를 홀리고 설득하려고만 했다.

"세상에 먹을 게 얼마나 많아. 다른 거 먹으면 돼. 건강한 거. 몸에 좋은 거. 우리 현진군은 더 비싸고 귀한 거 찾아 먹어야지, 권진 장손인데. 내가 장담할게요. 지금 힘든 거? 1년만 지나도 잊는다니까."

시간이 지나면 잊힌다. 나는 처음부터 그 말을 믿지 않았다. 이나희는 그럴 수 있는 사람이 아니다. 내 모든 시절이 그애였다. 과거가 그랬고 현재가 그랬다.

"이제 포기해요. 회장님 많이 노하셨어."

"아저씨, 저는 포기가 안 돼요. 걔는 저한테 청춘 그런 거 아니에요."

언젠가 지나가고 끝내는 잊히는 게 청춘이라면, 그런 청춘 따위 나는 필요 없다. 너에 관한 기억을 조각처럼 찾아 모으면 그게 내 일생이 되는데. 나희야, 그런데 어떻게. 내가 어떻게 너를 잊어. 과거를 잊고 사는 사람이 어디 있다고. 헤어지고서야 알았다. 내가 한 건 연애가 아니었다. 나는 오직 이나희와 함께 있을 때만 숨을 쉬고, 사람처럼 살았다. 이런 게 연애일 리가 없었다. 이토록 집요한 게, 내 지난 모든 시절이 전부 너인데, 헤어지면 끝인 연애 따위일 리가. 너를 잃는 건 나를 잃는 거나 마찬가진데……

"현진군, 이렇게 생각해봐요. 불교 용어 중에 '시절인연'이란 말이 있잖아요?"

시절인연時節因緣. 나는 처음 들어보는 말이었다.

"모든 인연에는 때가 있다는 뜻입니다. 아무리 애써도 내 인연이 아닌 사람은 못 만나고, 애쓰지 않아도 만나게 될 사람은 다 만난다는 거죠."

오고 가는 것에 때가 있으니, 우리의 헤어짐도 결국에는 운명이라고 했다.

"나중에라도 어떻게든 나희양을 만나지 않을까요? 진짜 운명이라면요."

지금 사람을 놀리는 건가. 운명 그런 게 어디 있어. 내가 언제 말장난하자고 했어? 꺼내지도 않은 운명 타령이야.

"씨발, 둘이서 뒤통수쳤네."

나는 당신 편이라며 간이고 쓸개고 빼줄 것처럼 굴던 윤종오가, 할아버지 역성을 드는 걸 보고 깨달았다. 운명이니 시절인연이니 하는 헛소리는 명분이 필요한 자의 구차한 변명이었다.

할아버지 앞에 이나희를 데려간 게 윤종오란 사실을 알고, 나는 곧장 찾아가서 멱살을 잡았다.

“아저씨. 나 럭비 했던 거 알죠. 거기서 제일 성격이 더러운 놈이 맡는 포지션이 있어요. 넘버 8이라고.”

학교 다닐 때 축구와 럭비가 내 주 종목이었다.

“내가 졸업할 때까지 계속 8번이었거든. 애들이 너무 몸을 사려서.”

“이, 이건 좀 놓고…… 나중에 후회합니다. 치기에 이러는 거……!”

“아저씨 뭐 믿는 구석 있나봐. 그렇게 자신 있어? 당신 나랑 척지고 살 자신 있냐고.”

인간 같지도 않은 인간이라 결국 주먹질을 했다. 수법이 너무 비겁해서 도저히 참을 수가 없었다.

멱살을 잡고 흔드는데 코피가 철철 났다. 그런데도 분이 안 풀렸다.

“회장님을 뭐라고 꼬셨는지 모르겠지만 그거 오래 못 가. 우리 할아버진 밑에서 일하는 사람 인간 취급 안 하거든. 당신 그냥 개야. 개.”

“듣자 하니 경우가 없어……! 어윽!”

“가서 잘해봐요. 나랑 권승주 사이에서 간 보기 그만하시고.”

윤종오는 작은아버지와 완전히 대척 관계지만, 뒤에선 권승주와 묘한 커넥션을 만들어가고 있었다. 적의 적은 아군이라고 승주 형 또한 싫지 않은 모양이었다.

"전자, 난 이제 관심 없거든요."

줘도 안 갖는다.

"두 번 다신 나한테 연락하지 마요. 당신 죽여버리고 싶은 거 참는 중이니까."

지금껏 경주하듯 앞만 보고 달렸다. 하지만 이나희가 사라진 순간부터 나는 기수를 잃은 말이나 다름없었다.

"그기 청춘의 망령이다. 현진아, 니 그거 금방 잊는다. 할애비가 장담하께."

"저 이제 할아버지 안 봐요. 건강하세요."

청춘의 망령? 금방 잊어?

어이가 없었다. 그 와중에도 나한테 약혼 얘기를 꺼내는데, 할아버지고 뭐고 정말 토할 것 같았다.

복수하고 싶었다. S대도 자퇴해버리고, 보란듯이 망가져서 당신 선택이 틀린 거라고 할아버지한테 복수하고 싶었다.

하지만 나는 그러지 못했다. 내 합격 소식을 듣고 놀라고, 기뻐했던 그 얼굴이 떠올라서…… S대 입학은 사실 이나희의 공인데, 나 혼자서 자퇴를 결정해버릴 순 없었다. 그애의 지분이 반은 되는데.

그래. 내 인생에 네가 반인데. 반쪽짜리가 된 채로 나더러 대체 어떻게 살라는 거야, 이나희…… 만약 우리가 헤어지는 게 정말 순리라면 내가 그 빌어먹을 운명과 싸워보겠어. 바스러지고 흩어지려는 너를 반드시 내 운명으로 만들어볼게. 네게 나를 바치겠다.

당시 내 머릿속에는 재회하겠다는 결심뿐이었다. 나는 이나희가 호주로 거처를 옮겼다는 걸 알아냈을 때 무작정 찾아가기보단 그애의 어머니를 먼저 만났다. 내가 찾아가고, 간신히 적응한 이나희가 또 낯선 곳으로 내쫓기고, 그건 그애의 삶을 엉망으로 만드는 짓이니까.

차라리 내가 이나희를 데리고 해외에서 다시 시작해보겠다, 할아버지의 눈을 피해서 우리 둘이 같이 학업을 잘 마치겠다, 그렇게 어머니를 설득할 계획이었다.

"내가 이렇게 빌게요. 큰 도련님, 우리 나희 그냥 놔둬요."

하지만 이 실장님이 한번도 본 적 없는 퀭한 눈으로 나에게 애원했을 때는 더이상 아무 말도 나오지 않았다.

"나는 쫓기면서 사는 게 너무 지긋지긋해. 우리 나희도 그렇게 살게 할 순 없잖아요. 걔 숨 좀 쉬고 살게 그냥 놔줘요."

어머니가 울며불며 오히려 내 앞에서 빌었다.

"큰 도련님 어릴 때 내가 잘해줬잖아. 나를 봐서, 그 잘난 집안에 더 얽히지 않게, 제발요."

두 번 다시는 우리 나희를 찾지 말라고 했다. 자신의 딸을 만날 생각조차 하지 말아달라고……

"나희도 나도, 우리 애아빠한테 평생 시달리면서 살았어요. 큰 도련님은 그런 괴물 같은 짓 하지 말아요, 응?"

괴물 같은 짓……이란 말까지 듣자 그냥 머릿속이 하얘졌다. 내가 그 괴물인가? 이나희를 열 번도 넘게 이사 다니게 만들고, 밤마다 찾아올까 떨었다던 괴물.

그럴 리가 없어요, 어머니. 저는 이나희 힘들게 안 해요, 전 정말 아니에요……

내가 이나희와 이씨 가족에게 그런 괴물 같은 인간이 되었다는 걸 믿을 수가 없었다. 나도 울고, 매달리고 싶은데 어머니가 이미 내 앞에서 다 하고 계셨다. 아무렴 한몸 같던 자식과 떨어진 심정이 오죽할까 싶어서 애원도, 구걸도, 나는 아무것도 못했다. 저들이 얼마나 끈끈했던가.

어머니를 뵙고 난 이후로 나는 그애를 찾아가려는 걸 멈췄다. 어머니의 애원보다는 내가 정말 이나희를 괴롭히는 괴물이 될까봐 무서웠다. 두려웠다. 어릴 때도 엉망진창으로 헤어졌는데, 또다시 괴물 같은 첫사랑으로 기억될 순 없으니까.

그쯤 되니 우리의 현실을 인정해야 했다. 네가 내게서 도망쳤다 한들, 원망스럽지만 그 또한 너의 선택이었음을. 네가 스스로 돌아오지 않는 이상 우리는 다신 만날 수 없다는 사실을. 이제는 인정해야 했다.

우리가 헤어져 있던 시간은 길고도 길었다. 그동안 이나희를 만날 날을 굳게 믿고, 가슴속 첫사랑만 기리며 마냥 그애를 기다린 건 아니었다. 내가 무슨 춘향이도 아니고, 사귈 때도 없던 믿음이 얼굴도 못 보고 헤어져 있는데 갑자기 생길 리는 만무하지 않은가?

솔직히 이나희를 잊으려고 꽤 많은 시도를 했다. 너무 괴로워서, 내가 죽을 것 같아서 그랬다. 어제는 그립고, 오늘은 밉고, 그런데 보고 싶고, 다시 원망스럽고. 그러길 반복하는 하루하루가 미칠 것만 같았다.

별생각이 다 들었다. 그애가 그렇게 예쁜데 세상 남자들이 가만둘 리가 없으니까. 새로운 남자친구를 사귀고, 날 잊고, 그러다 어느 날 결혼하는 이나희를 상상했다. 모르는 놈 손을 잡고 웨딩드레스를 입은 그애가 꿈에 나오길 여러 번이었다.

그러다 또 어느 날은 내가 보고 싶다고 엉엉 우는 이나희가 나왔다. 이런 날은 정말 아무것도 손에 안 잡혔다. 나는 이제 널 찾아갈 수가 없는데, 네가 혹시 날 기다리고 있을까봐.

대체 너는 왜 날 떠났을까? 뭐가 그렇게 힘들어서? 날 버리고 얻은 대가가 뭐 그렇게 달콤하다고……

이별이 괴롭다고 방구석에서 울기만 하는 건 미친 게 아니었다. 나는 시험도 잘 보고, 더 건강해졌고, 그애가 하고 싶다던 인턴도 했고, 대학도 무사히 졸업했다.

그러니까 밖에서 보기에는 완전히 멀쩡한데, 혼자선 이런 짓을 했다. 더이상 주인도 없는 이나희의 폰 번호를 차단했다가, 차단을 풀었다가, 내 폰에서 지웠다가, 저장하기를 반복하는 것이었다. 그애의 번호를 사서 공기계에 살려두고는 문자를 보내고, 전화하고, 울리는 전화를 가만히 쳐다보다 내 번호를 차단하고, 풀고. 진짜 미친 짓이었다.

그뿐만이 아니다. 이나희의 집에 남아 있던 물건들을 다 내가 보관하고 있었다. 칫솔, 옷가지, 책, 컵…… 그애의 물건을 청승맞게 들여다보는 내 꼴이 너무 한심해서 한번은 결심했다.

"저기, 쓰레기봉투 이거 다 버리시는 거예요?"

"네. 버리는 겁니다."

미련 없는 내 대답에 홈 매니저가 몇 번이나 왔다갔다 하며 그걸 다 갖다버렸다. 나는 노트북을 들여다보면서 아무렇지 않은 척했다. 하지만 현관문이 여닫히는 소리가 들릴 때마다 점점 심장이 옥죄어왔다. 그리고 이나희 물건을 두었던 방이 마침내 텅 비었을 때, 내 집에서 그애 흔적이 전부 사라졌다는 사실이 실감나자 그때부터 숨이 안 쉬어졌다.

"여기 쓰레기장이 어디죠?"

이나희 물건을 버렸다가 다시 주워오기를 몇 번 반복하다가 한심해서 다 태워버리기로 했다. 그것도 결국 중간에 불을 꺼버렸지만. 그애의 분홍색 손수건이 완전히 타서 재가 된 걸 보곤 그뒤로 두 번 다시 그 짓은 하지 않았다.

나는 남들 보기에 제대로 살고 있었지만, 실제로는 제정신이 아니었다. 계절이 바뀔 때마다 잎이 자라고 꽃은 피는데 속은 텅 비어 죽어가는 나무와 같았다.

잊으려다 실패하고, 잊으려다 실패하고. 내 장미는 어찌나 지독한 생명력을 가졌는지 아무리 기억 저편으로 묻어버리려 해도 가슴속에서 떨어져나가지 않았다. 처음부터 내 허락도 없이 그곳에 군락을 이루더니 이제는 오히려 자기가 주인인 양 쫓아내려는 나를 괴롭혔다.

과거를 넘어 내 현재까지 잠식한 이나희 때문에, 보고 싶어도 볼 수 없는 그애 때문에 나는 점점 미쳐갔다. 겉으론 멀쩡한데 속은 썩어 문드러져서 살아도 사는 게 아니었다.

나는 지느러미만 도려진 채로 바다에 버려진 상어처럼, 그렇게 살았다. 숨은 쉬고 헤엄은 치는데, 영혼은 아무도 볼 수 없는 심연으로 점점 가라앉고 있었다.

할아버지하고는 거의 절연 상태였다. 이나희가 떠난 이후로 나는 한남동에 얼씬도 하지 않았다. 아무리 윤종오의 꿤에 넘어갔다 한들, 할아버지를 향한 원망이 컸다.

집을 다시 찾았을 때는 몇 년 뒤였다. 평생 떵떵거리며 살 줄 알았던 천하의 권 회장님도 나이 앞에선 별수없었다.

"현진아, 얼른 선보고 여자 만나라. 도사가 그라는데 니 결혼하믄 잘산다드라. 10월에 예식 올리면 딱 좋다 카고……"

"저 결혼 안 해요."

암 진단을 받은 할아버지가 수술을 앞두고 병원으로 날 부른 것이었다.

"수술은 잘 받으시고요."

"명줄은 길단다. 수술 걱정 안 한다. 내는 니가 걱정이다, 현진아."

할아버지는 그놈의 무속인을 회사의 고문 자리에까지 앉혔다. 그 때문인지 작은아버지와 크고 작은 마찰을 빚다가 이젠 완전히 사이가 틀어져 있었다.

"와 그리 보노. 니도 할배가 우습나."

"아닙니다."

"영무가 내보고 뭐, 무속 경영이라 했나. 승주도 할배 우습다 카제."

전부터 경영에 소질이 없었던데다 추문이 잦았던 작은아

버지는 그룹에서 내쳐져 요즘 매일 매스컴에 나오고 있었다. 뒤주에 갇힌 사도세자, 딱 그 꼴이었다.

"세상에 귀모鬼謀 없는 인모人謀는 암 소용없는 기라. 이판과 사판이 모여야 공사가 된다. 알았나."

별걱정 안 한다더니 죽음을 앞둔 사람처럼 잔소리가 길었다. 그동안 왜 안 찾아왔냐, 할아버지가 미우냐, 그런 말은 하지 않아 다행이었다. 어차피 내가 주기적으로 상담을 받고 간헐적으로 미친 짓을 하는 것도 다 알고 계실 터였다.

"옛말에 중우가 많으면 집을 무너뜨린다 캤다. 큰 배도 조타수 한 명이 도맡는 기다. 니가 정무 아들이래도 승주는 니보다 한참 형이잖나. 서운할까봐 지금 내가 말하는 기다."

권진 전자 얘기였다. 애초에 나는 그룹 일은 관심 밖이 된 지 오래였다. 집념이랄지 열정이랄지, 할아버지가 영조, 작은아버지가 사도세자라면 권승주는 이방원에 가까웠다. 앞에선 얼굴마담을 자처하고 뒤에선 칼춤을 추는 이방원.

"현진이 니는 손에 흙을 묻혀야 성공한다 캤다. 건설을 맡아라. 맡아서 니가 잘 키워봐라. 니가 배움이 모자라, 뭐가 모자라. 쓸데없이 밖에서 능력 낭비 고마해라."

"생각해볼게요. 좀 쉬세요."

후배가 창업한 회사에 투자해서 무보수로 일하다가 상장을 계기로 손 털고 나오려는 시점이었다. 그룹으로 들어오라는 명령은 꾸준히 들었지만 나는 그간 할아버지의 말을 무시로 일관했다.

"현진아, 외롭게 살지 마라."

그 말을 마지막으로 병실을 나왔다. 결과적으로는 이게 내가 멀쩡한 할아버지와 나눈 마지막 대화였다.

병실을 나서는데 할아버지 주치의인 이 교수가 날 불렀다. 하도 심각한 표정이라 무슨 소리를 하나 했다.

"회장님이 연명치료 동의를 안 하셨더라고요."

"할아버지 뜻이 그러신가보죠."

"물론 나이가 든 분들은 연명치료 중단하시거나, 거부 의사를 밝히시긴 합니다만…… 회장님은 아무래도 평범한 사람들과는 경우가 다르지 않습니까."

"대기업 회장은 뭐 노인 아닌가요."

다리까지 꼬고 삐딱하게 고갤 젖힌 날 보는 의사의 표정이

가관이다.

“노인네가 호흡기 끼고 구차하게 더 살기 싫다는데. 교수님이 그렇게 이해하시죠.”

수술에 들어가면 보호자가 연명치료 동의서에 서명할 수 있다고 했다. 키워놓은 자식들은 물론, 권승주도 코빼기도 안 보여서 장손이라고 날 부른 듯했다.

“그러지 마시고……”

“아뇨, 저 안 합니다. 회장님 설득도 안 하고 보호자 서명도 못합니다.”

나는 앙금이 안 가셔서 그렇게 못하겠다. 남들이 불효라고 할지는 몰라도.

“저희 할아버지니까요. 뜻을 존중하고 싶네요.”

서운하실지 모르겠지만 만약 회장님이 돌아가시고 지옥에 떨어지면, 그때는 제 마음 이해하실 겁니다. 전 이미 사는 게 지옥이라서요.

회장님 병원 한번 다녀왔다고 온갖 곳에서 콜이 들어왔다.

숙모, 권승주, 하다못해 윤종오도 있었다.

"건설은 저희끼리는 임원들의 무덤이라고 얘기합니다. 약혼 안 한다고 계속 뻗대니까 지금 저러시는 겁니다. 장손 길들이기 하시려는 거예요, 회장님이."

회사 로비까지 찾아와서 무슨 엄청난 조언이랍시고 저렇게 폼을 잡나 했더니.

"나한테 아직도 미련 있어요?"

저 인간 얼굴을 보자 혈압이 솟았다. 나도 모르게 담배를 찾아 물었다.

"아. 권승주한테 팽당해서 다시 비빌 언덕 찾는 중이신가."

얼마 전 그룹의 정기 인사가 단행되었다. 꽤 오랫동안 회장님 옆에 있었던 윤종오가 잘려나갔다는 소문이 파다하게 퍼졌다. 권진 전자 사장 자리에 성공적으로 안착한 권승주가 사냥개를 하나둘 처단하는 중이었다.

갑질 논란에서 시작된 작은아버지의 여러 재판 결과는 아직 나오지 않았다. 하지만 국감까지 불려간 마당에 여론과 민심을 고려해서라도 징역은 피할 수 없었다. 여기저기 줄을 타다가 작은아버지 라인에 발을 걸친 윤종오도 마찬가지였다.

“그 정도로 방황했으면 이제 그만하실 때도 됐습니다. 아들뻘이라서, 내 자식 같아서 하는 소립니다. 만약 권정무 사장님 살아 계셨으면……”

“곧 소환될 거라던데. 여기까지 와서 제 걱정을 다 해주시고. 여유가 있나봐요?”

“……그걸 어떻게.”

굳은 표정이 우스웠다. 담배 연기를 윤종오 면상에 후, 뱉으며 웃었다. 내가 아직도 어리숙한 열아홉 풋내기로 보이시나.

“오며 가며 들었어요. 나도 귀가 있어서.”

권승주와 딜을 했다. 저 인간은 평생 사냥개로 살았으니 자기가 먹잇감이 될 줄은 꿈에도 몰랐겠지.

“잘 다녀오세요. 생각나면 영치금 넣어드릴게. 빵에서 빵사 드시라고.”

할아버지는 본인 의지로 승주 형한테 그룹을 양위하는 화목한 가족 흉내를 내고 싶어했지만, 실상은 내가 지분을 다 밀어줬다. 권승주는 백조 같은 인간이라 물 위에선 고상하게 웃으면서 밑에선 열심히 노를 젓는다.

"작은아버지는 변호사 접견한답시고 특별 면회실에서 탕수육도 시켜 먹고 할 거 다 하겠지. 근데 아저씬 아니잖아."

한국에 들어오면서부터 미뤄뒀던 오래된 지분 매매 계약서가 이번에 쓰였다. 나와 승주 형 사이, 우리가 약속한 대가가 윤종오의 징역이었다. 나는 해묵은 복수를 하고, 권승주는 그룹을 먹고. 서로에게 참 요긴한 거래였다.

남의 눈에 눈물나게 만들었으면 당신도 피눈물 흘려봐야지.

"가세요. 난 도와줄 마음 눈곱만치도 없으니까."

되게 비싼 감옥살이인 거, 알고 가시라고.

❀

내가 권진 건설에 들어간 건 할아버지의 유지를 받들기 위해서라든가 그런 건 전혀 아니다. 윤종오의 징역이 확정되고 나는 점점 몸이 달았다.

이나희를 한번 찾아갈까 싶었다. 어머니는 널 잊으라고 했지만 난 그러질 못했다고 매달리고 싶었다. 윤종오에게 복수도 했으니 어머니께도 이나희한테도 할말이 있었다. 그런 기대에 슬슬 날짜를 보고 있는데, 집으로 웬 퀵이 하나 왔다. 회사 이름으로 온 것이라 별생각 없이 봉투를 열었다.

안에는 구형 핸드폰이 들어 있었다. 놀이동산의 마스코트가 그려진 빛바랜 그 핸드폰 케이스를 보자마자 심장이 내려앉았다. 그 촌스러운 케이스는 우리가 데이트할 때 내가 직접 사준 것이었다.

벌써 오래전의 일이었다. 그런데 막아둔 둑이 터진 것처럼 너무도 선명하게 그날의 우리가 눈앞에 펼쳐졌다.

입시 스트레스에 힘들어하던 나를 놀이동산에 데려가준 너. 토끼 머리띠에 노란 티셔츠를 입고, 내가 추로스를 사오자 환하게 웃던 얼굴. 쉼없이 놀이기구를 타고, 오렌지 환타를 마시고, 뜨거운 태양 아래서 같이 익어가던 우리……

한국을 떠나던 이나희한테서 빼앗은 핸드폰을 윤종오가 이제야 내게 보낸 것이었다. 이제 와서야. 뒤늦게 속죄하려고 돌려줬다기에는 봉투 안에 USB가 하나 더 있었다. 열어보자 웬 녹음 파일이 나왔다. 재생과 동시에 생각지도 못한 목소리가 들려왔다.

—벌게만도 못한 년이 감히 누굴 넘보고……!

할아버지였다. 암 수술 뒤에는 합병증으로 몇 년째 병원

신세인 가엾은 우리 할아버지. 할아버지 목소리는 분명한데, 녹음 파일 속의 인간은 내가 알던 할아버지가 아니었다.

—니캉 니 딸넌 죽여버리는 거 내한텐 일도 아이다. 몬할 거 같나!

그간 나는 윤종오의 꼬임에 넘어간 할아버지가 조용히 이나희를 유학 보내고 점잖게 어머니를 퇴직시킨 줄 알고 있었다.

기댈 데 없는 모녀를 눈앞에 꿇어앉히고 입에 담을 수 없는 모욕을 주던 그 사람은 내가 알던 할아버지가 아니었다. 다른 사람들에게 아무리 고약하게 굴었어도 내게는 가족이고, 집안의 어른이었다. 하지만 USB 속의 그는 잔인하고, 치사하고, 더러운 말종의 인간이었다.

큰 충격에 나는 도저히 이나희를 찾아갈 수가 없어졌다. 어머니께 면목이 없었고, 그애한테 미안했다. 사정도 모르고 왜 날 떠났느냐고 원망한 세월이 다 죄스러웠다.

그러나 윤종오에게 했듯 복수를 꾀하기엔 상대는 이미 많은 걸 잃어버린 노인이었다. 내가 할 수 있는 거라곤 작은 불효뿐이었다. 벌할 수 없는 현실과 그럼에도 버려지지 않는 죄책감에 나는 몇 날 며칠을 괴로워했다.

어머니의 말씀이 옳았다. 저런 일을 당했으니 우리 집안이, 권씨가 지긋지긋하고 넌더리가 났을 것이다. 더는 나와 얽히기조차 싫을 게 분명했다.

이나희도 그래서 날 떠난 거였다. 그래서 졸업하고도 한국에 들어오지 않는 것이다. 그래서 회장님의 간섭이 사라졌는데도 다시 돌아오지 않는 것이다.

나는 그 마음을 모르지 않았다. 한국에 돌아오기 싫어서 영국에서 뻗대던 십대의 내가 그랬고, 아직도 한남동 내 방에 들어가지 않는 이십대의 내가 그랬으니까. 그렇다면 내가 물러서는 게 도리다. 다시 그애 앞에 나타나지 않는 게 내가 해줄 수 있는 최선이었다. 사람이 염치가 있다면 말이다.

마지막까지 엿을 주고 간 윤종오 덕분에 나는 모든 진실을 알게 되었고, 결국 이나희를 다시 만나는 걸 포기했다. 대신 속죄할 방법을 고민했다. 나와 얽히기조차 싫어하는 사람에게 속죄하는 건 어려운 일이었다.

고민하던 나는 이나희가 살지 못한 삶을 대신 살기로 했다.

그룹에 들어가는 대가로 나는 제주도의 해원정을 받았다. 그 황홀한 경치를 더 많은 사람이 보고 즐겼으면 좋겠다던 말이 떠올라 별장을 허물고 호텔을 짓기로 했다. 네 꿈을 이루는 것이 나의 속죄였으므로.

공사의 첫 삽을 뜨던 날, 나도 권진 건설에 첫 출근을 했다. '임원들의 무덤'이라는 별명답게 회사는 엉망진창이었다. 업계에선 이미 신뢰가 바닥이라 국내에선 사업권을 따기 어려울 정도였다. 나는 해외로 눈을 돌렸다. 그나마 권진이라는 브랜드 밸류 덕분에 해외는 사정이 조금 나았다. 와중에 윤종오가 중동 법인장을 지내던 시절 다져놓은 기틀이 있어 수월하기도 했다. 인맥 관리에는 아주 목을 매는 인간이라 다행이었다.

"부장님, 여기 콘서트홀 가보셨어요?"

LA에 며칠 들렀을 때였다. 미국은 긴 출장으로는 초행이었다. 직급은 낮으나 내 사수나 다름없는 팀장이 갑자기 콘서트홀 얘기를 꺼냈다. 본인보다 나이도 어린 나를 잘 따라주어 꽤 좋아하는 사람이었다.

"제가 학부 시절에 존경했던 건축가가 있는데요, 그 사람이……"

"압니다. 건축계의 피카소. 가난한 집안에서 태어나 프리츠커상을 받은 거장이죠. 여기 LA 콘서트홀이 그 사람 작품이고요, 프랭크 게리."

"우와, 역시 부장님은 그냥 낙하산이 아니시라니까요? 아니, 제 말은 낙하산은 낙하산인데 능력이 무척 출중하신, 아니 낙하산이라는 게 아니라……"

"네. 저 낙하산 맞죠. 근데 비자금 당기려고 우리 회사 골수 빼먹으러 들어온 낙하산은 아닙니다."

"……죄송합니다."

"순두부나 드세요. 그렇다고 수저 놓지 마시고."

건축 전공자들이 많아서인지 회사에 들어가고부터 이나희와 더 가까워지는 느낌이었다.

"LA 필하모닉 공연이 있다고 해서 저희 미팅 끝나고 마침 시간이 맞길래 한번 말씀드려본 건데, 어째 이상하게 얘기가 튀었네요. 죄송합니다."

"팀장님 혼자 다녀오세요. 편하게."

"아닙니다. 어떻게 저 혼자……"

식사중에 들은 콘서트홀 이야기에 묘하게 마음이 술렁거렸다. 또다시 이나희 생각이 났다.

너는 어떻게 지내고 있을까. 영국에서 잘 적응했고, 최우수 졸업자 명단에 들 거라는 소식은 들었다. 석사를 졸업하고 나면 그때는 한국에 돌아오겠지? 권 회장님 소식은, 작은아버지 재판 얘긴 들었을까? 해외에 있어도 조금만 관심을 가지면 모를 수가 없는 일인데.

결국 전화를 걸어서 근황을 물었다. 그랬더니 이나희를 포함한 지도 교수 휘하 연구실 전체가 LA 디자인 페스티벌에 참여하여 정확한 소식은 알 수가 없다는 대답이 돌아왔다. 통화가 끝나고 찾아보니 디자인 페스티벌은 사흘 후 끝나는 일정이었다.

갑자기 심장이 미친 듯이 뛰었다. 바다를 건너고 대륙을 넘어야 만날 수 있는 먼 곳에 네가 있는 줄 알았는데, 그런데 우리는 지금 같은 땅을 밟고 있었다. 이 모든 게 우연이라기에는 정말이지 운명 같았다.

"그 오케스트라 표, 몇 장이나 구할 수 있습니까?"

갑작스럽게 구하게 된 표는 엉망이었다. 이나희 쪽에는 최대한 앞자리를 줬고 제일 저렴한 발코니석에 내가 앉았다.

거리가 멀어서 잘 보이지는 않았다. 빽빽한 콩나물시루 속 아주 예쁘고 귀여운 콩나물 하나, 그 정도로 작게 보였다. 이나희는 1층, 나는 꼭대기 층이라 우연히도 마주칠 수가 없었다.

대신 완벽한 음향이 내 귀에 들렸다. 가장 저렴한 좌석에도 훌륭한 음향이 들리게끔 설계했다더니, 틀린 소리가 아니었다.

사회적 약자를 배려한 공공건축. 이나희가 반했다던 건축가의 휴머니즘이 내게도 보였다. 나도 그런 건축을 하고 싶었다. 클라이언트의 요구와 비용 절감의 크로스라인, 거기에 가장 큰 축을 두었던 설계가 비로소 와닿았던 순간이었다.

나만의 철학이 생긴 이후로 우리 회사에 조금 더 마음이 갔다. 함께 위기를 넘기고, 비약적인 성장을 하면서 회사와 내가 한몸처럼 느껴졌다. 회사를 위한 고생이 더는 고생 같지 않았다.

이나희의 뜻이 내게로 옮았다. 내가 너를 닮아가고 있다. 마침내 우리가 이렇게라도 가까워진다.

나는 그 사실이 좋았다. 우리가 비록 마주보진 못해도 같은 방향을 향해서 걸어가고 있다는 사실이. 내게 남은 건, 보이는 건 네 그림자뿐이지만 그마저도 네 뒤를 따라가고 있다는 사실에 나는 즐거웠다. 이게 맞는 방향이구나, 그런 확신이 들었다. 줄곧 흔들리던 나침반이 마침내 올바르게 작동하는 것만 같았다.

대체 이나희 너는 어떻게 그 오랜 시간을 내 안에 살아 있을 수 있는 건지…… 나조차도 황당할 정도로 끈질긴 생명력이었다. 잊으려던 노력을 비웃듯이 이제는 너라는 장미 덩굴이 내 안의 온 들판을 뒤덮고, 모조리 만개하여 하루도 지는 날이 없었다. 사막처럼 황폐했던 벌판에 모래알 하나 보이지 않게 네가 빼곡히 피어 있었다. 이 몸과 영혼의 주인은 더이상 내가 아니라 이나희였다.

너를 기다리면서 어느새 나는 임원 승진을 앞두고 있다. 요동치고 있던 주가도 잠잠하고, 권승주와 사이도 나쁘지 않았다. 심지어 사촌 몇 명은 나와 친구 같단 생각마저 든다. 가끔이지만.

이 정도면 부족하지 않은 인생이었다. 돈도 모았고, 내 회사도 있고. 이젠 친구도 있는 것 같고, 명예도, 취미도 가질 건 다 가졌다. 그런데 네가 없다.

우리의 지난 연애는, 나의 기억은 불법 저당처럼 몹쓸 이자만 불어나고 끝내 사라지지 않았다. 너는 내 머릿속을 빛지게 만드는 전당포 주인이었다.

네게 이 빚을 갚을 수만 있다면 나는 어떤 대가라도 치를 수 있어, 이나희. 이별의 아픔과 그리움의 고통이 몇 번이고 반복된다 해도 또다시 널 선택하여 견뎌낼 테니까.

내가 짊어졌던 끔찍한 외로움이 오로지 너를 만나기 위해서였다면, 나는 이 운명을 안겨준 어머니와 아버지께 오히려 감사할 것이다.

너만 빼고, 다른 건 다 있어. 그럼 난 아무것도 없는 거나 마찬가지고……

보고 싶다, 이나희.

그러니까 빨리 돌아와.

❀

유난히 햇볕이 따듯하던 어느 봄날.

마침내 이나희가 한국에 돌아왔다.

그렇게나 꿈꿨던 재회지만 막상 나는 이나희 앞에 나서기 주저되었다. 그애가 선택한 곳은 서울이 아닌 제주도였다. 어머니가 계시는 곳. 참 이나희답다 싶었다. 학연, 지연, 인맥도 없는 외딴섬에 제 어머니만 보고 한국에 돌아온 것이다.

그 오랜 시간 홀로 타향살이했어도 이씨 가족은 여전히 하나였다. 피는 물보다 진하다는 건 분명 그들을 두고 하는 말이리라.

나는 그들의 경이로운 가족애가 부러우면서도 두려웠다. 타인은 빼앗을 수도, 대체할 수도 없는 자리였다. 이나희에겐 감히 어느 누구도 그애의 가족보다 먼저일 수 없었다. 앞선 경험으로, 본능으로 그 사실을 잘 알고 있었다.

나는 당당하고 싶었다. 서툴렀던 어린 날의 연애처럼 도둑질하듯 숨어서 그애를 만나고 싶지 않았다. 하지만 어머니는 여전히 나를 반대하셨다. 물론 나는 포기하지 않았다. 내 진심을 알아주실 때까지 참고 버티려고 했다. 네게 당당하고 싶으니까. 기다리는 건 내 전문이니까.

너만큼이나 나도 강해졌다고, 이나희.

그런데……

“법인 차량이 아니고 저희 이사님 개인 차량이라서요. 괜찮다고 하시네요.”

“네?”

그깟 차 좀 긁었다고, 양심이 하늘 꼭대기에 있는 네가 안절부절못하는 것이다.

“아, 아니에요. 살짝 긁은 것도 아니고…… 제가 수리비 변상하겠습니다.”

놀라지 않게 잘 달래서 보내라고 박상현 대리를 내보냈더니 둘이서 갑자기 하하 호호 웃고 난리였다.

“그러면 저한테 전화번호나 명함이라도 하나 남겨주시겠어요?”

“네. 제 거 드릴게요.”

아니, 돌았나. 왜 네 걸 줘. 명함을 꺼내는 박 대리 손이 덜덜 떨렸다. 내가 분명히 봤다. 뭐, 소개팅 나갔어? 어이가 없는 상황이었다. 그 꼴을 가만 앉아서 보고 있자니 황당해서 눈알이 터질 뻔했다.

“제가 번호 알려드릴게요. 박상현입니다.”

미친놈이 이나희의 핸드폰에 진짜로 제 번호를 찍을 기세였다. 이나희는 무슨 뺨까지 붉히면서 다소곳이 두 손을 모으고 있고…… 진짜 놀고들 있네. 열받아서 더 두고 볼 수가 없었다. 계획이고 뭐고 이미 손이 차문을 열고 있었다. 충동적으로. 너와 있을 때면 늘 그랬듯 제어가 되지 않았다. 그렇게 나는 네가 서 있는 봄의 제주도에 발을 내디뎠다.

지긋지긋한 우리의 이야기가 젊은 시절의 객기가 될지 해피엔딩의 단초가 될지 아무것도 장담하지 못했지만, 더는 상관없었다. 어차피 네가 멀리 있든 코앞에 있든 나는 한순간도 멈추지 않았으니까.

지구를 떠날 수 없는 달처럼 내 삶은 언제나 너를 축으로 공전하고 있으므로.

어스름한 새벽빛이 드리웠다. 뺨과 이마를 부드럽게 어루만지는 손길에 나는 흠칫 눈을 떴다.

"여보야. 자면서 무슨 욕을 그렇게 해."

잠기운이 다 가신 듯한 이나희의 목소리가 들려왔다. 나는 양팔 가득 안고 있던 몸을 끌어당겼다. 크고 딱딱한 배가 느껴졌다. 현실이다. 드디어 현실로 돌아왔다. 안심한 나는 그제야 고개를 들었다.

"나희야, 내가 욕했어?"

"응. 엄청 찰지게 하던데."

"복덩이 들었어?"

"복덩이 못 들었어. 나만 들었어."

"그럼 우리 복덩이도 들은 거 아냐?"

이나희와 복덩이는 한몸이었다. 임신 30주가 넘어서 꽤 배가 부른 상태였다.

"복덩이 지금 코 자. 걱정하지 마."

"아, 다행이다."

태교를 위해서 나는 바르고 고운 말을 쓰고 있었다. 여태 한번도 실수를 안 했는데, 잠결에 내뱉었나보다.

"우리 자기 꿈꿨어?"

"어. 완전 악몽."

"무슨 악몽 꿨어?"

"예전 일. 나 어릴 때. 너 없을 때."

"그게 무슨 악몽이야."

"몰라. 나한테 이나희 없을 땐 다 악몽이야."

나는 아래로 내려갔다. 수박처럼 둥그런 배에다가 얼굴을 비비적거렸다. 복덩이는 정말 잠들었는지 태동이 전혀 없었다. 평소에는 내 목소리를 들으면 툭, 툭, 엄마 배를 차면서 움직임이 활발해지는데 정말 잠든 모양이었다.

나희와 복덩이는 내게 살아 있는 부적이자 유산이었다. 이 배를 만지고 있으면 세상 모든 걱정과 불안이 사라지고 내 마음에는 천국 같은 평화만 남았다.

"자기야. 일로 와봐. 나 봐봐. 그만하고 잘생긴 얼굴 좀 보여주세요."

이불 속에서 한참 복덩이한테 뽀뽀를 퍼붓는데, 나희가 나를 끄집어올렸다. 그러곤 가엾다는 듯이 날 내려다보면서 미간을 살살 매만졌다.

"아까 여기 엄청 찌푸리고 있더라."

"뽀뽀해줘."

"무슨 꿈을 꾸길래 그렇게 끙끙거리나 걱정했잖아."

"뽀뽀해줘."

"……잘생겨서 봐준다."

나희가 내 이마와 입술에 여러 번 뽀뽀를 갈기고는 씩 웃었다.

"됐지?"

"인심 많이 좋아졌네. 전에는 야박하게 딱 한 번씩만 해주더니."

"뽀뽀 압수."

장난스럽게 뽀뽀를 연타하는 나희 때문에 나도 웃음이 터져버렸다.

가까이서 가만히 들여다보고 있자니, 아홉 살 이나희와 스무 살의 이나희가 거기 고스란히 있었다. 이나희는 여전히 이나희다. 반갑고 사랑스러워서 가슴이 벅차올랐다.

"얼굴이 어떻게 그대로냐. 어릴 때나 지금이나."

"어릴 때?"

"어. 우리 어릴 때. 네가 나 잘생겼다고 붕어빵 사주고, 슬러시 사주고. 나 꼬시려고 막 손잡고 다니고. 멋있다 그러고. 나한테 귀엽다, 예쁘다, 그러면서……"

"내가 언제?"

"발뺌하네."

"아니, 내가 언제 그랬냐고."

"아, 누나는 그런 적이 없으세요?"

"진짜 기억이 안 나서 그래. 너 사고만 치고 다녔잖아. 맨날 도자기 깨고, 어른들한테 혼나고."

"네, 저만 사고뭉치였고요. 누나는 점잖은 숙녀라서 제 손도 안 잡으셨고요."

어이없다는 듯이 나를 예쁘게 흘겨보던 나희가 순간 픽 웃었다.

"우리 어릴 때 참 좋았는데. 너랑 찬희랑 셋이 다 같이 한남동 살 때."

"이제 생각나세요?"

"응. 같이 놀이터 가고 그랬던 건 생각나지. 진짜 재밌었는데."

"재밌긴 뭐가 자꾸 재밌었대."

나랑 기억하는 게 다른가? 나는 끔찍하기만 했던 우리의 어린 시절이다. 그런데 나희는 진짜로 즐거웠다는 듯이 그때를 회상하는 눈이 반짝거렸다.

"우리 셋이 맨날 줄넘기하고 뛰어놀았잖아. 너 줄넘기 국가대표 한다고 매일 연습했는데 그땐 올림픽에 줄넘기 없다고 그래서 뒤돌아서 울고. 진짜 웃겨."

난 그런 우습고 찌질한 남자애였던 기억은 없는데.

"정원에서 잡기 놀이하고. 잠자리 잡고, 나비 잡고…… 진짜 좋았는데."

"나 때문에 처남 쫓겨났잖아."

"여보 때문에? 전혀 아닌데?"

뭐야. 왜 기억이 달라? 나는 심각한 얼굴로 일어나 앉았다. 내 허벅지 옆으로 머리를 옮긴 나희가 차근히 당시의 일을 설명했다.

"그 집에서 배정되는 초등학교가 너무 멀어서 그랬을걸? 나는 혼자서도 버스 타고 잘만 다녔는데 걔는 완전 코찔찔이라서……"

등교는 같이하더라도 학년이 달라서 하교는 따로 해야 했다. 당시의 찬희는 그럴 수 없었다.

"그 이모가 우리 찬희를 엄청 예뻐하셨어. 걔가 애교가 있잖아. 그 집이 딸만 셋이라 양아들 삼고 싶다고 우리 엄마한테 맨날 전화하고 그래서 겸사겸사 맡긴 거야. 진짜야. 자기가 나중에 우리 엄마한테 물어봐."

정말 내 기억이 왜곡된 건가? 하긴, 과거는 존재고 기억은 인식이라 했다. 사람은 누구나 자신만의 세계에서 사는 법이라 내가 기억하는 과거가 객관적이진 않을 것이다. 온통 이나희뿐이었니까.

그렇다면 너의 세계는 어땠을까. 내 허벅지에 얼굴을 기댄 나희가 추억을 그리듯 부드럽게 웃었다.

"나는 한남동에서 지냈던 거 다 좋았어. 재밌는 기억도 많고. 여사님들이랑 모여서 만두 빚고, 동그랑땡 부치고, 과자 먹고. 맨날 왁자지껄해서 친척 많은 집에 사는 기분이었어."

매일매일 명절날 친척집에 있는 것 같았단다. 어이가 없어서.

"그때 내가 거기 안 살았으면 우리 자기도 못 만났지. 그치, 여보."

"뭐……"

"복덩이 아빠. 예전에 있었던 일들은 아파도, 싫어도 그냥 흘려버려. 누굴 원망하고 후회하고, 그러지 마."

내 악몽이 신경쓰였나보다. 내가 또 이나희를 걱정시켰다.

"만약에 우리가 안 헤어졌으면 지금처럼 사이가 좋았을까? 과거의 나쁜 일들이 없었다면 내가 지금보다 더 나은 인간이 됐을까? 아니지. 그건 보장 못하는 거야. 아무도 몰라, 그건."

그래, 내 기억은 틀리지 않았다. 나를 꽉 잡은 이 온기는 그때 어린 나를 위로했던 그 손이다.

"과거는 얼마든지 이겨낼 수 있어. 왜냐면 현재를 꾸려갈 수 있으니까. 알았지? 이제 악몽 꾸지 말기. 잘생긴 우리 여보, 뽀뽀."

이나희는 강하다. 나는 눈 감은 뽀얀 얼굴에 내 거라고 도장 찍듯 쪽쪽쪽 수없이 입술을 퍼부었다.

"얹혀살 때도 좋긴 했는데, 이제 내 집 생겨서 너무 좋아."

초롱초롱한 저 눈을 보니 뒤이어 무슨 말이 나올지 알 것 같았다.

"자기야, 여기 진짜 내 명의 맞지?"

"어. 등기 나오면 보여줄게."

출산이 머지않아서 뭔가 해주고 싶었다. 이미 사줄 건 다 사줘서 뭘 줄까 하다가 집을 공동명의로 바꾸기로 했다.

"안 믿겨……"

"나희야, 그렇게 좋아?"

"응. 너무 좋아. 너무너무 좋아."

귀엽고 웃긴 이나희. 예쁜데 섹시하고 깜찍하고 귀엽고 웃기고. 아주 혼자 다 한다.

"나도 좋아. 우리집 생겨서."

"와, 다주택자가 1주택자 농락하네?"

"나한텐 너 있는 곳이 집이지. 다른 덴 콘크리트 건물이고."

피식 웃음을 터뜨린 나희가 손을 뻗었다. 내 볼을 잡고는 흔들었다.

"우리 여보 완전 애교쟁이. 시도 때도 없이 누나 감동 주기 없기. 뽀뽀."

쭉 내민 귀여운 입술에 몸을 낮추는데, 순간 나희가 배를 부여잡았다.

"아!"

"나희야! 왜 그래?"

"아…… 복덩이가 엄마 아빠 시끄럽대. 자다 깼나봐."

내 손을 밑으로 가져가길래 가만히 배를 안았다. 정말 복덩이가 깼는지 툭, 툭, 심하게 움직였다.

"아!"

"이 자식이 근데 엄마를 발로 차고 난리야."

예쁘다 예쁘다 했더니 감히 엄마를 때려? 아들이니까 어릴 때부터 기강을 확실히 잡아야 했다. 배에 대고 말했다.

"아빠 무서운 사람이야. 복덩이, 자꾸 엄마 괴롭히고 그러면 혼나."

"복덩이가 아빠 나쁜 말 하지 말래."

"아빠는 복덩이 하는 행동에 따라서 나쁜 사람이 될 수도 있고 착한 사람이 될 수도 있어. 복덩이 이해했어?"

"헛소리하지 말고 냉장고에 있는 딸기나 갖다달래."

"네."

우리의 아이가 태어났다. 무려 3.8kg의 건강한 우량아였다.

현우. 권현우였다. 이름은 나희가 지었는데 내 이름의 한 글자를 따왔다. 성격은 몰라도 얼굴만은 꼭 나를 닮길 바란다면서. 그런데 내가 보기엔 나희를 많이 닮았다. 뱃속에서 엄마를 괴롭힌 벌을 톡톡히 주려고 했는데, 너무너무 예뻐서 차마 벌은 못 주고 사랑만 가득 줬다.

현우의 첫돌이 다가올 무렵, 나는 잊고 지냈던 나의 또다른 가족을 찾아갔다.

(『시절연애: 외전 2』에서 계속)

시절연애: 외전 1

초판 발행 2025년 10월 10일

지은이 마셰리

책임편집 한나래 | **편집** 김유진 박을진 | **외주교정** 유혜림
표지디자인 이현정 | **본문디자인** 최미영
저작권 박지영 형소진 주은수 오서영 조경은
마케팅 정민호 서지화 한민아 이민경 왕지경 정유진 정경주 김혜원 김예진 이서진
브랜딩 함유지 박민재 이송이 박다솔 조다현 김하연 이준희
제작 강신은 김동욱 이순호 | **제작처** 영신사

펴낸곳 (주)문학동네 | **펴낸이** 김소영
출판등록 1993년 10월 22일 제2003-000045호

주소 10881 경기도 파주시 회동길 210
대표전화 031-955-8888 | **팩스** 031-955-8855 | **전자우편** elixir@munhak.com
인스타그램 @elixir_mystery | **X(트위터)** @elixir_mystery

ISBN 979-11-416-1275-7 04810
979-11-416-1271-9 (세트)

엘릭시르는 출판그룹 문학동네의 장르문학 브랜드입니다.

잘못된 책은 구입하신 서점에서 교환해드립니다.
기타 교환 문의 031)955-2661, 3580